SARA SHEPARD

Tradução de Regiane Winarski

JOVENS LEITORES

Título original
THE AMATEURS

Copyright © 2016 by Alloy Entertainment e Sara Shepard

Todos os direitos reservados. Nenhuma parte desta obra pode ser reproduzida, ou transmitida por qualquer forma ou meio eletrônico ou mecânico, inclusive fotocópia, gravação ou sistema de armazenagem e recuperação de informação, sem a permissão escrita do editor.

"Edição brasileira publicada mediante acordo com Rights People, London."

Original produzido por Alloy Entertainment
1325 Avenue of the Americas
Nova York, NY 10019
www.alloyentertainment.com

Direitos para a língua portuguesa reservados
com exclusividade para o Brasil à
EDITORA ROCCO LTDA.
Rua Evaristo da Veiga, 65 – 11º andar
Passeio Corporate – Torre 1
20031-040 – Rio de Janeiro – RJ
Tel.: (21) 3525-2000 – Fax: (21) 3525-2001
rocco@rocco.com.br | www.rocco.com.br

Printed in Brazil/Impresso no Brasil

CIP-Brasil. Catalogação na publicação.
Sindicato Nacional dos Editores de Livros, RJ.

S553a

Shepard, Sara
  Os amadores / Sara Shepard; tradução de Regiane Winarski. – 1. ed. – Rio de Janeiro: Rocco Jovens Leitores, 2020.

  Tradução de: The amateurs
  ISBN 978-85-7980-491-5
  ISBN 978-85-7980-493-9 (e-book)

  1. Mistério – História de suspense. 2. Ficção americana. I. Winarski, Regiane. II. Título.

20-62956
          CDD-813
          CDU-82-312.4

Meri Gleice Rodrigues de Souza – Bibliotecária – CRB-7/6439

O texto deste livro obedece às normas do
Acordo Ortográfico da Língua Portuguesa.

Para Kristian e Henry

ANTES

NEVOU A NOITE TODA, deixando o mundo transformado de manhã. Era uma neve cristalina, uma neve mágica, e criou um cobertor perfeito e uniforme que escondia tudo embaixo.

Aerin Kelly, de onze anos, desceu pelo pátio de três níveis, e as botas afundaram na substância fofa. Ela caiu para a frente e gargalhou, rolou de costas e olhou para o céu branco. Uma figura apareceu acima dela. Era sua irmã de dezessete anos, Helena, usando um sobretudo branco justo com gola de pele, botas de pele e um chapéu marrom. Seus olhos pareciam ainda mais azuis. O cabelo louro recentemente platinado e cortado curto emoldurava o rosto. Helena estava mais bonita do que nunca naquele dia, Aerin pensaria depois.

Aerin ficou de pé na hora que Helena virou o rosto para cima.

— Não é engraçado a neve ter um cheiro? — refletiu Helena.

— Acho que vai cair mais — disse Aerin ansiosa.

Helena passou a bota forrada de pele pela neve.

— Está com seu celular? Posso olhar a previsão do tempo?

— Você sempre perde o seu — disse Aerin com humor, e pegou o iPhone que tinha convencido a mãe a comprar no último verão para entregá-lo à irmã.

Helena segurou o aparelho entre as luvas vermelhas de couro, tirou as duas e clicou na tela.

— Mais quinze centímetros hoje. — Ela sorriu. — Nós devíamos fazer nosso boneco de neve inaugural *amanhã*, mas aposto que você vai passar o dia todo esquiando. Está a fim de fazer agora?

— Claro. — As garotas foram até o meio da enorme propriedade de mais de dois hectares onde faziam o primeiro boneco de neve da estação todos os anos desde que eram pequenas. Helena começou a preparar uma bola de neve, o chapéu caindo nos olhos.

— Acho que esse ano devia ser uma *boneca* de neve — decidiu Helena. — Com dois peitões.

— E uma bunda redondinha — acrescentou Aerin, ainda sem fôlego.

Helena deu um sorrisinho.

— E quem sabe uma vagina. Toda correta anatomicamente.

Aerin riu. Mas o que ela queria mesmo fazer era passar os braços em volta da irmã. Helena estava agindo como se não fosse nada de mais, mas era estranho elas estarem passando tempo juntas de novo. Rindo.

Houve uma época em que Helena e Aerin foram inseparáveis. Elas faziam barracas de cobertor e contavam histórias de terror. Sonhavam com uniformes novos e melhores para sugerir à Windemere-Carruthers, a escola particular onde estudavam em Dexby, Connecticut. Inventavam novos sabores de sorvete, como morango com pimenta jalapenho, para a mãe fazer na máquina de sorvete, sabores malucos que as duas admitiam que *nunca* iriam experimentar.

Mas, no começo do último verão, Helena... mudou. Passou a ficar enfiada no quarto, cortou o cabelo comprido de sempre e parou de falar com a família, inclusive Aerin. "Ela é adolescente", disse a mãe delas distraidamente para Aerin. "Está com o primeiro namorado. Ela precisa de espaço para entender tudo."

Mas Aerin precisava dela mais do que nunca. Os pais, que sempre pareceram tão apaixonados, estavam brigando sem parar. Aerin sabia que Helena também ouvia as brigas pelas paredes finas do quarto, mas sempre que tentava falar com ela sobre isso, Helena mudava de assunto.

Mas agora Helena estava empilhando neve para o tronco da boneca, sorrindo como se as coisas estivessem normais. Até começou a tagarelar que Aerin devia entrar na equipe júnior de esqui, pois era muito talentosa. De repente, Aerin disse:

— Kevin não quis fazer um boneco de neve?

Helena parou e olhou para ela.

— Eu não perguntei se ele queria.

— Vocês, tipo, estão fazendo? — perguntou Aerin rapidamente.

Helena franziu a testa.

— *Fazendo?*

Aerin achava que perguntar faria com que parecesse mais velha, o tipo de garota com quem a irmã ainda ia querer passar tempo. Helena provavelmente entraria em casa e bateria a porta do quarto, e seria o fim de tudo.

Mas Helena segurou o ombro de Aerin da mesma forma como fazia nas aulas de natação quando Aerin saía da água depois de ser a última. O gesto era tão carinhoso e familiar que Aerin sentiu uma onda de lágrimas.

— É que eu sinto *saudades*.

Helena apertou com mais força.

— Vamos conversar mais. Mas... algumas coisas vão ter que ser discutidas por debaixo dos panos.

Aerin piscou sem entender.

— Hã?

— Pelo celular.

— Tipo... mensagens de texto?

Helena olhou para ela como se quisesse dizer mais alguma coisa, mas inclinou a cabeça na direção do bosque, como se tivesse ouvido alguma coisa. Aerin acompanhou seu olhar, mas só viu as mesmas árvores que sempre estiveram lá. Quando olhou para Helena de novo, a irmã estava pegando uma bola de neve e jogando na cabeça de Aerin. Ela gritou.

— Vamos procurar gravetos para os braços — disse Helena. — Estou ficando congelada.

Elas fizeram a cabeça e deram formato ao cabelo. Conversaram sobre ter um novo cachorrinho. Aerin votou por um Golden; ela achava que o nome poderia ser Sucrilhos.

— É um bom nome — disse Helena suavemente.

Aerin ergueu o rosto, ainda mais intrigada. Era um nome idiota e as duas sabiam. Por que Helena estava sendo tão legal? Ela ficou com vergonha. E se sua irmã soubesse de alguma coisa sobre os pais que Aerin não sabia, tipo que eles iam se separar? Aerin não sabia se estava pronta para essa conversa.

Mas Helena não disse nada sobre isso e logo a boneca de neve estava pronta. As duas garotas recuaram alguns passos. Aerin sorriu ao ver o resultado do trabalho delas.

— É a nossa melhor até agora.

Quando olhou para Helena, a cabeça da irmã estava virada para o bosque novamente.

— É mesmo — disse ela baixinho. Por um momento, fez cara de que ia chorar, mas olhou para a boneca de neve e sorriu com alegria.

— Ela precisa de mais alguma coisa, você não acha?

— Como o quê?

— Como... — Helena levou a mão à boca. — Uma bolsa, talvez. Achei uma marrom de vinil no Goodwill uns dias atrás. Está na minha cama. Quer ir buscar?

Aerin tinha certeza de que tinha escutado errado. O quarto de Helena era proibido. Podia ser algum tipo de teste?

— T-tudo bem.

Aerin abriu a porta de correr e seguiu pela sala, deixando marcas molhadas no tapete trançado à mão. A casa estava silenciosa, os pais tinham saído. Ela sorriu para seu reflexo no espelho enorme do corredor. Tinha o mesmo cabelo louro de Helena, mas suas feições eram mais irregulares, seus ombros mais largos. Seu rosto mais masculino. Ainda assim, era claro que elas eram irmãs.

Talvez elas comessem pizza mais tarde. Talvez Helena a levasse para algum lugar no Fusca dela. Talvez elas pensassem em alguma forma de fazer os pais pararem de brigar.

A porta do quarto de Helena estava fechada. Aerin girou a maçaneta. Lá dentro, sentiu cheiro de óleo de patchouli e jasmim, aromas embriagantes que pareciam misteriosos e adultos. Ela observou a escrivaninha cheia de materiais de arte, os pôsteres de bandas das quais nunca tinha ouvido falar, um iPhone sobre uma almofada em formato de coração na cama, a bolsa marrom de vinil. As portas do armário de Helena estavam abertas, revelando as roupas chamativas que ela vinha usando ultimamente: penas e seda, estampas de espirais e franjas. O olhar de Aerin foi até a mesa de cabeceira. Havia uma garça feita de dobradura em papel vermelho brilhante, ereta como uma sentinela.

Um tremor percorreu seu corpo. A garça parecia estar olhando para ela.

Ela chegou mais perto e tocou na asa. Um diário com capa de pano estava ao lado da garça. Aerin levantou a capa e olhou para o nome da irmã escrito na primeira página com a caligrafia floreada.

Houve um estalo, e Aerin enrijeceu. Pegou a bolsa na cama de Helena, pendurou no cotovelo e correu para o corredor. A cozinha enorme ainda estava vazia. Ela espiou os fundos da casa. Helena tinha sumido. A boneca de neve ainda estava lá, os braços esticados, no meio do quintal.

— Helena? — chamou Aerin, dando alguns passos adiante no pátio.

Uma ave gritou em um galho alto. O vento tinha parado. O quintal era um quadrado branco, aberto e solitário.

— Helena! — gritou Aerin de novo, descendo os degraus. — Cadê você?

Sua voz ecoou no ar parado. Seu coração estava disparado. *Ela foi embora porque eu xeretei.*

Ela correu até a frente da casa. O carro de Helena estava parado na entrada da garagem. Não tinha ninguém no banco do motorista. Aerin se lembrou do celular de Helena ainda dentro de casa. Sua irmã nunca sairia de casa sem ele.

Alguma coisa se moveu onde começavam as árvores, e Aerin se virou.

— Helena?

Ela reparou em uma coisa na neve. As frutas silvestres caídas dos arbustos que contornavam os fundos da propriedade pareciam sangue manchado sobre o branco. No meio delas, Aerin quase não viu as luvas vermelhas de couro que Helena estava usando na neve logo ao lado das frutas, as palmas viradas para cima.

Aerin correu até elas, o coração disparado.

— Helena? — gritou ela. — *Helena!*

Helena nunca mais responderia.

CINCO ANOS E QUATRO MESES DEPOIS

Bem-vindo ao CASO NÃO ENCERRADO, a comunidade nº 1 de casos arquivados da internet

FÓRUM DE DISCUSSÃO
PASTA: CASOS ATUAIS
NOVO TÍTULO DE DISCUSSÃO: HELENA KELLY, DEXBY, CT
Postagens: (1) 14 de abril, 21h02

AKellyReal: Preciso de respostas sobre minha irmã. Me ajudem...

UM

NA NOITE DE QUINTA-FEIRA, pouco antes do recesso escolar de primavera, Seneca Frazier estava sentada de pernas cruzadas na cama do pequeno quarto de alojamento da University of Maryland. Passava das 23 horas, e o alojamento estava silencioso porque todo mundo estava nas festas das fraternidades ou nas casas dos alunos ricos. Estava tocando Tove Lo pelos alto-falantes do laptop dela. Havia caixas fechadas em volta da cama. Ela tinha apagado a luz do quarto, e o brilho da tela deixava sua pele morena com um tom dourado. O perfume que a colega de quarto, Eve, tinha borrifado antes de sair ficava fazendo Seneca espirrar, e as mechas cacheadas presas em seu rabo de cavalo ficavam se soltando e fazendo cócegas na sua bochecha. Mas quando ela viu a postagem que Maddy tinha acabado de escrever na área de bate-papo do Caso Não Encerrado, um fórum de resolução de crimes no qual Seneca era um pouco viciada, esses detalhes irritantes foram esquecidos. Seu olhar se concentrou nas palavras na tela.

MBM0815: Você conhece esse caso?

Embaixo havia uma captura de tela de uma postagem escrita horas antes por uma pessoa chamada AKellyReal. O estômago de Seneca deu um nó ao ler o nome no título da discussão: Helena Kelly. *Conheço, Maddy. Decorei todos os detalhes desse caso.*

Mas ela não podia contar isso para Maddy. Ela moveu os dedos sobre o teclado.

Poderosa: *Garota rica que sumiu cinco anos atrás? O corpo foi encontrado em um parque?*

MBM0815: *É. Aconteceu na minha cidade. Estou pensando em dar uma olhada nisso.*

Seneca puxou o cachecol infinito cheio de bolinhas que estava em seu pescoço e olhou para a captura de tela. A pessoa que postou, AKellyReal, era *Aerin* Kelly, irmã de Helena? Como Aerin ficou sabendo do Caso Não Encerrado? Talvez da mesma forma que Seneca: sem querer. Ashton, um dos amigos dela da faculdade, com quem ela trocava livros surrados da Agatha Christie, mencionou no refeitório. "Sabia que tem um site em que investigadores amadores resolvem crimes?", disse ele com animação. "É uma coisa meio videogame, meio *Bones*. Está acabando com meu tempo de estudos." Seneca fez um movimento de ombros apático e empurrou a mistura de frozen de morango e cereal de chocolate. "Parece legal." Mas, assim que ficou sozinha, ela correu até o quarto, ligou o laptop e digitou *Caso Não Encerrado* no navegador.

Era fácil perder horas nos fóruns de discussão do CNE. Ela levava o laptop para a aula e fingia estar fazendo anotações, mas na verdade estava avaliando assassinatos e sequestros não solucionados. Alguns dias ela matava aula... os vídeos das aulas ficavam disponíveis online, de qualquer forma. Ela não queria perder nenhum novo desenvolvimento relacionado aos casos. Alguns dos participantes eram idiotas ou só curiosos, mas outros davam contribuições inteligentes e conhecimento prático: MizMaizie trabalhava para a polícia de Seattle. ChifreDeUnicórnio tinha formação em perícia. BGrana60 sempre participava fazendo uma declaração do tipo *Alerta de spoiler: Foi a mãe*. Ele muitas vezes acertava.

Parecia que Seneca tinha sua própria unidade de CSI dentro do computador.

E tinha sua amiga Maddy, ou MBM0815, ou Madison Wright, de Connecticut. No Facebook, Maddy fazia o tipo líder de torcida sorridente, com pele e cabelo oriental perfeitos e uma preferência por rosa, mas as postagens dela no Caso Não Encerrado eram inteligentes e perspicazes. Quando ficaram amigas o suficiente e passaram a conversar pelo Gchat, elas falavam sobre coisas pessoais bobas e inventaram um jogo em que comparavam pessoas que conheciam com tipos de doce. Seneca tinha admitido muita coisa para Maddy, mas não tudo. Ela nunca contava tudo para *ninguém*, a não ser que fosse necessário.

Uma ideia surgiu em Seneca, e num impulso ela iniciou uma mensagem nova.

Poderosa: *Ideia maluca. Entro de recesso de primavera a partir de amanhã e vou ficar superentediada. Eu poderia ir até aí visitar você. A gente podia ver essa história da Helena juntas.*

Ela acrescentou um emoji de rosto surpreso e clicou em ENVIAR, depois ficou batendo com as unhas ansiosamente na moldura da cama. Seria incrível encontrar uma nova amiga. Ela tinha um grupo com quem andava na faculdade, mas todos ainda pareciam meros conhecidos.

E Helena Kelly... bem. Esse era o Santo Graal dos casos para ela. Ela estava morrendo de vontade de mergulhar de cabeça nele.

Cinco anos e meio antes, na época em que Helena desapareceu, Seneca assistia ao canal CNN religiosamente. Os noticiários não paravam de falar sobre o caso. Grupos de buscas saíam todos os dias, a cidade toda foi entrevistada e até o governador de Connecticut fez um discurso sobre levar Helena de volta para casa em segurança. No começo, a história provocou repulsa em Seneca, despertando nela uma sensação de vazio, mas com o passar dos meses sem Helena ser encontrada, seus sentimentos começaram a mudar. Quando Seneca via um segmento sobre Helena no noticiário, ela largava tudo para assistir. Leu todos os artigos investigativos sobre Helena mais de uma vez. Xeretou a página memorial e acabou decorando os nomes de todos os amigos dela. Revirou as páginas de Facebook dos familiares durante meses, descobriu que os pais estavam se separando e que a Sra. Kelly estava reativando uma sorveteria na cidade, apoiada pela comunidade de Dexby "no momento de necessidade da família". Seneca prendeu a respiração e torceu pelo retorno de Helena sã e salva. Entendia que o universo não distribuía finais felizes, mas achava que talvez Helena contradissesse as expectativas.

Mas, quatro anos depois, o corpo de Helena foi encontrado. Seneca presenciou horrorizada a polícia de Dexby admitir que duvidava que fosse descobrir o responsável. *Mas tem tantas outras coisas para investigar!*, ela pensara. Por que não se esforçaram mais para verificar o álibi do namorado dela? Não podiam mandar mais cachorros ao parque? Todos os momentos da vida de Helena eram conhecidos?

O computador de Seneca emitiu uma notificação. Ela clicou na mensagem.

MBM0815: *Você deve ser paranormal. Eu estava pensando a mesma coisa. Você pode ficar aqui. O trem Amtrak da linha Metro-North te traz até aqui. Tem uma estação em Dexby.*

Seneca se encostou e esbarrou na caixa fechada com o rótulo *Mistérios A-L*. Seu corpo foi tomado de empolgação, seguida de um tremor de medo. Ela ia mesmo até o fim. Viajaria para o lugar que consumiu seus pensamentos, interrogaria as pessoas sobre quem já sabia tanto. Despertaria um monte de lembranças que passou muito tempo tentando ignorar.

Mas não conseguia deixar de se sentir energizada pelo desafio. Ela sabia mais sobre aquele caso do que a maioria dos policiais que trabalharam nele. Madd*y precisava* dela. Caramba, *Helena* precisava dela, e Aerin também. Seneca conseguia visualizar Aerin entrando no Caso Não Encerrado, desesperada por respostas. Talvez, se Seneca descobrisse o mistério, todas as outras coisas na vida dela que estavam girando fora de controle poderiam finalmente encontrar seu lugar.

Muito bem, então: ela iria. Descobriria o que aconteceu. Não resolveria todos os seus problemas. Não solucionaria todos os seus mistérios. Mas era um começo.

DOIS

AERIN AFUNDOU em um sofá desconfortável de vime de dois lugares na varanda da amiga Tori, cruzou as pernas de forma provocativa e olhou para o garoto ao seu lado. Oliver. Não, Owen. Merda. Era Owen, sem dúvida.

— Que festa, hein? — Ela tomou um gole de Mike's Hard Lemonade que pegara no cooler e fez uma careta ao sentir o gosto doce e enjoativo. Devia ter escolhido uma Corona.

Os dedos de Owen tremeram na garrafa de cerveja.

— Eu queria morar em Dexby. Aqui é incrível.

— Não pra quem mora aqui. — Aerin deu de ombros.

Ela olhou pela janela com tela para o quintal imenso de Tori. Apesar de o Sr. e a Sra. Gates terem dito claramente que era para Tori ficar longe do buraco da fogueira quando eles estivessem fora da cidade, havia uma fogueira enorme ardendo. Um grupo de adolescentes dançava com movimentos tribais em volta das chamas, bêbados, chapados ou os dois ao mesmo tempo. Na quadra, garotos de Windemere, a escola preparatória enfadonha de Aerin, estavam jogando basquete, tropeçando em três garotas que riam sem parar e tinham decidido se deitar para olhar as estrelas. Estava tocando Pitbull em alto volume, alguém estava vomitando nas plantas e Aerin estava praticamente certa de que tinha visto Kurt Schultz dar ré no Porsche do Sr. Gates no caminho da garagem. Uma noite típica em Dexby, pensou Aerin ironicamente. As pessoas aqui faziam tudo em excesso, principalmente as festas.

Ela deu seu sorriso mais sexy para Owen. Ele era de fora da cidade e primo de Cooper Templeton, que devia estar fumando maconha no *gravity bong* que tinha levado, pois era isso o que Cooper *sempre* fazia nas festas. Mais cedo, Aerin tinha reparado em Owen do outro lado do salão lotado e destruído. Ele parecia meio perdido, e ela se aproximou.

— Vamos procurar um lugar tranquilo para conversar — dissera ela, pegando a mão dele. No caminho para fora, Quinn McNulty, amiga da turma de Aerin, fez sinal de positivo.

— Ele é fofo — murmurara Quinn, mas Aerin escolheu Owen mais porque ele não a conhecia... nem sua história.

O olhar de Owen se desviou para os dedos de Aerin, que estavam subindo pelo braço dele. Ele riu com nervosismo.

— O que vocês fazem aqui? Vi que tem uma pista de esqui aqui perto. Você curte?

— Já curti — disse Aerin —, mas perdeu a graça. — Foi a mesma mentira que ela contou para os pais.

Ela não estava a fim de falar, então se levantou e puxou a camiseta pela cabeça, revelando um sutiã de renda lilás. A varanda estava vazia e era particular. Mais ou menos. Mas muitos dos caras ali já tinham visto o sutiã dela. O queixo de Owen caiu.

— Opa.

— Sua vez — pediu ela, apontando para ele e baixando os cílios.

Owen tirou a enorme camiseta Sunkist pela cabeça e também a largou no chão. Era tão fácil desviar a atenção de um garoto.

Aerin o olhou de cima a baixo. Ele tinha pele bronzeada e um abdome rígido. O elástico amarelo da cueca boxer aparecia acima do short. Havia uma cicatriz do tamanho de uma moeda à direita do umbigo. Todos esses detalhes ela esqueceria em uma hora. Ele esticou as mãos e a puxou para perto.

— *Humm* — gemeu ele, levando os lábios à clavícula dela. — Uau.

Aerin também fez o mesmo ruído, tentando sentir um tremor de... bem, de alguma coisa. Mas Owen podia ser qualquer pessoa. Ela só precisava de uma distração para esquecer que tinha postado aquela coisa absurda naquele site absurdo de resolução de crimes.

Eles ficaram dando uns amassos por um tempo, as mãos de Owen passando sobre o fecho do sutiã. Aerin deu alguns beijos nele e apertou as mãos sobre o peito liso e nu. Os dedos dele foram até a cintura da saia dela. Ela o sentiu mexer no botão e se afastou.

— Espera. Não — disse ela, chegando para trás.

Owen ficou olhando para ela. O cabelo dele estava armado com mousse, os lábios entreabertos. Ele sorriu.

— Para com isso — pediu ele, beijando o pescoço dela.

As mãos dele foram na direção da cintura da saia dela novamente. Aerin sentiu o antigo pânico e ouviu aquela voz familiar. *Não.*

— Eu disse *não* — disse ela, dando um pulo para longe dele.

Ele se encostou e apoiou as mãos nos joelhos. Alguém soltou um grito na festa. A bola de basquete bateu no chão com um ruído alto. Owen parecia atordoado.

— Sério?

Aerin se levantou e quase tropeçou nos sapatos, que tinha tirado. Owen procurou respostas com o olhar enquanto ela vestia a blusa.

— Eu perdi alguma coisa?

Ela enrijeceu.

— Mudei de ideia.

Ele pegou a camiseta no chão e a vestiu. Bebeu o que restava da Coors Light de um gole só.

— Maluca.

Ela o viu bater a porta da varanda e sair para o quintal, indo em direção à fogueira para se sentar com mau humor numa das cadeiras de madeira. *Você é uma aberração*, ela disse para si mesma.

Suspirando, Aerin foi até o banheiro de Tori no andar de baixo, que estava cheio de papel higiênico no chão e com uma embalagem de preservativo na pia. Abriu a torneira mesmo assim e jogou água na cara. Seu reflexo olhou para ela do espelho, o rímel escorrendo, o batom borrado. O cabelo louro com luzes era liso graças à chapinha, e a pele era impecável devido à rotina de maquiagem de quarenta e cinco minutos. Os peitos, que cresceram de forma significativa nos últimos cinco anos, ficavam ainda mais voluptuosos na blusa de gola V. O que deu nela para seduzir aquele pobre garoto e dar um fora nele? Não era só por hoje ser o aniversário de descoberta dos ossos da irmã dela. Não era só por causa da postagem que ela fez no site. Já tinha acontecido muitas vezes antes.

A primeira vez foi no aniversário de dois anos de desaparecimento da irmã. Ela tinha treze anos. Ela e James Ladd estavam na fila da capela matinal na escola, e ele estava olhando para ela, provavelmente sentindo pena.

— Quer que eu tire a blusa? — disse ela de repente.

Sem ninguém ver, eles foram para o teatro da escola e se esconderam atrás da grande árvore de Natal no palco. Lá, ela tirou a blusa. James olhou para Aerin com tanta... apreciação. Era bom estar no controle de uma situação, e não o contrário. Era bom sentir alguma coisa depois de dois anos de entorpecimento.

Ela continuou. Houve Kennett McKenzie, o garoto que ela beijou numa festa em uma casa no Upper West Side quando devia estar visitando o pai. E Landon Howe, o garoto para quem ela mostrou a calcinha em um brunch de jardim. E aquela vez, exatamente um ano antes, em que ficou de amassos com Brayden Shapiro no nono buraco de golfe do Dexby Country Clube. Naquele mesmo dia, sua mãe recebeu a ligação sobre os restos da irmã naquele parque no Condado de Charles, a duas horas de casa. Aerin tentou não desmaiar quando o pessoal da perícia falou sobre o trauma por força bruta na pélvis de Helena, ainda aparente após quase cinco anos de decomposição.

De repente, houve uma comoção lá fora. Aerin espiou pela janela. Havia luzes azuis e vermelhas da polícia no jardim da frente. Um som de sirene se espalhou no ar. Quando ela abriu a porta do banheiro, adolescentes passaram correndo, jogando latas de cerveja e copos de plástico para trás.

— O bosque! — gritou Ben Wilder.

— Pega a bolsa! — sibilou Rebecca Hodges para Greta Attkinson. — Senão vão encontrar seus documentos e saberão que você estava aqui!

Aerin pegou um Dorito em uma tigela no saguão e andou calmamente para o jardim da frente. Tomou um gole de limonada. Os policiais que a pegassem. Ela não se importava.

Os policiais estavam fazendo testes do bafômetro. Tori estava chorando na varanda. Aerin pensou em consolá-la, mas não ia resolver nada.

— Você não pode ir embora! — gritou uma voz rouca para Aerin. Um policial apontou uma lanterna para a cara dela, mas, depois de um momento, baixou a luz para a grama. — Aerin *Kelly*?

O jovem policial deu um passo na direção dela. Ele tinha pele muito lisa e pálida. Aerin se perguntou se ele já tinha se barbeado. O uniforme ficava largo no corpo magro.

— Sou Thomas. — Havia um leve tremor na voz dele. — Thomas Grove. Nós nos conhecemos, hum, na festa do Coelhinho da Páscoa do ano passado.

Aerin olhou melhor.

— Ah, merda.

A festa do Coelhinho da Páscoa era um evento anual em Dexby. Acontecia na propriedade de Chester Morgenthau na noite do domingo de Páscoa; na verdade, a festa do Coelhinho da Páscoa daquele ano aconteceria na semana seguinte. Os adultos se arrumavam, conversavam, se gabavam das suas fortunas, davam lances no leilão silencioso, blá-blá-blá. Uma das tradições era que consideravam adequado que garotas aparecessem vestidas meio como prostitutas, meio como Coelhinho da Páscoa, com cesta de palha e tudo.

No ano anterior foi a primeira vez de Aerin no mundo da festa do Coelhinho da Páscoa, e ela não ficou surpresa de ver brigas na adega e pessoas praticamente fazendo sexo nos tapetes de casimira. Sem querer ficar de fora, Aerin pegou um formando aleatório de Windemere e o arrastou para a despensa. Não que ela realmente tivesse que arrastar ninguém.

E ali estava ele: Thomas Grove. Se ela tivesse um milhão de chances de adivinhar o nome dele, nunca teria escolhido esse.

Thomas deu um passo na direção dela, mas não de forma ameaçadora. O sorriso dele era surpreendentemente doce e tímido, e Aerin reparou que Thomas foi o primeiro homem nos últimos tempos a *não* ficar olhando para os peitos dela.

— Você é policial agora?

— Pois é, dá pra acreditar? — disse Thomas em tom de conspiração, como se tivesse enganado seus superiores. — Estou na força policial há dois meses. É muito difícil conseguir emprego aqui. A maioria dos caras começa em Clearview ou Rhode. Eu nem precisei me mudar.

Aerin ainda estava pensando na festa do Coelhinho da Páscoa. Depois de alguns amassos (sem ele forçar nada além disso), ela e Thomas ficaram sentados na despensa da casa de hóspedes observando. Havia umas dez latas de apresuntado Spam, montes e montes de SpaghettiO e caixas de mingau Cream of Wheat. A ideia do Sr. e da Sra. Morgenthau comendo mingau foi hilária, e ela e Thomas riram juntos só de imaginar. Por alguns minutos, Aerin se sentiu quase... *normal*, uma frequentadora meio embriagada de qualquer da festa do Coelhinho da Páscoa.

Mas aí, Thomas segurou a mão dela e disse alguma coisa sobre o quanto ela era linda e algo sobre a irmã dela... que sempre achou que Helena era legal. Ele foi da mesma sala de estudos dela quando estava no nono ano e ela no terceiro do ensino médio, algo assim. Aerin fugiu correndo.

Ela piscou para afastar a memória e se empertigou. Thomas era policial agora. Ela *odiava* policiais, especialmente os de Dexby.

— E você vai me prender, por acaso? — desafiou ela.

Thomas puxou a gola da camisa e olhou discretamente para um policial à direita que estava algemando Cooper Templeton.

— Vá embora. Eu ia odiar se isso fosse parar na sua ficha.

Aerin olhou para ele com desconfiança. Por que ele estava sendo tão legal? Talvez não importasse. Ela não queria ficar ali no meio daquela merda.

— Valeu — disse ela com indiferença, jogando o cabelo para trás. — Te devo uma.

— A gente se vê? — disse Thomas, mas Aerin não respondeu.

Segura dentro do Audi, ela contou o número de viaturas na entrada da casa de Tori. Quatro… não, *cinco*. Praticamente toda a força policial de Dexby. Evidentemente, eles não tinham nada melhor para fazer em uma noite de quinta. Isso porque Dexby era supersegura, certo? Nada de ruim *nunca* acontecia lá.

Quase nada. Às vezes, Aerin achava que era a única que se lembrava daquilo.

QUANDO ELA ENTROU com o carro na garagem, a casa estava escura e o carro da mãe dela não estava na vaga. Isso não era surpresa. Ela ainda devia estar em uma das três sorveterias Scoops de Dexby cuidando para que o sorvete Rocky Road estivesse crocante o suficiente.

Aerin costumava se questionar o quanto a mãe realmente sabia. Sobre os garotos com quem ela ficava. Que ela não parou de esquiar porque tinha enjoado. Que sentia que era a única pessoa que ainda pensava em Helena.

Que tinha feito um pedido de ajuda em um site ridículo da internet.

Ela bateu a porta do carro, abriu a garagem e piscou na escuridão úmida, pensando. O antigo karaokê de cabine ainda estava no canto.

Contém 1.045 músicas!, diziam as letras grandes cor-de-rosa na lateral. Anos antes, Aerin e Helena ficaram obcecadas pela máquina de karaokê na feira beneficente de Dexby e, depois de implorarem muito, o pai comprou uma para elas. Não que Aerin pedisse alguma coisa para o pai *agora*. Ela mal o visitava no apartamento desolado de Nova York, para onde ele se mudou depois da separação. Ela odiava a vista dos sovacos da Estátua da Liberdade e a geladeira quase vazia.

Ela chutou uma caixa de sacos de lixo e empurrou a cortininha. Estava quente e úmido dentro da cabine do karaokê, e tão escuro que ela mal conseguia ver a mão na frente do rosto. Ela não ligava a máquina havia cinco anos, mas, se fechasse os olhos, ainda conseguia ouvir os longos arpejos de uma música da Mariah Carey. A doçura de "A Whole New World". Como Helena cantava Bruno Mars de forma monótona, mas Aerin cantava com tudo.

Lágrimas ameaçaram escorrer pelas bochechas, e ela fungou vigorosamente para segurá-las. Ela pegou o celular. Odiando-se, digitou *Caso Não Encerrado* no navegador.

Dedicado a investigar casos não resolvidos desde 2010, dizia o banner malfeito. Havia uma aba marcada *Recursos visuais*; quando visitou o site pela primeira vez, ela clicou ali e encontrou miniaturas de desenhos intitulados *O caminho do assassino* e *Ângulos de faca* e *Marcas no corpo = ritual satânico?* Uma mensagem que piscava com a palavra *vídeos* levava a pérolas como um vídeo de um corpo, machucado e totalmente nu, caído em um estacionamento; uma tomada panorâmica lenta de uma cena de crime, com marcas de mão feitas com sangue nas paredes; e um legista de pé ao lado de um corpo descrevendo secamente a causa da morte. Um link que dizia *Garimpos da imprensa* listava histórias com títulos como *Grupo amador de investigadores ajuda a encontrar garota desaparecida em Arkansas* e *Alertas de celular rastreados por investigadores online desvendam um assassinato em West Virginia*. E havia páginas e páginas de fóruns, com categorias como *Regras*, *Casos em andamento*, *Desaparecidos*, *Crimes sexuais*, *Imagens de webcam* e até uma que dizia *Desprezível*.

Em *Casos em andamento*, dezenas de nomes surgiram. Havia o nome da irmã de Aerin no meio do grupo: *Helena Kelly, Dexby, CT*. Foi chocante ver, apesar de ter sido Aerin quem botou a mensagem lá. Com músculos contraídos, ela clicou na mensagem. Seu coração pulou. Sete respostas!

Esse é difícil, escreveu XCalibur. *Não caio nessa.*

Nem o FBI conseguiu encontrar pistas, escreveu alguém chamado RGR. *Eu também estou fora.*

Mais cinco mensagens diziam a mesma coisa. Aerin inspirou fundo, sentindo como se tivesse levado uma facada. O sentimento eufórico que ela teve foi exterminado na mesma hora, deixando-a vazia. Ali estava. Seu grande pedido de ajuda... e a resposta desanimadora de estranhos idiotas. Era melhor ela aceitar de uma vez: nunca saberia a verdade sobre Helena. O que aconteceu com sua irmã permaneceria um mistério (e um pesadelo recorrente) pelo restante da vida dela.

TRÊS

NO DOMINGO, depois de algumas reuniões com orientadores e uma discussão com um representante do atendimento ao cliente da Storage Lockers 4U, Seneca estava em um assento incômodo da linha Metro--North, seguindo para Dexby. O vagão do trem tinha cheiro de desinfetante e café. Ela tinha quase certeza de que aquele era o vagão silencioso, mas estava com o celular grudado na orelha tentando acalmar seu pai.

— Eu também queria muito ver você no recesso de primavera — murmurou ela. — Mas Annie entrou em crise em Berkeley e precisa da minha ajuda.

— É que odeio a ideia de você viajar sozinha — disse o pai de Seneca.

— *Pai.* Eu tenho dezenove anos. Consigo entender o Amtrak sozinha. Não se preocupe.

Ele suspirou.

— Bom, eu preciso ligar para os pais de Annie e agradecer por eles estarem recebendo você?

— Não! — disse Seneca com ênfase, mas ficou com medo de parecer em pânico. — Quer dizer, deixa comigo. — Ela respirou fundo e olhou em volta. Tinha um garoto com um moletom enorme, tênis dourados ridículos e um boné enfiado na cabeça alguns assentos à frente. Ela sempre o pegava olhando para ela. Do outro lado do corredor, uma garota maquiada demais moveu os lábios pintados de cor clara enquanto lia a revista *OK!*

— Mas você vai vir para casa um pouco antes de ter que voltar para a faculdade, não vai? — perguntou o pai. — Você volta... quando? Uma semana depois de segunda-feira?

— Uma semana depois de terça. — Ela cruzou os dedos nas costas e rezou para os orientadores da Universidade de Maryland não ligarem para a casa dela.

— Divirta-se com Annie, Passarinha — disse o pai com tristeza, usando o apelido de Seneca de quando era pequena, o que a fez sentir outra pontada de culpa. Ela odiava mentir para ele. Sabia como ele vivia estressado por ela; era incrível que ele a tivesse deixado morar no alojamento. O pai também se preocupava com novas pessoas na vida dela, mas quando ela contou sobre Annie Sipowitz, uma garota que ela conheceu na faculdade, ele pareceu confiar nela. Como poderia não confiar? Annie era musicista motivada, gênio da matemática e líder de grupo jovem que nunca se metia em confusão. Mas Seneca não estava indo para a casa de Annie desta vez. No entanto, não podia contar ao pai o que estava *realmente* fazendo.

Ela colocou o pingente de *P* na boca e sugou com força, algo que fazia quando estava nervosa. Mais uma vez, olhou a mensagem de Maddy de alguns minutos antes. *Vai ser épico. Aliás, eu disse que nos conhecíamos do acampamento de corrida, então finja que é corredora!*

Seneca assentiu, relembrando que Maddy mencionou que gostava de correr. Ela digitou na tela. *Acabamos de passar por Stamford. Estou levando seu Krispy Kreme.* Ela olhou para a caixa de donuts ao seu lado. Gostava de Maddy ser o tipo de garota que não se importava de se permitir um donut ou dois.

Legal, respondeu Maddy. *Estou com uma jaqueta verde. Vou estar na plataforma.*

Seneca sorriu, apertou o botão da tela principal e abriu o Google Chrome. Na noite anterior, tinha relido os relatos investigativos sobre o caso de Helena Kelly. Agora, clicou em um link do anuário do terceiro ano de Helena da Windemere-Carruthers. Havia a foto para a qual ela olhava muito, com Helena andando no corredor com o uniforme quadriculado, um chapéu inclinado na cabeça. Ela parecia tão despreocupada.

Em outra página, cada formando tinha escrito dedicatórias embaixo das fotos. A de Helena, que tinha sido enviada pouco antes de ela morrer, era particularmente animada: *Vou sempre querer amar minhas amigas, você estará comigo eternamente, Becky Bee, beijos meu colega, verdadeiro cavalheiro com jeitão samurai.*

Finalmente, Seneca clicou nas notícias de quando os restos de Helena foram encontrados no ano anterior. Algumas crianças estavam brincando em um riacho no Condado de Charles, Connecticut, quando um garoto encontrou o que achou que fosse um osso de cachorro. A mãe dele percebeu que não era e chamou a polícia. Logo ficou claro que os registros dentários batiam com os de Helena.

Seneca precisava descobrir quem a colocou lá.

Em poucos minutos, o trem parou na estação. Seneca puxou a mala de couro antiga do compartimento superior. A garota lendo a revista *OK!* estava na frente dela na fila para sair, falando com voz melosa no iPhone. À frente, o cara de tênis dourados olhou para Seneca com uma sobrancelha erguida. Seneca olhou para seu reflexo no espelho. Com a pele cor de mel, os olhos azul-claros e o cabelo volumoso e escuro, ela sabia que alguns rapazes a achavam "exótica"... mas ela também estava com pouca maquiagem, e suas botas tinham ponteiras de aço. A garota da *OK!* não era mais o tipo dele? Quando olhou de novo, o garoto de tênis dourados tinha sumido.

Havia multidões na plataforma, e todo mundo parecia estar usando camisas polo arrogantes. Pinheiros enormes em formato de aromatizadores de carro se destacavam no horizonte, e o ar frio tinha cheiro de limpo e um toque quase gelado. *Aqui estou eu*, pensou Seneca. Todas as notícias enfatizaram a riqueza de Dexby, então ela esperava castelos em colinas, Rolls-Royces no estacionamento. Havia um pequeno bairro de compras do outro lado da rua com uma Pure Barre, uma loja de vinhos e bebidas destiladas, e uma Vineyard Vines. Um hotel com cara de pousada de estação de esqui chamado Restful Inn ficava no fim do quarteirão; Seneca não conseguiu decidir se era uma agressão visual ou adoravelmente brega.

Ela procurou uma garota oriental de verde. Todo mundo estava andando para a escada ou cumprimentando gente que desceu do mesmo trem que Seneca. Ela abriu as mensagens de texto. *Cheguei*, ela escreveu para Maddy. *Cadê você?*

Passageiros correram para procurar suas caronas, e as possíveis Maddy foram sumindo uma a uma. Seneca olhou para o celular; Maddy não tinha respondido. Depois de alguns minutos, só sobrou Seneca na plataforma, além de um garoto alto e bonito com cabelo castanho ondulado, maxilar esculpido e uma camiseta que dizia *University of Oregon*. Hum. Maddy tinha dito para Seneca que conseguira bolsa na Universidade do Oregon por causa da corrida. Talvez aquele cara também estudasse lá e a conhecesse.

Ela foi até o estacionamento, pensando se tinha descido na estação errada.

— Com licença. — O cara da camiseta da Universidade do Oregon tinha ido atrás dela. — Você é Seneca?

— Sou...

Ele sorriu e esticou a mão.

— Oi! Sou Maddy!

Seneca ficou olhando para a mão esticada e depois olhou para ele. Na verdade, era meio difícil *não* olhar. Ele tinha olhos penetrantes que podiam ser descritos como ardentes e uma covinha no queixo. Estava usando uma jaqueta verde-oliva que parecia macia por cima da camiseta, e o tom da jaqueta realçava o verde dos olhos. Os tênis New Balance brancos e laranja estavam meio surrados e estragavam a aparência perfeita... como se ele tivesse calculado cuidadosamente como ficar acessível, mas sem deixar de estar adorável. Ela se viu fazendo o jogo que ela e Maddy (a Maddy da internet, não aquela pessoa) tinham inventado, atribuindo a ele um doce que melhor combinasse com a aparência. Ele era um daqueles chocolates Cadbury que ela tinha comprado em uma viagem para a Inglaterra com o pai no ano anterior. Era o melhor chocolate do mundo, mas dava para comprar na lojinha da esquina.

Ela sentiu que ficou vermelha e afastou o olhar.

— Espera, você é *quem*?

— Maddy. — Ele apontou para si mesmo com um sorriso bobo.

— Do Caso Não Encerrado.

— *Você* é MBM0815? — balbuciou ela.

Ele inclinou a cabeça de um jeito engraçado.

— É... — Ele olhou para a caixa de donuts que ela estava carregando. — Legal. Você vai me ajudar a comer isso, né?

Seneca não tinha ideia do que dizer. Não podia imaginar comer um donut na frente daquele cara; ficaria intimidada demais.

— Quem batiza um garoto de *Madison*? — disse ela por fim.

— Meu verdadeiro nome é Maddox. — Ele se inclinou para trás.

— Você achou... puta merda. Você achou que eu era Madison Wright, a garota? Ela é minha irmã. — Ele revirou os olhos, compreendendo.

— Você a viu no Facebook? Eu não tenho perfil lá, mas minha irmã adora fazer amizade com gente que não conhece.

A cabeça de Seneca parecia recheada de creme de barbear, o que era incomum para ela. Ela odiava se sentir balançada, e normalmente entrava em qualquer situação depois de ter feito uma boa pesquisa e de saber exatamente quem e o que a aguardava.

— Hã, não, eu sabia que você era você. Só confundi os nomes.

Não fazia sentido. Online, Maddy tinha declarado amar o programa *Antiques Roadshow*. Contou para ela que às vezes se sentia deslocado no meio dos adolescentes ricos da escola. Mas ali estava ele, alto, relaxado e confiante, os dedos enfiados nos passadores de cinto da calça jeans com aparência cara. O sorriso no rosto era de um cara que sabia que era atraente e amado. Pior ainda: Seneca tinha confessado pelo GTalk que nunca tinha feito sexo, que ainda usava aparelho para dormir, que passava mais tempo na biblioteca da faculdade do que no bar... ou na aula. Tinha contado a Maddy seus problemas na escola.

Até brindou Maddy com histórias sobre Chad, seu ex-quase-namorado, inclusive uma vez em que ele a ignorou enquanto assistia a futebol americano durante o que devia ser um jantar romântico na Filadélfia. Essa pessoa, esse Maddy, parecia alguém que a deixaria de lado por futebol americano também.

E, meu Deus. Foi *ela* quem sugeriu de ir a Dexby. E se ele achasse que ela queria transar?

Mas então, com um esforço, ela afastou suas inseguranças. Ele era um garoto. Era uma delícia de olhar. Era um corredor bizarramente legal. Quem se importava? Ela sabia por que estava ali de verdade.

— E aí, o que você diz? — Maddy estava com aquele sorriso tranquilo e seguro. — Vamos nessa?

Ele esticou a mão para a mala dela, mas a mão de Seneca foi mais rápida.

— Pode deixar.

Ela começou a andar. Quando finalmente ergueu o rosto, Maddy estava andando ao lado dela. Até o jeito dele de andar era sexy e atlético.

— Ei, está tudo bem. Sou eu. Você me conhece. — Os olhos dele ficavam menores quando ele sorria.

Seneca ajustou a mala na mão. *Não conheço, não*, ela desejou poder dizer.

— Só para deixar registrado — disse ela por cima do ombro. — Maddy *é* nome de garota. Você devia usar Maddox.

QUATRO

MADDOX WRIGHT ABRIU o porta-malas do Jeep, a chave pendurada em um cordão comprido que dizia *Time de Corrida de Dexby*.

— A viagem de trem foi boa? — perguntou ele a Seneca, colocando a caixa de donuts ao lado da mala dela e se sentando no banco do motorista.

— Foi — disse Seneca friamente. Ela hesitou junto à porta do passageiro, como se não tivesse certeza se ia entrar. Maddox se perguntou qual era o problema dela. Será que ela tinha achado *mesmo* que ele era uma garota? Não era possível. Suas postagens eram bem masculinas, não eram? Era verdade que Maddy era um nome ambíguo, e talvez ele tivesse sido mais confidente do que costumava ser com os amigos da cidade. Às vezes era mais fácil dizer o que estava pensando de madrugada, quando ele sabia que a pessoa a quem ele estava fazendo confidências não debocharia dele na escola no dia seguinte. Mas não havia motivo para ela ficar chocada ou agir com tanta relutância agora. Ele queria contar para ela que a maioria das garotas da escola ficaria doida para estar com ele, mas dizer isso parecia arrogante mesmo em pensamento.

A questão era que Seneca não parecia nenhuma das garotas da escola. Ele a espiou com o canto do olho, observando a aparência, tão diferente do que ele esperava. As bochechas eram rosadas, a pele era acobreada e o cabelo era de um tom lindo de quase preto, preso em um rabo de cavalo volumoso. Ela usava um short jeans cortado, camisa xadrez larga e coturnos radicais que deixavam as pernas longas à mostra. *Nem um pouco* o que ele esperava.

A internet era estranha assim. Durante todo o tempo em que eles conversaram online, primeiro nos fóruns, depois no GTalk e por fim trocando longos e-mails sobre casos e outras coisas, ele a imaginou... diferente. Mais retraída, talvez, com pele ruim, óculos com armação escura e um corpo menos arrasador. Alguém por quem ele não se sentiria atraído. Alguém que ele não imaginaria imediatamente de biquíni.

Houve uma batucada alta no carro. Carson Peters e Archer McFadden, dois amigos da equipe de Maddox, apareceram.

— Ei aí, cara, você vai fazer a Achilles 5K amanhã? — disse Archer com voz estrondosa quando Maddox abriu a janela. — Você vai chegar em primeiro. E eu soube que Tara também vai participar. — Ele deu um soco no braço de Maddox.

— Eu sei que você poderia correr atrás daquela bunda gostosa o dia todo — provocou Carson.

— Estou ocupado demais correndo atrás da bunda da sua mãe — respondeu Maddox, mas viu a expressão azeda de Seneca pelo retrovisor. — Não vou, eu tenho umas coisas para fazer — disse ele com voz mais baixa. Archer e Carson também repararam em Seneca e lançaram sorrisos maliciosos e questionadores para Maddox. — Essa é minha amiga Seneca — disse Maddox. — Nós nos conhecemos no acampamento de corrida.

— E aí — disseram Archer e Carson, olhando-a de cima a baixo. Seneca assentiu educadamente para os dois, e um silêncio constrangido veio em seguida.

Maddox ligou o motor.

— Nós estamos de saída — ele disse para os colegas de equipe. Archer abriu um sorriso sinistro. Carson ainda estava olhando para os peitos de Seneca.

Na saída para a rua, Maddox olhou para Seneca.

— Desculpe por aquilo. Mas eles são caras legais depois que você os conhece.

O rosto de Seneca estava contraído. Ela firmou o maxilar e disse alguma coisa baixinho.

— Então — disse Maddox, fingindo não reparar —, estamos em Dexby. Sei que você quer um tour.

— Na verdade, quero ir até a casa dos Kelly — disse Seneca com voz comedida.

Maddox franziu a testa.

— A de Aerin Kelly?

Ela olhou para ele como se ele fosse maluco.

— De quem mais?

— Eu estava pensando em irmos olhar alguns lugares que Helena frequentava primeiro, como a Connecticut Pizza e a pista de esqui, talvez até a Windemere Prep. E tenho também uma lista de amigas dela com quem a gente devia ir falar. A antiga melhor amiga dela, Becky, tem um restaurante que vende uma batata com chili deliciosa. E ela conhecia uma garota chamada Kelsey, que trabalha para os Rangers agora, e *depois* a gente ia se encontrar com...

— Mas Aerin escreveu um pedido de socorro no fórum — interrompeu Seneca.

— Nós não sabemos *de verdade* se foi ela. E, de qualquer modo, as amigas de Helena podem saber de mais coisas do que a irmãzinha mais nova, você não acha?

— A *irmãzinha mais nova* foi a última a vê-la viva. — Seneca enfiou a língua na bochecha por dentro. — Me corrija se eu estiver errada, mas isso não é mais importante do que as batatas com chili?

— Não foi isso que eu... — Maddox não pretendia falar com tanta frieza. Seneca estava certa sobre Aerin... mas ele não *queria* que ela estivesse certa. — Tudo bem — rendeu-se ele, indo para a pista da direita na direção da casa de Aerin, como se isso fosse totalmente normal. — Acho que a gente pode fazer isso.

Ele trincou os dentes enquanto olhava pelo retrovisor. *Merda, merda, merda.* Ele esperava evitar a história de Aerin Kelly o máximo possível.

O carro ficou silencioso, e Maddox decidiu falar um pouco da cidade enquanto eles seguiam.

— Aquela saída leva a um parque onde umas pessoas viram um Pé Grande. Você já saiu atrás de um Pé Grande? As pessoas são loucas por eles aqui. Depois sempre rolam umas festas loucas.

Não houve resposta. Ele entrou em um bulevar comprido com um complexo enorme chamado Centro Recreativo Dexby.

— É aqui que eu treino com Catherine.

Uma longa pausa. Seneca mexeu na aba da bolsa.

— Quem é Catherine? — perguntou ela por fim, como se ele tivesse arrancado a pergunta dela.

— Minha treinadora de corrida.

Seneca olhou para ele de um jeito estranho.

— Você precisa que alguém *mostre* como se corre?

Ele deu de ombros.

— Catherine me fez diminuir seis segundos nos meus oitocentos. É coisa à beça. Foi assim que consegui a bolsa para Oregon. — Ele olhou para Seneca, supondo que ela também fosse achar impressionante, mas o olhar dela estava voltado para a janela.

Eles passaram pela Escola Preparatória Windemere-Carruthers, onde Aerin Kelly e um grupo de garotos que Maddox conhecia estudavam. Ele estudava na Dexby Public. A Windemere tinha um gramado verde impecável, e o prédio principal era um complexo de tijolos do século XVIII que cintilava na luz do sol. Ao lado ficava a delegacia de polícia de Dexby, uma maravilha moderna de pedra e vidro. Em seguida, a famosa Scoops of Dexby com a placa em forma de casquinha girando perto da rua. Seneca olhou solenemente para cada local que passava. Maddox revirou o cérebro em busca de uma piada, mas as únicas boas que conhecia eram sujas.

As casas viraram monstruosidades de quarteirão inteiro que ele conhecia bem. Anos antes, Maddox se sentava no banco de trás do carro da mãe e imaginava o interior daqueles lugares. A que parecia uma fortaleza em uma esquina continha um quarto inteiro de bonecos. A propriedade de pedra e tijolos com vinte quartos na colina tinha uma piscina coberta com escorrega. Mas isso era coisa antiga.

Seneca se virou para ele.

— Como ficou a cidade depois que Helena sumiu?

Ele arregalou os olhos.

— Uma loucura. Tinha vans dos jornais lotando todas as ruas. Eles acampavam aqui, invadiram a cidade. Entrevistaram todo mundo. Chegavam a ser agressivos mesmo.

A casa dos Kelly ficava no final de uma rua sem saída, uma estrutura clássica de pedra e arcos com um quintal amplo antes de uma floresta densa e verdejante. Tudo era tão familiar que Maddox era capaz de desenhar de cabeça. Ele desligou o motor e se encostou. Bom, ali estavam eles. Ele tinha que falar.

Ele limpou a garganta e olhou para Seneca.

— Escute. Aerin Kelly... me conhece.

Seneca revirou os olhos.

— Você *saiu* com ela?

Maddox ficou momentaneamente desarmado.

— N-não. Uns dez anos atrás, minha mãe trabalhou para a família dela. — Ele deu de ombros com indiferença. — Ela era tipo uma babá.

Agora foi Seneca quem pareceu abalada.

— Por quanto tempo?

— Ah, uns três anos, mais ou menos. — Ele tentou manter o tom leve. — Eu era muito novo para ficar sozinho, e ainda não gostava de esportes depois da aula, então eu vinha junto às vezes. — Ele tossiu na mão fechada. — Meu pai... foi embora... quando eu tinha quatro anos. Não sei se mencionei isso. Não é nada demais. E agora minha mãe se casou novamente. Ela não trabalha mais.

A boca de Seneca tremeu.

— Você não me contou antes porque ficou com vergonha?
— O quê? — Maddox balançou a mão rapidamente. — Não. Eu devo ter esquecido. — Ele esperava que ela não conseguisse ver que ele estava mentindo.

Seneca olhou de um lado para o outro.

— Bom, tudo bem — disse ela depois de um momento. — Você passou algum tempo com Helena?

Maddox mexeu no cordão pendurado na chave.

— Não. Mas ela era legal quando estava por perto. Uma daquelas pessoas que você não queria ver se dar mal, sabe? Acho que foi por isso que sempre me interessei pelo caso. Ela não mereceu o que aconteceu.

Seneca piscou, parecendo pensar em tudo. Seus dedos se fecharam na maçaneta da porta, mas ela se virou e olhou para ele de um jeito que Maddox não conseguiu decifrar; estava observando sua aparência ou estava tentando ler sua mente? Finalmente, ela disse:

— Não quero cair em estereótipos, mas seus amigos sabem que você curte... *solucionar crimes*?

Maddox piscou com força.

— Meus amigos da escola?

Ela deu de ombros.

— É. Seus amigos de corrida. Aqueles caras no estacionamento.

Ele pensou nos amigos. Eles olhavam para ele e viam o que Seneca devia estar vendo agora: atleta, mulherengo, algo assim. Parecia que seus amigos tinham apagado da mente quem ele era, e ele não se deu ao trabalho de lembrar a eles. Por que mexer no passado?

Seneca deu de ombros.

— Esqueça que eu perguntei. Tem certeza de que está pronto para isso?

Ele empertigou os ombros.

— Pode apostar.

Os dois se aproximaram da porta de entrada. A mesma placa pintada dizia *Bem-vindos, amigos*. Quando ele apertou a campainha, a melodia familiar deu um nó nostálgico no estômago dele.

Passos soaram. Houve barulho de tranca de corrente, e a porta se abriu. O saguão enorme, cheio de vigas de madeira e arte folk e mobília Shaker, era o mesmo da última vez que Maddox viu. Mas só reconheceu Aerin pelos olhos azuis. Ela era alta, com cabelo louro platinado luminoso, olhos exageradamente maquiados e lábios muito rosados. Estava usando uma camiseta rosa apertada, um short que exibia boa parte das coxas magras e um cruzamento entre sandálias e botas. Maddox tentou não rir feito bobo, mas foi difícil. Nos anos anteriores, ele tinha visto Aerin Kelly de longe: em reuniões de corrida, em festas grandes, no desfile de Quatro de Julho de Dexby... mas não de perto. Mas os boatos eram verdade: a garotinha levada que ele conheceu tinha ficado muito gata e gostosa.

Aerin Kelly olhou para eles com desconfiança.

— Posso ajudar?

— Nós somos de uma aliança online que soluciona crimes — disse Seneca.

— Viemos ajudar — disse Maddox ao mesmo tempo.

Seneca virou o olhar para Maddox, e ele a encarou. Ele se virou para Aerin e recomeçou.

— Nós lemos sua mensagem no Caso Não Encerrado. Sobre sua irmã.

O rosto de Aerin ficou pálido.

— *Hã?*

Maddox franziu a testa.

— Não foi você que escreveu a mensagem?

Aerin prendeu uma mecha de cabelo atrás da orelha.

— Eu escrevi, mas... — A garganta de Aerin travou quando ela engoliu em seco. — Me digam que é piada. Vocês são, tipo, da *minha* idade.

Seneca se empertigou.

— O site tem se saído bem em resolver casos não solucionados de todo o país.

Aerin passou a mão pela testa.

— Já era bem ruim quando eu achava que as pessoas postando naquele site maluco eram uns otários de quarenta anos que ainda moravam com os pais e queriam bancar o Scooby-Doo. Isso é brincadeira pra vocês? Algo que acham que vai ficar legal no formulário de candidatura a uma vaga na faculdade?

Seneca piscou rápido.

— Não! É...

— Vocês se excitam com aqueles vídeos de necrotério? — As narinas de Aerin se dilataram. — Vocês deviam saber que é ilegal postar aqueles vídeos. São pessoas de verdade, sabem. Com famílias de verdade.

Maddox deu de ombros.

— Os rostos estão escondidos. E podem ser úteis, principalmente se alguém que estiver olhando entender alguma coisa de buracos de saída ou ferimentos. Algumas das pessoas que postam são médicos, ex-policiais e...

— As outras pessoas sabem que vocês são só adolescentes? — interrompeu Aerin. — E se eu entrasse no seu site e contasse para todo mundo que vocês nem saíram do ensino médio ainda?

— Na verdade, eu já *saí* do ensino médio — disse Seneca. — Pode ir em frente. Meu nome lá é Poderosa.

Aerin olhou de cara feia para ela. Em seguida, se virou para Maddox, com reconhecimento nos olhos.

— Eu já vi você. Isso é alguma pegadinha pra se gabar depois com seus amigos idiotas?

Maddox caiu na gargalhada.

— Na verdade, Aerin, sou Maddy Wright. Lembra?

Aerin fez cara de que ele tinha dado um tapa nela. Um longo momento passou.

— O filho da minha *babá*? — Ela segurou a maçaneta. — Agora vocês têm mesmo que ir.

— Mas... — protestou Seneca.

— *Vão.*

Aerin foi fechar a porta, mas Maddox esticou o braço e a segurou.

— Espere. — Ele procurou a caneta que tinha levado. Pegou um pedaço de nota fiscal do bolso e rabiscou seu telefone e endereço, depois jogou para ela. — Aqui está meu número. Ligue quando quiser. — Ele levantou as sobrancelhas e, como último esforço, abriu o sorriso que costumava funcionar com as garotas.

Isso fez Aerin franzir a testa ainda mais. Ela bateu a porta na cara deles.

A guirlanda na porta da casa pulou com o impacto.

— Bom — disse Seneca com voz tensa, fazendo uma virada militar na direção do carro. — Foi um prazer.

A pele de Maddox estava formigando. Ele subiu no banco do motorista e girou a chave na ignição. Era por isso que não queria ir até lá: estava com medo que aquilo fosse acontecer. Aerin o tratou como sempre o tratava quando ele era o filho nerd e esquisito da babá. Apesar de ele ter se transformado. Apesar de ela ter *reconhecido* que ele tinha se transformado, que eles tinham amigos em comum agora. Ele tivera esperanças irreais de que a atitude dela com ele teria se ajustado de acordo. Ele odiava ser lembrado daquela época da vida.

— Eu falei que a gente não devia ter vindo — disse ele. — Aerin é uma vaca. Sempre foi.

— Ela não pareceu uma vaca. — Seneca se sentou ao lado dele. — Só pareceu chateada.

— Bom, a gente não devia ter aparecido com as armas em riste. Dizendo que éramos de uma *aliança*.

— Então eu devia ter deixado você falar? — perguntou Seneca, com voz tensa.

— Talvez devêssemos ter usado uma abordagem mais delicada. Dito que sabíamos o que ela está passando.

Seneca fez uma careta.

— O que *isso* quer dizer?

Maddox fechou a boca. Ele não tinha ideia.

— Por que eu saberia o que ela está passando? — insistiu Seneca. Havia duas manchas vermelhas nas bochechas dela. — Eu não sou daqui. Não a conheço. Por que você diria isso?

— Cara. Eu só estava dizendo umas palavras. — *Relaxa*, ele pensou, mas não disse. Maddox não precisava entender muito sobre garotas para saber que dizer para uma garota ficar calma só a deixaria com mais raiva.

Seneca apertou os lábios.

— Talvez isso não seja boa ideia.

Maddox virou a cabeça rapidamente.

— Hã?

— Acho que eu devia ir pra casa.

— Espera, *o quê*? Não é porque Aerin não está a fim que...

— Se você não quiser me levar até a estação, eu pego um táxi.

Maddox sentiu o estômago despencar. Jesus. Ela estava falando sério.

— Que tal nós...

— Não, eu quero mesmo ir.

Maddox olhou para Seneca, mas ela não quis olhar para ele. Ele nunca tinha passado por uma coisa que deu tão totalmente errado. Antes de Seneca chegar, ele adorou a ideia de ter uma amiga que gostava das mesmas coisas que ele. Mas estava enganado quanto a tudo. A Seneca que ele conheceu online era calorosa e divertida, nem um pouco parecida com a garota esquisita e distante no banco ao lado. Ele não a conhecia mesmo.

E o que ele estava fazendo ao ficar de papo com gente esquisita naquele site? Ele não era mais esquisito. Era descolado agora... e não precisava de mais amigos, menos ainda uma maluca como Seneca. Mas, de alguma forma, ele sabia que, se dissesse tudo isso em voz alta, não soaria tão bem quanto em seu pensamento.

— Você que manda — disse ele baixinho, mudando a marcha.

— Vamos para a estação.

CINCO

QUANDO A NOITE CAIU, Aerin se sentou no sofá da biblioteca do andar de cima, uma cápsula do tempo para 2012. Uma *Newsweek* no revisteiro relembrava a reeleição de Obama. O aparelho de DVD não era Blu-ray. Havia uma camada fina de pó em cima de toda a *Enciclopédia Britânica*, relíquias por si só. Desde o desaparecimento de sua irmã e da mudança de seu pai para a cidade, sua mãe trabalhava muito para manter a casa enorme impecável (*ela* não estava caindo aos pedaços, não, senhor!), mas aquele aposento era seu segredinho.

No andar de baixo, Aerin ouviu sua mãe, em uma rara aparição em casa, abrindo uma garrafa de vinho. A melhor amiga dela, Marissa Ingram, comemorou quando a rolha saiu.

— Cara, como *eu* preciso de uma taça — disse ela.

Aerin saiu da biblioteca, fechou a porta e olhou por cima da amurada. O marido de Marissa, Harris, estava andando pelo salão olhando os livros de mesa de centro. A mãe de Aerin e Marissa estavam sentadas à mesa enorme fazendo um brinde com as taças de vinho. Marissa, que tinha cabelo preto cortado na altura do queixo, devia pesar quarenta e cinco quilos no máximo. Como sempre, ela estava usando o enorme anel de diamante, grande o bastante para furar o olho de alguém que levasse um soco dela. Enquanto as mulheres bebericavam o vinho, Marissa falava que o filho, Heath, tinha saído com uma garota nova.

— Ela é legal? — perguntou a mãe de Aerin.

— Você acha que a gente a conheceu? — O Sr. Ingram (todo mundo o chamava de Skip) fez um som de deboche.

— Mas, pelo jeito como Heath a descreve, ela parece meio... ah, não sei. — Marissa suspirou. — *Comum.*

Aerin resistiu à vontade de rir com deboche. Esse era o jargão dos Ingram para *classe baixa*. Mas a verdade é que ninguém seria boa o bastante para Heath. Nem *Heath* era bom o bastante para Heath. Ao longo dos anos, Marissa deu desculpas para Heath ter (a) sido suspenso de Windemere-Carruthers por ter pichado a parede do laboratório de ciências, que tinha sido doação da família dele, (b) largado Columbia e desaparecido no Colorado para ser instrutor de esqui, e (c) voltado a morar na propriedade da família três anos depois, sem ter um emprego, mas participando de vários protestos pela cidade, inclusive um contra matar cervos para controlar a superpopulação. Marissa também não devia gostar das tatuagens tribais no bíceps de Heath. Aerin as viu na última festa na piscina dos Ingram.

O piso de madeira estalou.

— Querida, acho melhor a gente ir — disse Skip com sua voz grave, com um toque de sotaque de Boston. — Temos aquele compromisso às sete.

Marissa se levantou.

— Eu quase esqueci, querido.

Aerin chutou a amurada com a bota, deixando uma marca. O jeito meloso como os Ingram se falavam era enjoativo.

Depois de alguns beijos, o Sr. e a Sra. Ingram saíram pela porta da frente. O único som na casa passou a ser a melodia baixa da estação clássica no aparelho de som. Aerin olhou para baixo mais uma vez. Sua mãe, de cabelo louro-dourado, que ainda era bonita com a calça de seda skinny que estava usando, estava sentada à mesa mordendo a haste dos óculos de armação de aro de tartaruga. Se Aerin tivesse que preencher um balão de pensamento acima da cabeça de sua mãe, não teria ideia do que escrever.

A Sra. Kelly reparou nela acima e teve um sobressalto.

— Quando você chegou?

— Estou em casa há horas — respondeu Aerin.

A mãe franziu a testa.

— No escuro?

Ela foi até a pia e lavou as taças de vinho. Quando se virou e viu Aerin ainda parada lá em cima, as mãos nos bolsos da saia curta, ela inclinou a cabeça.

— Tem alguma coisa que eu possa fazer por você?

O queixo de Aerin caiu. Anos antes, ela e a mãe eram próximas. Até Helena tinha ciúme da ligação delas. Aerin amava ajudar a mãe a fazer sorvete caseiro no porão. Às sextas, a mãe de Aerin a levava para a academia, onde elas faziam uma aula de spinning para mães e filhas e massagens. Elas tinham um aperto de mão especial quando Aerin ficava com medo: polegar na palma da mão seguido de polegar nas costas da mão. Sua mãe dava três apertos rápidos depois que queriam dizer *Estou do seu lado*. Ela apostava que a mãe não se lembrava do aperto de mão agora.

— Eu fui presa ontem — disse ela de repente. — Na casa de Tori.

As mãos da Sra. Kelly foram até a cintura.

— O q-quê?

Aerin não conseguia acreditar. Sua mãe estava tão desligada que nem tinha ideia de que a festa de Tori fora interrompida.

— Esquece. — Curvando os ombros, ela se virou para o quarto.

— Eu inventei.

A Sra. Kelly subiu a escada correndo e segurou a manga da blusa dela.

— O que você tem?

Aerin se soltou.

— Você se lembra que aniversário foi ontem, ou sou a única que ainda se lembra que Helena existe?

A mãe se encolheu ao ouvir o nome de Helena. Ela baixou os cílios.

— Claro que eu lembrei.

— Eu nem percebi.

Aerin fechou a porta do quarto depois de entrar. Ficou no meio do cômodo esperando. Depois de um momento, ouviu um suspiro e passos indo na direção oposta. Típico.

Aerin se virou e observou o quarto. Se um antropólogo olhasse lá dentro, acharia que ela era uma adolescente normal e feliz. Havia fotos de Aerin e suas amigas como protetor de tela. Pompons amarelos e vermelhos de Windemere do último dia da conscientização LGBTQ estavam pendurados na parede. Um hipopótamo enorme que Blake Stanfield ganhou para ela no Festival dos Bombeiros de Dexby estava apoiado em seu travesseiro. Sim, um cientista teria que fazer trabalho pericial sério para descobrir a verdade. Como testar o travesseiro dela em busca do sal das lágrimas que ela derramava quando sabia que ninguém estava ouvindo, ou olhar seu histórico de navegação para descobrir sites memoriais de Helena que ela ainda visitava, ou reparar que a janela do QuickTime estava aberta no laptop mostrando o vídeo de Natal de Helena de seis anos antes, a que Aerin assistia todas as noites.

Será que Aerin ainda passava mais tempo pensando na irmã do que todas as outras pessoas porque estava lá naquele último dia? Ela repassou a tarde na neve com Helena mil vezes. Por que tinha entrado para buscar a bolsa idiota? O que aconteceu com Helena naquele período infinitesimal em que Aerin não estava cuidando dela? Nas entrevistas que deu para tantos canais de notícias, alguns repórteres perguntaram se ela se sentia responsável pelo desaparecimento da irmã. Talvez fosse só para gerar lágrimas, ou talvez fosse o que eles realmente acreditavam. Talvez *todo mundo* acreditasse nisso. Se Aerin tivesse ficado com a irmã, Helena não estaria morta. Era uma teoria tão boa quanto qualquer outra.

Se era verdade ou não, ela sempre sentiu que era seu trabalho descobrir o que tinha acontecido com Helena, principalmente agora que a polícia tinha perdido o interesse. Assim, procurou uma comunidade online, e quem apareceu? Adolescentes da idade *dela*. Isso era um insulto! Ela odiou seus rostos ansiosos de grêmio estudantil. Odiou aquela garota ter se referido aos dois como uma *aliança*. E odiou o fato de um deles ser o filho da babá. Aquele garoto parecia tão distante do antigo Maddy Wright quanto possível. E por acaso Maddy Wright achava que ela devia alguma coisa a ele só porque ele ia à casa dela quando criança?

Ela se perguntou onde os dois estavam agora. Olhando relatos antigos, seguindo em frente sem ela? Aerin pegou o celular e abriu o Caso Não Encerrado de novo. Seu tópico ainda estava quase no topo, e havia um comentário novo. Era de Poderosa. Aquela garota, não era? *Viajei para Dexby para dar uma olhada nas coisas. O caso já era. Volto para casa no trem das 19 horas.*

Voltando para *casa*?

— Jesus — sussurrou Aerin. Ela olhou para o relógio e remexeu na bolsa em busca do papel que Maddy tinha jogado para ela mais cedo. Ela só o pegou porque não queria que a mãe o encontrasse e perguntasse por que o número de Maddy Wright estava no chão.

Ela olhou para o celular de novo e colocou as mãos sobre os olhos. Odiava o que estava prestes a fazer.

SEIS

MADDOX TINHA DEIXADO Seneca na estação de trem quinze minutos antes, mas o celular dela tocou umas cinquenta vezes desde então. Agora, quando ela estava parada em frente à máquina de passagens comprando uma para a volta para casa, o nome dele apareceu no identificador de chamadas de novo. *Maddy*, dizia a tela. Ela apertou IGNORAR.

A situação toda tinha azedado. Tudo que Maddox disse e fez no carro foi terrivelmente diferente da pessoa que ela esperava, garota *ou* garoto. Ela ficava torcendo para que a fachada dele desabasse, mas isso não aconteceu, fazendo ela se sentir tão desconectada dele que não tinha ideia nem de como conduzir uma conversa.

E havia todos os marcos de Dexby; ela tinha sonhado com aqueles lugares anos antes, e vê-los pessoalmente trouxe suas lembranças de volta em torrente. E sem dúvida Aerin Kelly *pareceu* bem, com roupa e maquiagem perfeitas, mas também havia uma aura de tristeza, assombro e tortura em torno dela. Seneca conhecia essa aparência. Também tinha essa aura.

E o que foi aquele comentário de Maddox sobre saber o que Aerin estava passando? Por que ele diria aquilo? Ele *sabia*?

Seneca queria ser forte e continuar a investigação. Talvez se Maddox fosse a pessoa que ela tinha construído em pensamento, ela tivesse conseguido. Ou talvez se Aerin tivesse sido mais receptiva. Mas, no fim das contas, ela se sentia abalada e insegura, e todos os tipos de alarme a avisavam para fugir.

A lua estava subindo, criando listras compridas na plataforma. Quando olhou em volta, percebeu que a plataforma estava sinistramente vazia. Passos ecoaram em uma escada, e ela ouviu sussurros.

— *Ali está ela* — alguém disse.

Os cabelos da nuca dela ficaram arrepiados. De repente, uma figura subiu a escada e foi direto na direção dela. Seneca protegeu o corpo.

— Me deixa em paz!

— Epa! — gritou uma voz. — Calma!

A figura entrou embaixo da luz. Era Aerin Kelly. Maddox estava ao lado dela. E ao lado dele havia um sujeito de roupas bem largas e tênis dourados horríveis. Seneca o reconheceu, mas por um momento não conseguiu identificar de onde. *Do trem*, ela percebeu com um sobressalto. Era o maluco que tinha ficado olhando para ela à tarde.

— O que está acontecendo? — Ela olhou para cada um deles. Aerin projetou um quadril.

— Eu mudei de ideia. Espero não me arrepender disso. — Ela apontou para Maddox com o polegar. — Eu liguei para o seu amigo aqui. E ele trouxe o amigo *dele*. E aqui estamos nós.

Seneca olhou para o cara de tênis dourados. Maddox nunca falou sobre um amigo.

— Quem é você?

— Esse é BGrana60, do fórum — explicou Maddox. — Ele também quer ajudar. Eu ia contar pra você, mas... — Ele parou de falar e deu de ombros.

Seneca sabia quem BGrana era: o cara que dava palpites curtos no site sobre suspeitos que costumavam ser palpites bem precisos. Na verdade, foi ele quem apresentou Seneca a Maddy, dizendo que os dois tinham teorias similares sobre um caso no Alabama e deviam conversar. Ela o olhou de cima a baixo, do chapéu torto ao moletom imundo e os tênis horrendos de rapper. Ele fedia a desodorante Axe.

— Você não pode ser BGrana.

— Bom, meu nome de verdade é Brett Grady — admitiu o cara, a voz mais suave e sonora do que ela teria imaginado. — Estudo em Wesleyan e moro em Greenwich. Maddy e eu nos conhecemos no encontro do Caso Não Encerrado no outono. Você é a Poderosa, não é? Estuda em Maryland? Você e eu conversamos sobre o caso do Novo México, em que o garoto foi morto. Você disse que o assassino podia ser parecido com aquele lunático do *Mr. Mercedes*, um sujeito ferrado sem consciência. Eu também leio muito.

Tudo bem, a maior parte do que ele disse foi em linguagem inteligível.

— Eu vi você no trem mais cedo — disse Seneca. — Você ficou me olhando como um louco.

Maddox riu e deu um cutucão nele.

— Que discreto, mano.

— Foi mal. — O cara dos tênis dourados... BGrana... Brett parecia arrependido. — Eu não tinha certeza se era você. Achei que *talvez* fosse, mas... bom, eu não pretendia ficar encarando. Não vai acontecer mais. — Os olhos dele cintilaram, e ele levantou a mão em uma saudação. — Eu ia me encontrar com vocês antes, mas tive um palpite sobre uma coisa e quis pesquisar primeiro.

— Brett tem um ângulo interessante sobre Helena — disse Maddox. — Acho que vale a pena conversarmos sobre isso... mas não aqui.

— Maddy acha que estamos sendo vigiados. — Brett revirou os olhos com bom humor.

Maddox deu de ombros.

— Tinha um Corvette grudado em mim no caminho pra cá. Talvez estivesse nos seguindo.

Aerin riu com deboche.

— Você acha que estamos em um filme *Velozes e furiosos*?

— A gente podia ir para lá pra conversar em particular — disse Brett, apontando com o polegar por cima do ombro para um restaurante ao lado do Restful Inn. — Não é ruim. Estou hospedado no hotel e fui lá tomar minha dose vespertina de cafeína.

— Na verdade, eu estava indo embora — disse Seneca com voz rígida, mostrando a passagem que tinha comprado.

Aerin pareceu irritada.

— Vocês estão dentro ou não? Não vou trabalhar com vocês se forem furar comigo.

O vento soprou de novo. Seneca estava intrigada e, sim, queria conversar com Aerin sobre os detalhes do caso. Mas era suficiente?

O trem entrou na estação, as rodas fazendo um ruído alto. Maddox olhou para ela intensamente por um longo momento.

— Fique, por favor. A gente precisa de você — disse ele.

Seneca se virou. Imaginou-se entrando no trem e indo para casa. Ficaria se perguntando sem parar o que eles estariam fazendo. Ou, se Aerin *não* trabalhasse com eles porque foi embora, ela se sentiria culpada.

As portas do trem se abriram, e passageiros desembarcaram. Os condutores foram para a plataforma ajudar as pessoas a entrarem com suas bagagens. Seneca espiou Aerin. Havia uma expressão esperançosa, a respiração presa no rosto dela, a aura triste em torno temporariamente desaparecida. A motivação que Seneca sentiu no alojamento se acendeu novamente.

Ela se empertigou e pegou a mala.

— Tudo bem, eu fico por um *tempinho*. Vamos.

CINCO MINUTOS DEPOIS, eles estavam entrando na lanchonete ao lado do Restful Inn. Era um daqueles estabelecimentos antiquados construídos dentro de um trailer de aço inoxidável, os compartimentos de mesas com bancos de vinil laranja, o cardápio em placas acima da bancada, um jukebox tocando música antiga. Havia algumas pessoas em banquetas em frente ao balcão, as mãos em volta de canecas de café. A garçonete, uma mulher com bolsas embaixo dos olhos e seios que pareciam uma prateleira única, deu um sorriso torto quando eles entraram. Uma sensação sinistra incomodou Seneca, mas ela devia ainda estar abalada da emboscada na estação.

— Tudo bem. — Aerin se sentou e olhou para eles. — Me contem suas grandes teorias.

Brett olhou para os dois lados da lanchonete, tomou um gole de água e limpou a garganta um tanto dramaticamente.

— Vocês sabiam que Helena escreveu a dedicatória do anuário em código?

Aerin franziu a testa.

— Como assim?

— Na escola em que cursei o ensino médio, alguns pais monitoravam as contas de Twitter dos filhos. Eles usavam o tempo todo. Postavam alguma coisa que parecia boba, mas quem soubesse ler percebia que queria dizer outra coisa. Normalmente, os códigos eram sobre quem estava transando com quem, se alguém tinha drogas ou se havia alguma festa regada a álcool na floresta naquela noite.

Seneca riu com deboche.

— Você sabe disso porque *você* foi a muitas festas regadas a álcool?

— Quem me dera — disse Brett. — Eu era um otário no ensino médio. Nenhum de vocês falaria comigo naquela época, principalmente você.

Ele olhou para Aerin com o que devia ser um olhar encantador. Ela riu com deboche.

— Como sabe que eu sou popular?

— Ah, garota, é só olhar para você. — Brett sorriu. — Aposto que todo mundo quer sair com você.

— Você também quer? — perguntou Aerin desafiadoramente, mas também com um toque de flerte. Ela de repente parecia uma garota bem diferente da que Seneca conheceu na porta da sua casa.

Brett balançou a mão.

— Não mesmo, cara. Eu sei quando a garota é muita areia para o meu caminhãozinho.

— Então — disse Seneca com impaciência.

— Então — disse Brett. — Acho que a dedicatória de Helena estava em código também.

Ele mostrou uma fotocópia da mesma página de anuário da Windemere-Carruthers que Seneca tinha visto online. Ali estava a dedicatória de Helena: *Vou sempre querer amar minhas amigas, você estará comigo eternamente, Becky Bee, beijos meu colega, verdadeiro cavalheiro com jeitão samurai.*

— Fui à biblioteca pública hoje à tarde. Lá tem os anuários. Eu queria ver o exemplar físico para ter certeza de que a imagem online que estávamos vendo não tinha sido alterada quando foi digitalizada.

— Brett apontou para cada palavra. — Isso aqui parece ter comentários pessoais com amigos, piadas internas, essas coisas, né? Mas se você pular e ler cada terceira palavra, a mensagem é totalmente diferente.

Seneca apertou os olhos e falou em voz alta.

— *Vou... amar... você... eternamente... meu... cavalheiro... samurai.*

— Ela levantou o rosto e fez uma careta. — Certo...

— Acho que ela quis dizer cavaleiro samurai, sem "h", mas não conseguiu encaixar.

— Você acha que Kevin é o cavaleiro samurai dela? — Seneca pensou em Kevin Larssen, o namorado de Helena. Ela tinha uma foto dele na escrivaninha de casa junto com outros materiais de Helena. Ele tinha pele clara e cabelo claro e ondulado. Mas essa interpretação devia ser literal demais.

Aerin não pareceu convencida.

— Teve uma vez que vimos *Jogos mortais*. Ele tapou os olhos o filme todo. Não me parece coisa de samurai.

— Garota, eu também tapei os olhos nesse filme — disse Brett timidamente. Seneca achava que ele parecia uma pessoa sem filtro, que falava com alegria tudo que lhe passava na cabeça, mesmo que o fizesse parecer bobo. Ela sempre se impressionou com gente assim, pois fazia o oposto, escolhendo cada palavra e gesto com uma consideração cuidadosa.

Brett abriu a página de Facebook de Kevin, que Seneca conhecia bem. Tinha vigiado a página regularmente procurando referências anteriores a Helena, apesar de a maioria das postagens de Kevin serem sobre um clube de governo do qual ele fazia parte, o Connecticut Youth.

Atualmente, a página de Kevin só falava de política; na foto de perfil, ele estava em um púlpito fazendo um discurso para o Comitê de Educação de Connecticut. Havia outra foto dele apertando a mão de Joe Biden.

— Ele está concorrendo ao senado estadual, então tentou apagar as postagens do ensino médio — disse Brett. — Mas sempre tem jeitos de recuperar esse tipo de coisa pra quem sabe mexer em computador. E se você *entrar* na página antiga dele...

— ... vai ver que ele falava com Helena pelo Facebook — interrompeu Seneca, lembrando-se de repente. — Helena o chamava de apelidos. Homem do Ano, Gostoso, mas nunca Cavaleiro Samurai.

Brett ergueu uma sobrancelha.

— Você também vigiava a página dele. Eu sabia que estava lidando com uma menina inteligente.

Seneca apertou os lábios. Talvez fosse melhor deixar o grupo acreditar nisso a falar a verdade, que talvez ela fosse um pouco obcecada *demais* antigamente.

— E então — disse ela apressadamente —, vocês acham que Helena está se referindo a outra pessoa em código? Um japonês, talvez?

Maddox entrelaçou as mãos atrás da cabeça e revelou uma área de pele acima da calça jeans. Seneca afastou o olhar.

— Ou talvez seja uma piada qualquer entre os dois. — Ele limpou a garganta. — Sua irmã parecia ser cheia de piadas internas.

Aerin levantou a cabeça de repente.

— Como *você* pode saber?

Ele se encostou.

— Nós conversávamos às vezes. Ela era legal.

Os olhos de Aerin arderam.

— Então... como a gente pode saber que não foi *você* quem fez alguma coisa com a minha irmã?

Seneca arregalou os olhos. *Opa.*

A expressão relaxada de Maddox sumiu.

— Como é? — Aparentemente, ele nem *sempre* mantinha a calma.

— Você tinha acesso à minha casa. E devia ter uma quedinha pela minha irmã... ela falou com você o quê, uma vez? Ah, você é descolado agora, mas naquela época não era. Naquela época, você...

— Aerin — interrompeu Brett. — Eu não acho mesmo que Maddy fosse fazer mal a ninguém.

— É, não sei... — disse Seneca. Ela duvidava que Maddox conseguisse esconder instintos assassinos de forma tão eficiente. E por que o assassino de Helena ia querer resolver o assassinato dela?

— Eu tenho álibi — disse Maddox com um tom sombrio. — Eu estava com a minha mãe. Ela me arrastou para a cidade naquele dia para olhar vestidos de noiva. — Pela sua expressão, ele estava magoado.

— Tudo bem, tudo bem — disse Aerin com mau humor. — Parem de me olhar assim, tá? Eu tinha que *perguntar*. — Ela olhou para Brett. — Então, Helena talvez tivesse um namorado secreto, é isso que vocês estão tentando dizer? Como vamos poder descobrir quem é?

Brett batucou no jogo americano xadrez.

— A sua irmã... tinha amigos japoneses? Tinha algum interesse em coisas japonesas? Tem *algum* tipo de ligação?

Aerin moveu o maxilar.

— Umas três pessoas japonesas devem morar em Dexby no total, e são donos do sushi bar. E adivinhem? Minha irmã *odiava* sushi, então vocês estão latindo para a árvore errada.

Ela se levantou como se estivesse indo embora. Seneca segurou o braço dela.

— Eu tenho uma pergunta pra *você*. — Aerin parou. — Queria saber por que você demorou cinco minutos para pegar uma bolsa.

Aerin fez expressão vaga.

— Como é?

— Nas suas entrevistas sobre seu último dia com Helena, você disse que entrou para pegar uma bolsa para o boneco de neve e voltou cinco minutos depois. Cinco minutos é *muito tempo*, Aerin. Suas entrevistas também dizem que você estava agradecida por ter passado um tempo com Helena, pois vocês não ficavam juntas havia muito tempo. Se estava tão ansiosa para passar um tempo com sua irmã, por que desperdiçaria tempo indo para longe dela?

Aerin se sentou de novo, pegou um guardanapo no suporte e começou a cortá-lo em tirinhas.

— Não vejo que importância tem isso.

Seneca cruzou os braços.

— Acho que tem importância. O que você estava fazendo?

Aerin apertou bem os olhos. Os únicos sons eram de talheres.

— Eu xeretei o quarto de Helena, tá? Ela me mandou ir lá. Eu só queria saber como era.

Seneca assentiu, satisfeita.

— E encontrou alguma coisa interessante?

Aerin balançou a cabeça.

— Não... — Ela desviou o olhar para o lado. Seneca percebeu que ela estava pensando em alguma coisa, mas decidiu não perguntar nada.

— Aconteceu mais alguma coisa naquele dia que você possa querer mencionar? — perguntou Maddox.

Aerin pensou um pouco.

— Teve outra coisa. Eu falei para Helena que sentia falta dela, e ela disse: "Vamos conversar mais, mas algumas coisas vão ter que ser discutidas por debaixo dos panos."

Maddox pareceu intrigado.

— Ela queria que você guardasse segredo?

— Não sei. Além de mais, ela nunca mais me disse nada. — Uma expressão de sofrimento surgiu no rosto de Aerin. Ela se levantou.
— Está tarde. Vamos nos encontrar amanhã. — Ela jogou a bolsa no ombro, andou alguns passos, parou de repente e se virou. — Esperem.
Origami é japonês, não é?
— É — disse Seneca, inclinando a cabeça. — Por quê?
— Tinha uma garça de papel no quarto dela quando entrei lá. Foi... estranho.
Seneca *sabia* que Aerin estava pensando em alguma coisa.
— A polícia viu?
— Eu peguei antes de revistarem o quarto. Parecia que eu tinha que proteger a dobradura.
— Você ainda a tem? — perguntou Maddox.
Os olhos de Aerin foram de um lado para o outro.
— Tenho.
— Pode trazer para nós?
Aerin piscou. Seu lábio inferior tremeu.
— Posso — sussurrou ela. — Tudo bem.
— Ótimo. — Seneca esfregou as mãos. — Bem, escutem. Nós vamos falar sobre tudo aqui e nos encontrar novamente de manhã. É só você dizer onde.
Aerin pensou por um momento.
— Le Dexby Patisserie — disse ela. — Às nove. Vejo vocês lá.
Ela foi até a porta. O restante do grupo ficou onde estava. Finalmente, Maddox se levantou também e se espreguiçou.
— Garças de papel? — perguntou ele. — Você acha mesmo que é alguma coisa?
Seneca deu de ombros.
— Era o que ela queria ouvir. E nunca se sabe. — Ela pegou a mala. — Até mais tarde. Foi um prazer conhecer você, Brett.
Ela foi andando na direção da porta. Maddox deu um pulo e foi atrás. Na metade da rampa que levava ao estacionamento, ele disse:
— Aonde você vai?

Seneca apontou para o Restful Inn.

— Vou alugar um quarto aqui.

Maddox observou a fachada do hotel. Seneca esperava que ele não comentasse o fato de que várias lâmpadas estavam queimadas e os arbustos pareciam abandonados. Ele se mexeu no lugar.

— Eu não fiz nada com Helena, sabe.

— Eu sei. Acho que Aerin não falou sério.

Ele assentiu, parecendo aliviado pela resposta dela.

— Você ainda pode ficar comigo, se quiser.

Seneca deu de ombros.

— Ficarei bem aqui. — A casa de Maddox provavelmente seria mais confortável do que o hotel, mas ela não queria estar por perto vendo-o jogar *Madden NFL*. Além do mais, precisava ficar completamente sozinha para poder refletir sobre tudo que eles descobriram naquele dia, sem distrações.

Seu cérebro soluçou, e ela relembrou um e-mail que ele enviou sobre seus livros favoritos. *Cem anos de solidão*, de Márquez. *Underworld*, de DeLillo. *O leão, a feiticeira e o guarda-roupa*. Eram alguns dos favoritos dela também. Ele tinha mesmo lido todos?

Em seguida, pensou em outra coisa.

— Agora você não vai ter que botar *Austin & Ally* no mudo.

Ao mesmo tempo, Maddox disse:

— Pelo menos amanhã de manhã eu posso fazer gargarejo.

Eles pararam e trocaram um olhar. Seneca sorriu. Durante uma das conversas deles, Maddox contou que, para adormecer, precisava assistir ao Disney Channel. Ela disse que um dos piores barulhos do mundo era o de um gargarejo. Seneca não conseguia acreditar que ele tinha se lembrado disso. Estranhamente, ele estava sorrindo para ela como se não conseguisse acreditar que *ela* tinha lembrado.

Ela percebeu que estava olhando para Maddox havia muito tempo. Esse ar fresco de Dexby estava fazendo mal ao cérebro dela.

— Vejo você amanhã — disse ela secamente. E então, depois de acenar, Seneca se virou e andou até o hotel.

SETE

ALGUMAS HORAS DEPOIS, Seneca estava assistindo ao noticiário na TV que mal funcionava. Era uma matéria sobre uma festa em Dexby que foi interrompida pela polícia. Aparentemente, vários adolescentes foram presos por beberem sendo menores de idade e por porte de drogas. Quando ela se virou, o controle remoto caiu no tapete, que tinha uma estampa de espirais e parecia não ser aspirado desde 1972.

Ela ouviu uma batida na porta. Franziu a testa. Quem podia ser?

Houve mais batidas, cada uma mais insistente. Finalmente, ela foi até a porta e espiou pelo olho mágico, mas o vidro estava tão embaçado que ela só conseguiu ver o contorno de uma figura na escuridão.

— Olá — sussurrou ela.

Ela ouviu movimento no corredor. E uma voz fina e aguda sibilou:

— *Vai pra casa.*

Seneca se encolheu. Aquele lugar seria *mesmo* assombrado? Ou talvez fosse seu pesadelo recorrente finalmente virando realidade. Havia uma figura escura nos sonhos também. Mãos se esticando para ela, segurando-a, arrastando-a para um lugar escuro e úmido...

— Vai pra *casa* — disse a voz de novo, mais alta desta vez, aguda e meio rouca. A maçaneta de Seneca começou a ser balançada.

— Vai embora! — gritou ela, recuando e esbarrando no aparador. — Estou chamando a polícia!

Mas quando foi na direção do telefone do hotel, ela tropeçou no tapete e arrancou sem querer o fio da parede. Enquanto revirava a bolsa procurando o celular, ela percebeu que mal conseguia respirar. Olhou ao redor, confusa e ansiosa. Tinha fumaça entrando no quarto lentamente. E, na inspiração seguinte, seus pulmões arderam.

Com o coração disparado, ela finalmente reparou no celular, que tinha caído embaixo da cama. Engatinhou na direção dele enquanto mais fumaça seguia na sua direção, ficando mais preta. Em algum lugar ao longe, um alarme de incêndio começou a tocar.

— Socorro! — gritou ela com voz fraca. Sua mão finalmente se fechou no celular; ela o levou para perto do rosto e limpou a tela, tentando pedir ajuda. Seus dedos tremiam, e ela ficou apertando o botão do jogo da velha em vez de 9-1-1.

Em meio ao crepitar do fogo, ela ouviu a mesma batida insistente e furiosa de antes. A porta fina cedeu, rachou nas dobradiças, e uma figura encapuzada entrou. Seneca gritou. Lutou quando a figura a pegou no colo.

— Ei, está tudo bem — disse uma voz familiar. Seneca olhou para o rosto embaixo do capuz. Era Brett.

Ele saiu por uma porta de emergência e foi para o estacionamento. Lá fora, o ar estava deliciosamente limpo, mas gelado. Brett a colocou no chão, e Seneca tossiu sem parar. No alto, o céu tinha tons de rosa e roxo. Ela esfregou os olhos, e o oxigênio voltou para os seus pulmões.

— Como você sabia onde me encontrar? — perguntou ela.

Brett indicou o hotel.

— Maddy me disse que você ia ficar aqui. Eu também estou em um quarto do hotel, lembra?

— Foi você que sussurrou pra mim pela porta? Me mandando ir pra casa?

Brett olhou para ela com expressão estranha.

— Não...

Um carro de bombeiro se aproximou com as sirenes tocando. Quando os bombeiros saíram do carro, Seneca olhou pela porta aberta do corredor. A dela era a única com fumaça saindo.

Brett também estava olhando para a porta dela.

— Você não acha que isso pode ter sido... intencional?

Seneca se encolheu.

— Porque estamos investigando Helena?

— É. Talvez. Quer dizer, você disse que sussurraram pra você ir pra casa... e tem fogo especificamente no seu quarto. Acha que é coincidência?

Seneca ficou olhando a figura escura de um bombeiro entrar no quarto dela. E olhou para Brett.

— Você me tirou de lá. *Você* viu alguém?

— Não, mas a pessoa pode ter fugido antes de eu chegar.

Um arrepio percorreu a espinha dela.

— Não seja bobo — disse ela, enchendo a voz com uma confiança que não sentia. — Está tarde e eu estava cansada. Devo ter adormecido e tive um pesadelo. Eu sempre tenho.

— Tem?

— Aham — disse Seneca com rigidez, se perguntando se tinha revelado coisa demais. Em seguida, lançou a ele um sorriso tenso como quem diz *Assunto encerrado*.

OITO

ÀS 7 HORAS, a mãe de Maddox, Betsy, entrou em uma vaga no Dexby Recreational Center, que tinha uma piscina olímpica com dez raias, um rinque de patinação no gelo, sala de musculação moderna e pistas de corrida coberta e aberta. Normalmente, Maddox ia dirigindo até o treino, mas o carro da mãe dele estava na oficina naquela semana, e ela precisava do Jeep para ir à ioga.

Ela bagunçou o cabelo de Maddox.

— Como está indo o treino?

— Bem — disse Maddox, reparando em Catherine sentada na arquibancada perto da linha de largada, usando uma camiseta rosa sem mangas e uma saia de corrida branca curta.

— Está trabalhando nos oitocentos metros? O treinador do Oregon quer você com menos de 1h50.

Maddox resistiu à vontade de gemer e se concentrou nas letras de *University of Oregon* no moletom da mãe. Ela o comprou na loja online da faculdade depois que Maddox recebeu a carta da bolsa. Ela estava feliz da vida, só isso. Estudar de graça na faculdade com a melhor equipe de corrida do país era uma coisa e tanto.

A mãe de Maddox sempre apoiou o que ele gostava, mesmo quando foram os leilões de brinquedos no eBay e as convenções de videogame. Ele sempre foi bem próximo dela, mas sabia que ela não gostaria que ele se metesse na vida dos Kelly. Depois que Helena desapareceu, ele perguntou à mãe se *ela* tinha reparado em algo estranho nela. Sua mãe esfregou o queixo e disse: "Helena é como aquela ilusão de ótica em que de um lado você vê uma velha senhora e do outro vê uma adolescente. Mais do que parece de primeira."

Ele tomou uma nota mental de contar isso para o grupo hoje.

— Diz pra Catherine que mandei um oi. — A Sra. Wright se inclinou para dar um beijo na bochecha dele. Maddox se contorceu e saiu do carro.

— Ei, filhinho da mamãe — disse Catherine com um sorrisinho quando Maddox se aproximou.

Maddox deu um sorriso confiante.

— O que eu posso dizer? Minha mãe gosta de beijar.

— Pensei em fazermos corrida de velocidade de mil e quinhentos metros — disse Catherine. — Precisamos deixar seu tempo abaixo de quatro minutos para você conseguir competir. Está a fim?

— Claro. — Maddox segurou o pé para se alongar, virando-se na direção do centro recreativo. Ao longe, ele via a rua Waterdam, onde ficava a Le Dexby Patisserie. Ele se encontraria com o grupo lá em duas horas. Era uma caminhada fácil dali.

Catherine começou a correr na pista para se aquecer. Maddox foi atrás dela, vendo a barra da saia subir na brisa e exibir a parte de cima da coxa. Ela olhou para trás e piscou para ele, mas Maddox fingiu não reparar. Ele também sabia bancar o difícil.

Esse era seu décimo sexto treino particular com Catherine. Ele sempre foi bom em corrida. Conforme foi crescendo, mas antes de ficar descolado, parecia que *precisava* correr. Fazia com que ele se sentisse homem. Poderoso. Forte. Importante. Mas, no nono ano, ele cresceu quinze centímetros. Tirou o aparelho. Sua mãe se casou novamente, e ele pôde comprar roupas melhores. No seu primeiro ano na corrida, seus tempos foram incríveis, e de repente ele foi convidado para se sentar à mesa popular. Maddy, o otário que raspava dinheiro para ir ao

Antiques Roadshow em Farmington, que peidava quando tomava leite integral e que colecionava Pokémon havia bem mais tempo do que era socialmente aceitável, tinha mudado. Ele se livrou das cartas de Pokémon. Esqueceu-se completamente daquele garoto. Bom, quase... quando ninguém estava perto, ele via sem parar episódios de *Doctor Who* e postava no Caso Não Encerrado.

A cada ano, ele foi melhorando na corrida. Chegou ao campeonato estadual, ao nacional. As pessoas falavam em bolsas. Estava claro que os treinadores da escola pública não estavam equipados para habilitar um corredor de nível de elite, e por isso seu padrasto sugeriu um treinador particular.

Claro que Maddox escolheria Catherine. Além de ser uma corredora incrível, Maddox já conhecia o estilo de treino dela. Catherine tinha sido assistente na equipe da escola dele quando ele estava no nono ano, quando ainda era caloura na UConn. Maddox tinha lembranças muito fortes daquele primeiro ano de corrida: os garotos falando besteira no vestiário, ele superando alunos do terceiro ano em posições desejadas, e a linda Catherine, com o cabelo castanho-chocolate comprido, o rosto ovalado, os olhos azul-safira e os peitos perfeitos, torcendo por ele das laterais. Todos os caras da equipe falavam que queriam trepar com ela. Maddox nunca teve coragem de falar para os colegas, mas às vezes, nos treinos, jurava que via Catherine olhando para ele como se estivesse a fim dele. Sem dúvida foi sua imaginação; nem sonhando que ela iria se interessar por um pirralho pateta! Mas Maddox desenvolveu uma paixonite furiosa e verdadeira por ela mesmo assim. Passava horas imaginando como seria se fosse o namorado dela, que tipo de calcinha sexy ela devia usar, o que ela poderia dizer se ele reunisse coragem de convidá-la para sair.

Para a decepção de todo mundo, Catherine só foi sua treinadora por um ano, mas Maddox nunca a esqueceu. Ele acompanhava os tempos de corrida dela, a seguia no Instagram, até a procurou quando venceu os oitocentos metros na competição estadual. Conforme os anos foram passando e ele foi ganhando experiência com garotas, ele se perguntou se sua intuição sobre ela estava certa. Talvez ela *realmente* visse alguma coisa nele... além dos excelentes tempos. E desde que eles começaram a treinar juntos... Bem, vamos dizer que ela continuou olhando para ele daquele jeito especial.

Maddox contou para Madison, sua irmã postiça, que jurava que Catherine estava a fim dele... e que ele também estava. Madison pareceu enojada.

— A garota mais linda da escola está morrendo de vontade de sair com você, Maddox — repreendeu ela. — É com *ela* que você devia sair, não com uma mulher mais velha que gosta de adolescentes.

Pensando melhor, ele não sabia por que tinha contado a Madison sobre coisas sentimentais.

— Tudo bem — disse Catherine, parando depois de mil e quinhentos metros tranquilos e tirando um cronômetro do bolso. — Quatro repetições. Se lembre da sua forma. Não comece rápido demais. Está pronto?

— Eu nasci pronto — disse Maddox, se agachando.

Ele saiu correndo pela pista, os braços impulsionando e as pernas à toda. Quatro voltas depois, ele atravessou a linha. Catherine gritou:

— Quatro minutos, dois segundos e vinte e três centésimos. Acho que você não deu tudo que tinha.

Maddox se inclinou para a frente e apoiou as mãos nas coxas. Quatro minutos e dois segundos era seu terceiro melhor tempo da *vida*. Ele nem sabia se conseguiria se arrastar por mais mil e quinhentos metros. Mas, depois de um descanso mínimo, ela o mandou voltar para a linha de largada.

— Vai fundo — disse Catherine, encarando seus olhos. — Você consegue. Nós nos esforçamos muito. Pense nos seus exercícios. Pense na sua postura. Pense na sua passada.

Ela segurou as mãos dele e apertou com força, os dedos ficando sobre os dele por um momento longo demais antes de ela puxar a mão de volta.

— Pense em "Iron Man" — disse ela de forma enfática, se referindo ao dia em que ela perguntou quais eram as músicas pré-corrida mais motivadoras dele, e ele admitiu que tinha uma queda por Ozzy Osbourne clássico. Ela disse que também tinha, e eles passaram meia hora falando sobre suas músicas favoritas do Black Sabbath.

— Vai! — gritou Catherine, e Maddox disparou da linha de largada. Desta vez, em vez de manter a mente vazia, ele a deixou vagar. Pensou em Aerin ligando para ele ontem dizendo que tinha mudado de ideia sobre a ajuda. Quando eles se encontraram no estacionamento da estação de trem, Aerin o encarou.

— E aí, Maddy Wright — dissera ela. — O que aconteceu com seus óculos?

— Lentes de contato — respondera Maddox, apreciando a conferida que ela tinha dado em Maddox quando achou que ele não estava vendo.

— Você está alto — acrescentara ela.

— Um e oitenta e sete — dissera Maddox com orgulho.

— E tem uma irmã postiça — dissera Aerin. — Madison. Eu a conheço.

— Na verdade, acho que temos muitos amigos em comum — dissera Maddox, e citou vários nomes de garotos e garotas que ela conhecia. Ele não pretendera ser desagradável, mas estava cansado do tom que ela usava quando falava com ele. Como se ele fosse um nerd. Eles eram mais parecidos do que ela achava.

Ele gritou durante a primeira volta. Na segunda, pensou sobre Seneca e no fato de ela ter decidido ficar. Por que ela quis ir embora? A decisão dela pareceu tão abrupta. Que bom que ela ia ficar. Ela era inteligente. Eles tinham mais chance de descobrir alguma coisa com ela junto.

E ele pensou em Brett. Gostava de ter outro homem no grupo. Ele o conhecera no evento do Caso Não Encerrado em setembro, perto de um acampamento de corrida de fim de semana no campus da Rutgers. Maddox e os outros campistas podiam sair se dissessem aos supervisores aonde estavam indo, mas ele não sabia como explicar Caso Não Encerrado, e acabou saindo escondido. Encontrou-se com Brett assim que entrou no Olive Garden, local da reunião, e eles passaram a noite sentados juntos analisando registros de celular de um caso de assassinato no Texas. Depois que o restante do grupo saiu, ele e Brett assistiram a um jogo do Giants no bar, Brett assobiando ao ver a impressionante identidade falsa de Maddox. Brett o levou de volta a Rutgers no BMW Série 7. Maddox não sabia dizer por quê, mas disse para Brett que seu padrasto tinha o mesmo carro, apesar de na verdade ele dirigir um Subaru.

Eles mantiveram contato desde esse dia, e quando Maddox contou para Brett que ia responder ao pedido de ajuda de Aerin Kelly, Brett perguntou se podia participar. Ele pretendia contar a Seneca assim que ela chegasse, mas eles começaram tão mal que ele achou que não devia dizer mais nada.

O final da última volta estava chegando. Com os braços em movimento, Maddox cruzou a linha de chegada. Catherine estava com a cabeça abaixada, observando o cronômetro. Seu coração despencou. Devia ter feito 4h04 ou 4h05, na melhor das hipóteses.

Mas, quando ela levantou o rosto, havia um sorriso empolgado nos lábios dela.

— Três minutos, cinquenta e oito segundos e quarenta e dois centésimos.

O queixo de Maddox caiu.

— Arrasei!

Catherine pulou na direção dele e lhe deu um abraço forte.

— Está bem perto do *recorde*, Maddy!

— Eu não teria conseguido sem você — gritou Maddox, sem fôlego, apertando os braços dela. Seus olhares se encontraram, e eles ficaram em silêncio. Maddox sorriu. Catherine sorriu também. *Foda-se*, pensou ele. Ele se inclinou para a frente e tocou os lábios nos dela.

Catherine puxou a cabeça para trás.

— Maddy, não, espera.

Maddox se afastou.

— Ops. — Ele bateu com a palma da mão na testa. — Perdi a cabeça por um segundo.

As bochechas de Catherine estavam rosadas.

— Tudo bem, de verdade! Não é que eu não ache você fofo. Eu *acho*. Já pensei sobre nós... você sabe. — Ela baixou os olhos. — Mas eu sou sua treinadora.

— Ei, não precisa explicar pra mim — disse Maddox, morrendo de vergonha por dentro. — Só fiquei empolgado com o tempo que fiz e me deixei levar. Que bom que você não era o treinador da escola. Beijar o Sr. Masters seria *horrível*. — Ele riu, torcendo para que seu sofrimento não fosse óbvio.

— Ah, que bom — disse Catherine, embora ele pudesse jurar que ela parecia um pouco decepcionada. — Que tal darmos uma volta?

Nesse momento, o celular de Maddox, preso em uma faixa no braço, soltou um *bipe* alto. Maddox pegou o aparelho e olhou para a tela. *Nova mensagem de Seneca.*

Meu quarto pegou fogo ontem à noite, escreveu Seneca. *Estou com Brett agora. Acho que vou precisar aceitar sua oferta de quarto de hóspedes.*

Maddox ficou boquiaberto.

— Puta merda.

— Está tudo bem? — Catherine espiou o celular dele. — Quem é Seneca?

— Eu tenho que ir — disse Maddox com voz fraca, andando na direção da arquibancada.

Uma expressão de tristeza tomou Catherine.

— Mas nós temos mais duas repetições de mil e quinhentos para fazer.

— A gente compensa no treino de amanhã. — Maddox vestiu a calça de moletom, enfiou o celular na bolsa e saiu andando pelo gramado. — Mesmo horário?

— Maddy — chamou Catherine com voz firme. Ele se virou. Ela parecia nervosa, e as manchas rosadas ainda salpicavam suas bochechas.

— Você não está indo embora só por causa do que aconteceu, não é?

— Não mesmo — disse ele com segurança. Como se fosse ela quem precisasse ser reconfortada. — Está tudo tranquilo. — Ele acenou e saiu andando o mais lentamente que conseguiu para longe dela. Só depois que saiu da linha de visão dela foi que aumentou o passo, começou a correr e saiu em disparada, torcendo para que o movimento dos braços e pernas pudessem apagar, ao menos temporariamente, a humilhação infinita em sua corrente sanguínea que mais parecia uma febre.

Não deu certo.

NOVE

BRETT GRADY OLHOU para a placa de falsa madeira envelhecida acima da cabeça. *Le Dexby Patisserie*, dizia, com uma seta apontando para uma velha porta de escola. Ele deu um sorrisinho por causa do nome pretensioso e se virou para Seneca, que estava ao seu lado.

— Como é que pode que toda fazenda ou estábulo antigo é agora um café gourmet, um spa de cachorros ou uma butique que vende calças jeans de quinhentos dólares que só cabem em garotas sem bunda?

Seneca olhou para ele com uma expressão vazia que Brett atribuiu ao fato de ela ainda estar em choque. Ele ajeitou o boné, entrou e segurou a porta para ela. Havia pratos Limoges lascados nas paredes e esculturas folk de galinhas ao lado do balcão de atendimento. O casco de um barco estava pendurado no teto. O ar tinha cheiro de pão fresco. Três mulheres bonitas de suéteres de casimira e brincos de diamante conversavam em uma mesa da frente.

— Ops — disse Brett para a mais bonita, uma morena alta, se inclinando com cavalheirismo para pegar o guardanapo de pano dela. A mulher o olhou de cima a baixo, fez uma careta e baixou os olhos. Brett suspirou internamente. Ah, bem. Ela não era o tipo dele mesmo.

Aerin estava sentada na mesa dos fundos, mas ainda faltava Maddy. Brett acenou e foi na direção dela, sentindo empolgação. Ele nunca tinha participado de uma investigação em grupo; costumava resolver seus casos sozinho. Queria causar uma boa impressão nas garotas, conquistá-las. Aquelas pessoas eram inteligentes. Iam descobrir o que houve com Helena. Ele estava com uma sensação boa.

— Bom dia — disse Brett ao se sentar em frente a Aerin. Seneca se sentou ao lado dela. Brett avaliou as garotas lado a lado. Seneca tinha prendido o cabelo molhado em um rabo de cavalo e estava usando um vestido xadrez amassado tirado da mala que ela conseguiu pegar no quarto depois que o fogo foi apagado. Aerin, por outro lado, estava com um vestido rosa colado que parecia novinho. O cabelo estava com escova e a maquiagem estava perfeita.

Brett apontou para o vestido dela.

— Ei, é um Diane von Furstenberg?

O queixo de Aerin caiu.

— Como *você* conhece Diane von Furstenberg?

Brett deu um sorriso misterioso.

— Sou um homem de muitos talentos.

Aerin sorriu.

— Claramente.

Brett sentiu um calor no estômago. Não flertava com ninguém havia muito tempo nem era bom nisso. Ele nunca sabia dizer se uma garota estava falando sério ou só se divertindo.

— Conheço um pouco da indústria da moda — admitiu ele. — Se você precisar de companhia para as compras, já me disseram que sou bom estilista.

Seneca riu.

— Você vai ficar olhando-a trocar de roupa pela cortina do provador?

— Claro que não! — Brett tinha concluído que Seneca parecia não confiar em ninguém. Mesmo naquela manhã, quando a levou para o novo hotel dele, o Dexby Water's Edge, para que ela pudesse tomar banho, ela ficou paranoica de medo de ele postar no Instagram fotos suas se trocando. — Você contou a Aerin sobre o incêndio? — perguntou ele, decidindo mudar de assunto.

Aerin revirou os olhos.

— O Restful Inn é uma armadilha mortal.

Brett entrelaçou os dedos.

— Seneca acha que foi intencional.

Seneca riu com deboche.

— Não acho, não!

Brett olhou para Aerin.

— Ela ouviu alguém sussurrando "vai pra casa" pela porta um pouco antes de o fogo começar.

Aerin arregalou os olhos.

— Tem alguém atrás de nós?

— Não — disse Seneca com firmeza. — Eu devo ter imaginado. Além do mais, olha. — Ela clicou no celular e mostrou a eles uma notícia. *Incêndio fecha o Restful Inn de Dexby*. — A polícia não está dizendo que foi incêndio criminoso.

— É, mas também *não* está dizendo que não é. Ainda nem investigaram — argumentou Brett. Não era *tanta* maluquice alguém estar atrás deles, era? Por outro lado, isso significaria que alguém sabia que eles estavam investigando o desaparecimento de Helena. Ele olhou para os clientes arrogantes de Dexby ao redor. Talvez alguém ali soubesse mais do que estava revelando.

Uma garçonete de vestido florido apareceu e perguntou se ele queria café. Depois que ele pediu, Seneca apontou para a bolsa de couro vermelho no colo de Aerin.

— Trouxe a garça?

— A gente não devia esperar Maddy? — perguntou Brett, mas as garotas o ignoraram.

Aerin enfiou a mão na bolsa e pegou a ave vermelha. Era feita de papel brilhoso que cintilava na luz. Quando Aerin o virou, Brett apontou para uma coisa escrita com caneta preta na base hexagonal.

— O que é isso?

Seneca apertou os olhos.

— *Hi* — leu ela.

Aerin puxou o papel para mais perto.

— Não acredito que nunca reparei nisso.

— Você acha que foi sua irmã que fez isso? — perguntou Brett.

Aerin, que tinha pedido café gelado, tirou um cubo de gelo do copo e colocou na boca.

— Eu nunca a vi fazer origami. Nem uma vez.

Seneca girou a garça nas mãos.

— Poderíamos mandar verificar impressões digitais, talvez.

Brett colocou a caneca na mesa.

— Nada de polícia. Eles só estragam tudo.

— Tudo *beeeem* — disse Seneca, inspecionando-o. Brett só deu de ombros. Ele não ia citar seus motivos agora.

— Que tal Becky Reed? — disse ele, citando a melhor amiga de Helena. Ele tinha lido sobre ela em entrevistas antigas. — Pode ser que ela saiba quem deu para ela.

Aerin mexeu no cacudo.

— Ah.

— Eu aposto em Kevin Larssen — declarou Seneca.

Aerin bateu na cabeça da garça.

— Isso não tem cara de Kevin pra mim.

— Não, não acho que tenha sido ele a dar a garça pra ela. Estou falando como suspeito. Eu estava pensando nisso ontem à noite. *Se Helena tinha um namorado secreto, um Cavaleiro Samurai, o verdadeiro namorado não ficaria com raiva?*

Aerin franziu o nariz.

— Kevin tinha álibi. Estava em uma conferência naquele fim de semana.

— Do governo estudantil, certo? — perguntou Seneca. — Do Connecticut Youth?

— É. Ele vivia para o clube e conseguiu trabalhar com um senador no verão. Eu ouvia sobre isso sem parar sempre que ele ia jantar na minha casa... e meu pai parecia viver pelas experiências dele. Kevin era como o filho que ele nunca teve.

Uma expressão melancólica surgiu no rosto de Aerin. Brett tamborilou nos joelhos. De muitas formas, aqueles adolescentes conheciam aquele mundo bem melhor do que ele. Ele não sabia muito sobre o Sr. Kelly além de que era tão poderoso em Wall Street quanto possível.

Seneca mexeu o café.

— O Connecticut Youth é um grupo unido, não é?

— É, as pessoas são legais — disse Aerin. — Mas se levam muito a sério. Parece que são de uma sociedade secreta.

Seneca assentiu.

— Você sabia que Kevin tinha que fazer algum tipo de discurso de liderança naquela conferência, mas nem apareceu?

— Onde você viu isso? — perguntou Brett.

— Saiu em um artigo logo depois que Helena desapareceu. A polícia não investigou.

— A polícia é péssima. — Aerin se apoiou nos cotovelos. — Então talvez Kevin não estivesse lá?

— Não tem nenhuma foto dele na conferência. Mas tem de todos os outros participantes.

Aerin retorceu a boca.

— Mas todo mundo disse que o viu.

— É, bom, é a palavra deles contra a nossa — disse Seneca com voz tensa.

Aerin suspirou e se levantou.

— Continuamos depois. — Ela saiu andando para o banheiro feminino.

Seneca a viu andar até a porta se fechar. Lembrou a Brett as pessoas que ficavam olhando para os números nos elevadores para não precisarem conversar trivialidades. Ele trocou um olhar com Seneca e sorriu, mas ela só olhou para baixo, desconfiada.

— O que você está estudando na faculdade? — perguntou Brett, ciente de que era uma pergunta idiota.

Seneca deu de ombros, mexendo no cardápio plastificado.

— Coisa básica, em geral.

— Já escolheu uma carreira?

— Não. Ainda não.

— Mas devia, sabe. Quanto mais cedo escolher, mais aulas legais você vai ter.

Ela olhou para ele com expressão irritada.

— Eu já tenho uma orientadora no meu pé, obrigada.

Brett mexeu o café. Pensou no que sabia sobre Seneca. Ficou se perguntando a manhã toda se devia compartilhar. Respirando fundo, ele decidiu que sim. Guardar para si parecia falta de sinceridade. Talvez se ela soubesse que ele entendia por que ela estava lá, será que ajudaria?

— Hã, sabe o motivo de eu conhecer moda? — A voz dele falhou.

— É por causa da minha avó. Pode ser que você tenha ouvido falar dela. Vera Grady? De Greenwich?

Seneca ergueu as sobrancelhas.

— Sua avó é a herdeira da moda que foi *assassinada*?

Brett assentiu, baixando a cabeça.

Seneca piscou com força.

— Caramba.

Brett pensou no que ela devia ter visto na televisão: mulher rica e idosa encontrada morta por um machado no quintal. Foi a empregada, Esmeralda, que a encontrou.

— Nós éramos próximos. Eu sinto muita falta dela.

— Jesus — sussurrou Seneca, segurando o colar com o pingente que ele nunca a via sem.

— Eu tentei descobrir sozinho o que tinha acontecido com ela — confidenciou Brett em voz baixa. — Não consegui entender quem faria uma coisa dessas, mas fui interrogar uma testemunha com quem a polícia estava falando, e ficaram putos da vida comigo e me mandaram não atrapalhar. Disseram que iam me prender por obstrução de justiça.

Seneca franziu a testa.

— Que baboseira.

— Eu sei disso *agora*. — Brett sentiu os ombros murcharem. — É por isso que não gosto da ideia de usar a polícia. É por isso que estou no fórum. Para ver se tem alguma teoria sobre ela. E para ajudar outras pessoas. — A voz dele falhou. — Pelo menos eu posso fazer *isso*.

Pela primeira vez, Seneca pareceu olhar para ele de verdade.

— Sinto muito, Brett.

— Obrigado. Eu queria contar pra você primeiro. — Seu coração disparou. — Sei que aconteceu com você também.

Seneca fez uma careta. Suas pupilas ficaram muito pequenas.

— Hã?

— Eu pesquisei você pelo Google — disse Brett, desejando não parecer tão invasivo. — Fui pesquisar todo mundo que estava ajudando no caso. E... sua mãe foi assassinada. Collette Frazier.

O sangue sumiu do rosto de Seneca.

Ele se inclinou um pouco para a frente.

— Estou aqui se você quiser conversar. Eu já passei por isso. Sei como é difícil. E adoraria ter alguém com quem conversar também.

— Ele bateu com os dedos na mesa, nervoso. — Talvez *todos* nós pudéssemos falar sobre isso. Você, eu, Aerin...

Seneca se levantou e empurrou a cadeira para trás com tanta força que fez um ruído alto e arrastado. Seus olhos estavam arregalados. A boca estava formando um O apertado.

— Nós não precisamos incluir Aerin se você não quiser — sussurrou Brett apressadamente. — Eu entendo se você não quiser que mais ninguém saiba.

Mas o olhar dela se desviou para a esquerda, e um som baixo e tortuoso saiu dos seus lábios. Brett também virou a cabeça. Aerin tinha voltado do banheiro e estava de pé atrás da cadeira. Maddox também tinha chegado. Os dois estavam com expressões estupefatas no rosto, como se tivessem ouvido tudo.

Merda.

DEZ

AERIN VIU A colher de Seneca escorregar dos dedos e cair na mesa. Antes que qualquer um pudesse dizer alguma coisa, ela se virou e saiu correndo do café. Aerin ameaçou ir atrás dela e olhou por cima do ombro para Brett.

— Na próxima vez que souber de um segredo de alguém, pergunte primeiro se ela quer que você conte.

Brett parecia prestes a começar a chorar.

— Eu não sabia que vocês estavam aí!

Aerin acreditava nele. Quando voltou do banheiro, Brett estava inclinado na direção de Seneca por cima da mesa, totalmente alheio ao mundo.

— Obviamente, ela não queria conversar sobre isso, Dr. Phil — resmungou ela. O que Brett esperava? Que eles formariam um vínculo, os Adolescentes Sofridos Que Conheciam Pessoas Assassinadas? Que cantariam músicas motivadoras e ficariam de mãos dadas? *Ah, tá.* Ela não culpava Seneca por ir embora correndo.

E, Jesus. Aerin se lembrava da história de Vera Grady. Não conseguia imaginar como Brett superou aquilo. Mas a história da mãe de Seneca era ainda pior. Pelo que Aerin lembrava, aconteceu pouco antes de Helena desaparecer, apesar de não ter sido noticiado de forma tão ampla. A pobre mulher, uma jovem mãe com cabelo louro platinado impressionante e um sorriso deslumbrante, foi encontrada dois dias depois, o corpo descartado embaixo de um píer. Aerin também ouviu que o legista fez Seneca, que devia ter uns quatorze anos, ir identificar o corpo. Como isso era legal?

Ela saiu pela porta da frente do café. Lá fora, o céu estava cinzento, e a temperatura tinha caído. Seneca estava na extremidade do estacionamento, os braços envolvendo o tronco. Quando viu Aerin se aproximando, fingiu estar fascinada por uma placa de limite de velocidade.

— Não quero conversar.

— Por mim, tudo bem — disse Aerin. — Você não precisa falar sobre isso nunca mais. *Eu* não quero saber. Talvez você não tenha reparado, mas não sou de criar vínculos.

Não era verdade, Aerin adoraria saber como Seneca aguentava cada dia de vida, mas ela pareceu a Aerin uma pessoa que compartimentalizava partes da vida e surtava quando as caixas arrumadas transbordavam e caíam das caixas adjacentes.

— Não *acredito* que Brett... — A voz de Seneca rachou. — Era por isso que eu ia embora ontem. Eu talvez não seja útil nesse caso.

Aerin revirou os olhos.

— Eu entendo. Você tem uma história. Mas as pessoas saberem não muda nada. Você já tinha uma história uma hora atrás e ia trabalhar no caso, não ia?

Seneca não respondeu. Aerin soprou ar das bochechas.

— Ajudaria se eu dissesse que você é a mais inteligente aqui? Bem mais inteligente do que aqueles garotos idiotas? Sem você, nós não vamos conseguir descobrir nada. Por isso, não pule fora.

Ugh. Depois de dizer isso tudo, ela estava quase com vontade de tomar um banho. Ela odiava se humilhar. Fazia com que se sentisse bem mais suja do que quando se agarrava com garotos quaisquer.

Seneca puxou a bolsa de couro no ombro.

— Tudo bem — disse ela com uma voz estoica de "os sentimentos são meus e ninguém mais toca neles" com a qual Aerin se identificava.

— Mas não vamos mais falar sobre isso. Entendeu?

— Combinado — disse Aerin. — E se eu pegar outra pessoa falando com você sobre isso, dou porrada.

Seneca quase sorriu, e as entranhas de Aerin se aqueceram. Apesar de ter acabado de dizer que não gostava de vínculos, ela tinha a sensação de que ela e Seneca tinham acabado de criar um.

Aerin andou até uma mesa externa e se sentou. Estava frio demais para ficar do lado de fora, mas ela duvidava que Seneca quisesse voltar lá para dentro e enfrentar os garotos agora.

— Seus pensamentos sobre Kevin são interessantes. Você acha que os amigos estavam encobrindo a ausência dele e mentindo sobre o álibi?

Seneca se sentou ao seu lado. O vento jogou o cabelo encaracolado no rosto dela.

— Não há prova de que Kevin estava na conferência, só o que os amigos disseram. Quem sabe se eles não se reuniram para elaborar uma história?

Aerin pegou uma farpa de madeira no banco. Os amigos de Kevin poderiam ter inventado uma história para ele fazer uma coisa horrível? Ela beijou um daqueles caras recentemente, Tim Anderson, em uma festa na piscina no verão passado. A percepção de que ele pudesse ter olhado nos olhos dela, tocado nos lábios dela, dito que ela era *linda*, o tempo todo guardando um detalhe cruel e crítico sobre a irmã dela a provocou um sentimento profundo e doentio de traição.

Seneca pegou o celular. Clicou em um ícone de nuvem e passou o aparelho para Aerin. Uma matéria de cinco anos antes apareceu na tela; era sobre a conferência do Connecticut Youth, nada relacionada ao desaparecimento de Helena. Havia uma foto do grupo de Windemere-Carruthers... é, *dois* caras que ela tinha beijado, Aerin reparou, e uma garota com cara de nerd chamada Pearl Stanwyck, que devia ter passado a conferência fazendo sexo com todo mundo ou andando de um lado para outro sozinha. Kevin estava no meio, um sorriso arrogante no rosto. Ao lado dele, o braço passado nos ombros de Kevin, estava James Gorman, o senador de Connecticut com quem o grupo trabalhava nos verões.

— O sorriso de Kevin está ardiloso — disse Aerin com voz fraca. Ela odiava olhar para o namorado da irmã sob essa nova perspectiva. Ele chorou no memorial que fizeram para Helena. Ela lembrava que ele era voluntário com Helena em uma casa de repouso. "Nós praticamente só seguramos as mãos deles", explicara Kevin com tristeza em um jantar da família. Helena tocou no ombro dele com admiração nos olhos, e por um momento Aerin entendeu por que ela gostava dele.

Seu estômago deu um nó. Falar sobre Helena estava mexendo com a cabeça de Aerin. Havia momentos em que pensava que Helena estava de volta, uma aparição transparente ao seu lado. Aerin até se viu caindo em rotinas de quando Helena estava viva, gritando "boop!" quando a torrada pulava da torradeira, coisa que Helena amava dizer. Naquela manhã, em casa, com uma torrada na mão, ela até se virou, esperando a gargalhada de Helena.

Seneca clicou no anuário virtual da Windemere-Carruthers e virou as páginas. Ao lado de mais fotos de Kevin e do grupo político Connecticut Youth também havia várias espontâneas dele. Em uma quadra de basquete. Fazendo um discurso no auditório. Levando um grupo de crianças por um corredor. Abraçando uma mulher acima do peso identificada como Sra. G, bibliotecária da escola.

Seneca se encostou.

— Ele me parece o tipo de cara que ajudaria uma velhinha a atravessar a rua, mas que também ia querer crédito pela boa ação.

— Isso aí — concordou Aerin.

— O que *você* se lembra dele?

Aerin se encostou.

— Ele parecia... legal. Meio rígido, quase como se as juntas precisassem de lubrificação. Eu tinha um apelido para ele: Marionete. Helena não achava engraçado.

A garganta dela deu um nó quando se lembrou como o rosto de Helena mudou quando ela contou. "Quando você ficou tão cruel?", perguntara.

— Eu não estava brincando quando disse que ele e meu pai eram próximos — continuou ela. — Quando Kevin vinha na nossa casa, ele e meu pai conversavam sem parar. Helena mal prestava atenção a eles. E ela começou a se vestir de um jeito tão diferente no começo daquele verão. Parecia uma hippie. Kevin debochava das roupas dela. Eu sempre me perguntava por que ela não ficou com um cara da escola chamado Raj Juniper. Ele era alto e sexy, e fazia os próprios sapatos com pneus reciclados.

— Talvez ela tenha namorado Kevin para agradar seu pai.

Aerin abraçou o peito. Sua pele estava ficando arrepiada do frio.

— Meus pais brigavam muito. Talvez levar Kevin em casa fosse o jeito dela de deixar papai feliz.

— Seu pai não está mais aqui, está?

Ela deu de ombros.

— Ele está em Nova York. Não fica tão longe.

— Mas ele não está *aqui*. Você não o vê muito.

Aerin sentiu uma pontada de irritação. Quando a conversa ficou delicada?

— É um pouco minha culpa. Eu odeio Nova York e não vou lá com frequência. É tão suja.

Seneca olhou para ela e foi para a página de Kevin no anuário. Seus olhos se arregalaram.

— Olha.

Aerin se inclinou e olhou para onde Seneca estava apontando: a dedicatória dele em itálico embaixo da foto. Estava em forma de poema.

Você, amigo peregrino,
Só vai prosperar, e vai
Ter dias de alegria!

*O que vejo é que você, amigo, só merece o melhor,
como H do gás hélio.*

Aerin riu com deboche.

— Ele devia ficar na política.

— Eu sei. Mas, olha: conte de quatro em quatro palavras, começando na primeira.

Aerin inclinou a cabeça.

— Outro código? — perguntou ela, insegura. Ela começou a contar. Quando terminou, sufocou um gritinho.

Você vai ter o que merece, H.

ONZE

ALGUMAS HORAS DEPOIS, Seneca e Maddox pararam na frente da casa de Maddox, uma casa colonial azul enorme com três águas-furtadas, jardineiras de janela, uma varanda frontal enorme com duas cadeiras de balanço amarelas e uma cerca branca de madeira.

— É tão... Connecticut — brincou Seneca. Ela não acreditava que conseguia fazer piada agora, mas mascarar seus sentimentos não era novidade.

Ela tirou a mala do porta-malas do Jeep e pegou o buquê de margaridas que tinha comprado no florista perto de Le Dexby Patisserie para o Sr. e a Sra. Wright como agradecimento por deixá-la ficar lá. Maddox foi na frente pelo caminho de entrada, por um saguão com piso de parquete e um aparador com fotos da família. Eles entraram em uma cozinha ampla e aconchegante toda em amarelo e vermelho. Ela colocou as flores na água, e eles subiram por uma escadaria acarpetada até uma porta. Maddox a abriu com o ombro.

— Aqui é o seu quarto.

Dentro havia um sofá comprido, um tapete de bolinhas, quadros chamativos nas paredes e uma pequena cozinha com mesinha embutida. Maddox andou pelo espaço.

— Você tem uma pequena cozinha, e a TV tem canais a cabo. — Ele abriu uma porta nos fundos. — Banheiro. Toalhas limpas.

— Seneca botou a cabeça dentro e viu uma cortina com estampa de peixe. — E aqui fica o quarto. — Ele passou por outra porta e chegou a uma cama tamanho queen com edredom listrado.

— Obrigada, é ótimo — disse Seneca. — Estou meio cansada. Acho que vou me deitar.

Maddox assentiu, mas não se mexeu. Os braços de Seneca tremeram. Era estranho ficar em um quarto com ele. Ela se sentiu mais nua do que no café, quando seu passado foi colocado sobre a mesa como uma refeição para todos apreciarem. Ela foi abrir a mala na hora que Maddox se virou para a porta, e eles colidiram, com Seneca batendo com tudo na lateral dele.

— Ops — disse ela por entre dentes. Ela recuou, e Maddox também, mas não antes de os olhares se encontrarem. Um sorriso dançava nos lábios dele. As bochechas dela estavam quentes. O abdome dele pareceu tão firme embaixo da camiseta... só de pensar ela ficava constrangida e desorientada. Ainda a incomodava que no dia anterior, no mesmo horário, ela estivesse esperando uma pessoa diferente. Uma pessoa que não tinha abdome de tanquinho. Uma pessoa em cujo abdome ela não teria reparado.

Maddox se agachou e tirou rapidamente uma coisa da bolsa que tinha levado até lá em cima.

— Eu quase esqueci. Tome.

Ele passou para ela uma garrafa de cerveja Red Stripe. Ainda estava branca de condensação. Seneca franziu a testa.

— Não estou no clima de comemorar agora.

Ele balançou a cabeça.

— É para o caso de você mudar de ideia. Peguei na geladeira quando estávamos subindo. — Ele chegou mais perto. — Depois do dia que você teve, achei que podia... ajudar. E lembro que disse que era a sua favorita. — Ele deu de ombros e se virou para a porta. — O abridor fica na gaveta do lado da geladeira. Eu vou dar uma corrida.

— E ele saiu.

Seneca ficou olhando para a porta fechada e para a cerveja nas mãos. O gesto de Maddox era estranhamente tocante e exatamente o que ela precisava agora. Não de uma longa conversa, como tantos ofereciam quando descobriam sobre a mãe dela. Não de um abraço. Não de um cartão ou um tapinha no ombro. Que bom que Maddox percebeu. Então por que ela só se sentia mais irritada com ele?

Ela encontrou o abridor de garrafas, tirou a tampinha e observou o aposento. Na geladeira havia um adesivo que dizia O ENSINO MÉDIO ESTÁ TÃO ULTRAPASSADO. Claramente, Maddox colocou lá para ela, o que a fez sentir uma pontada de culpa. Na prateleira no canto, havia livros de mistério, ela já tinha lido todos, e um exemplar de *14,000 Things to Be Happy About*. Sentindo uma certa raiva, ela o virou para a parede. Ela esperava que Maddox não tivesse colocado *aquilo* ali para ela. Depois que sua mãe foi assassinada, o vizinho idoso, que Seneca sempre chamava de Bertie dos Airedales (por causa dos cachorros que ele tinha), deu a ela o mesmo livro. Sem querer ofender, Bertie, mas ler sobre a maravilha dos gnomos de jardim nem sempre funcionava.

Ela sentiu sua garganta se apertar. *Você não vai chorar.* Mas Brett abriu uma rachadura na armadura. Ela só conseguia pensar na mãe agora. A única coisa que tinha se esforçado tanto para esquecer.

Enquanto tomava um gole grande de cerveja, ela pensou naquele dia horrível em que sua mãe, Collette, desapareceu, nas ligações desesperadas para a polícia, seu pai preso em Vermont por causa de tempestades de neve. Depois que encontraram o carro dela em um estacionamento da loja Target e o corpo no píer, a imprensa passou alguns dias falando do estranho assassinato, mas logo seguiu adiante, para o caso de Helena. A família de Seneca não foi ao *Nancy Grace* como os Kelly. A história deles não chegou ao *New York Times*. Ninguém ligava para um pai negro de luto e nem para a filha birracial, mesmo a mãe dela sendo bonita e branca. Helena e sua família perfeita de Connecticut atraíram todos os holofotes, empurrando o caso de sua mãe para uma longa lista de crimes não solucionados.

Enquanto isso, Seneca não tinha mais mãe. Sua voz não a acordava mais todos os dias. Seu rosto não aparecia na cozinha quando Seneca chegava da escola. Seneca nem pôde se despedir. A última lembrança que tinha da mãe era de um rosto irreconhecível em uma sala fria, estéril e infernal.

A dor foi poderosa demais para lutar contra ela, como uma maré forte levando-a para o mar, sobrepondo-se a tudo: a comer, respirar, dormir. Durante semanas, ela ficou encolhida na cama segurando o colar da mãe com um pingente de *P*, o mesmo que ela ainda usava. Era o P de *Pinky*, o apelido da mãe de Seneca, conquistado porque ela era tão pequena e de ossos delicados. Por mais de um mês, Seneca não saiu da cama. Não se *moveu*, na verdade, exceto para usar o banheiro. Ela ouvia sussurros preocupados do lado de fora da porta. Seu pai levou um padre, um assistente social, uma terapeuta chamada Dra. Ying. Trouxe a tia favorita de Seneca, Terri, mas nem ela conseguiu romper a casca. Em coma parcial, ela ouviu o termo *unidade psiquiátrica* ser citado. Ouviu *síndrome do estresse pós-traumático*. Luzes fortes foram apontadas para os olhos dela. Perguntas delicadas eram feitas a ela de hora em hora. Mas ela sentiu que tinha afundado sete camadas para dentro de si. Não conseguia sair.

Até um dia em que simplesmente saiu. Talvez a medicação que estavam dando a ela finalmente tivesse começado a funcionar. Talvez seu corpo e sua mente tivessem decidido cavar a superfície e lutar. Ela voltou a ir à escola. Declarou que estava bem. Houve alguns tropeços: uma vez ela agrediu um cara no refeitório porque achou que ele estava rindo pelas suas costas, e uma vez ficou muito agressiva durante uma discussão na aula de inglês sobre se Hamlet devia ou não matar o padrasto/tio. Mas ela terminou a escola. Entrou na faculdade. Estava *enfrentando* a vida.

Bem, mais ou menos.

Houve um baque. O celular de Seneca caiu do colo no chão. Quando ela o pegou, a tela mostrou as últimas mensagens de texto que tinham chegado, inclusive uma do pai. *Como está Annie?*

Seneca bebeu mais um pouco de cerveja, sentindo-se desanimada. Queria contar ao pai a verdade... sobre tudo. Que a dor da saudade da mãe nunca passou. Que era uma dor quente que corroía o peito, e só estava piorando. Mas não podia fazer isso com ele. Ultimamente, tinha pensado em ligar para a terapeuta que ele arrumou para ela, mas a Dra. Ying provavelmente a mandaria fazer desenhos de terapia artística ou falaria com voz empática que entendia o que Seneca estava passando. Como ela podia saber? Como qualquer pessoa poderia saber? Tudo bem, só Brett. E Aerin. Mas parecia forçado desabafar com eles, como se ela tivesse ido a Dexby atrás de um grupo de apoio. E ela tinha medo... medo de que, se começasse a falar da mãe, nunca fosse parar.

A maçaneta começou a balançar. Seneca levantou a cabeça. O movimento persistiu. Seneca se levantou, pensando na figura sombria na porta do quarto de hotel. Era *possível* que alguém estivesse atrás deles?

A porta se abriu. O corpo todo de Seneca ficou tenso. Uma garota oriental com cabelo escuro e comprido, com um vestido rosa ultracurto de tecido felpudo, meia-calça branca e botas entrou. Seneca expirou. Era Madison, a irmã postiça de Maddox. Seria capaz de reconhecê-la em qualquer lugar.

— Com licença — disse Seneca, olhando por cima do sofá.

Madison se virou e deu um gritinho.

— Mas que... — Ela chegou mais perto. — Ah! Você é Seneca? A amiga de Maddy?

Ela tinha uma voz alegre e aguda e usava maquiagem exagerada. O perfume tinha cheiro de pêssego. *Pixy Stix*, pensou Seneca na mesma hora, fazendo o jogo dela com Maddox.

Ela foi até Seneca e segurou suas mãos.

— Eu sou Madison! Achei que você vinha ontem à noite!! Você só veio visitar meu mano um pouquinho? Vai ficar para a festa do Coelhinho da Páscoa? Vocês se conheceram na internet, né? Que site? Eu quero experimentar o Tinder, mas ouvi falar que os caras de lá são uns porcos. — Ela deu um gritinho agudo. — Se você precisar de um tempo longe do meu irmão, vá até meu quarto. Posso fazer suas unhas. Até tenho uma luz LED para unhas em gel. E olha essas cutículas! Você precisa de ajuda. Se importa se eu fumar?

— O q-quê? — Falar com Madison era como tentar segurar um beija-flor.

Madison pegou um cachimbo de vidro rosa e roxo.

— Não conta para o meu irmão, tá? Ele sabe, mas sempre fica me dando sermão. — Ela revirou os olhos. — Ele corre umas três vezes por dia. Um dia, no jantar, ele disse que correu uma *maratona* inteira na pista de corrida. São uns cem quilômetros.

— Acho que são quarenta e dois. — Madison olhou para ela sem entender. — Mas ele não conseguiu uma bolsa? Talvez precise correr tanto assim — acrescentou Seneca.

Madison bateu na lateral da cabeça.

— Sou uma péssima anfitriã! Hóspedes primeiro.

Seneca olhou para o cachimbo e para a própria cerveja.

— Não, obrigada.

Madison deu de ombros, pegou um isqueiro Zippo enfeitado com o que pareciam ser cristais Swarovski e o acendeu. Seneca tentou conciliar aquela garota com a que era sua "amiga" de Facebook.

Madison se inclinou para a frente.

— Então, você não veio ficar com ele, veio?

Seneca caiu na gargalhada.

— Não mesmo.

— Certo. — Madison assentiu intensamente. — Foi o que imaginei.

Seneca fez um esforço para não perder o sorriso. Madison parecia segura de que não era esse o caso. Maddox teria comentado que eles não eram compatíveis? Ela não era o tipo dele? Bom, *obviamente*. Mas... ela não era boa o suficiente para o Sr. Atleta?

— Então *por que* você veio? — perguntou Madison.

Seneca piscou. Sentia como se tivesse entrado em uma caverna cheia de víboras; qualquer movimento repentino faria com que partissem para cima dela.

— Por causa da corrida — disse ela. — Nós somos amigos de corrida.

— Então por que não está correndo com ele agora?

— Eu...

O celular de Madison apitou. Ela olhou e deu um grito.

— Isso é um pênis? Ela enfiou o celular na cara de Seneca. Ela olhou para a imagem na tela. Era a parte de baixo do corpo de um homem com uma sunga bem transparente.

— Eca.

— Eca, não. É o capitão do time de lacrosse. — Madison deu um pulo. — Eu tenho que mandar uma foto pra ele. — Ela se olhou em um espelho redondo com conchas em volta e ajeitou o cabelo.

Seneca olhou para ela.

— Não me diga que você vai ficar nua.

— Ah, *não*. — Madison franziu o nariz. — Mas vou mostrar o decote. — Ela ajeitou o vestido. — Isso está errado. Quer me ajudar a escolher outra roupa?

— Isso não é minha especialidade.

— Buá — choramingou Madison. Ela pegou o cachimbo e abriu a porta que levava à escada. Mas se virou e lançou um olhar astucioso para Seneca. — É Helena Kelly, não é?

— O q-quê?

— O motivo de você estar aqui. Ele está investigando ela de novo.

De novo? Seneca procurou uma desculpa, mas sabia que sua expressão a entregou porque Madison voltou correndo para o quarto.

— Me deixa ajudar.

— *Ajudar?*

— Eu também conhecia Helena. — Madison chegou mais perto, o cabelo com cheiro de maconha. — Antes da minha mãe morrer, ela ficou em uma casa de repouso para doentes terminais, e Helena era voluntária lá. Ela parava no 7-Eleven para comprar Naked Juice para a minha mãe porque era a única coisa que ela conseguia beber. Ela não precisava fazer isso.

— Sinto muito pela sua mãe — disse Seneca automaticamente.

— Mas não acho que seja boa ideia. Isso pode ficar perigoso.

Madison riu com deboche.

— Eu aguento perigo.

— Na verdade, não vai ser nada perigoso. Está mais para chato — disse Seneca, mudando a história, tentando se livrar de Madison.

— Acho que vamos desistir logo. Não chegamos a lugar algum.

Madison olhou para o celular de Seneca, que estava virado para cima sobre a mesa. A mensagem de Seneca para o pai já tinha sido enviada; a coisa mudou para o Google provavelmente por vontade própria. Na caixa de busca estavam as palavras *Kevin Larssen, agenda de campanha*, claras como o dia. Seneca tentou esconder a tela, mas o dano já estava feito.

— Você acha que foi aquele Kevin? — gritou Madison. — Ele também era voluntário no hospital. Eu não o conhecia, mas ele não parecia um maluco furioso e assassino.

— A gente só quer falar com ele — disse Seneca rapidamente, um pouco envergonhada. — Certas coisas não fazem sentido no álibi dele.

— Liguem para o escritório da campanha. Fica aqui na cidade.

Seneca fez um ruído debochado.

— Se ele for culpado, não vai falar. A gente tem que pegá-lo desprevenido.

O sorriso de Madison aumentou.

— Vocês estão com sorte. Eu sei de um lugar onde ele vai estar desprevenido. No Dexby Country Clube amanhã. Vai ser a festa de noivado dele.

— Como você sabe *disso*?

Madison se aproximou de Seneca e passou o braço pelo dela.

— Porque fui convidada.

DOZE

NA TARDE SEGUINTE, Maddox estava em um quarto cheio de colchas de pele falsa, cortinas rosa de oncinha, pôsteres da Katy Perry e tudo da Hello Kitty. Seus pés descalços afundaram em um tapete peludo rosa, e ele ficou olhando para o armário cheio de vestidos, blusas, sapatos e bolsas. Seneca, Aerin e Brett estavam atrás dele. E na frente dele, sorrindo como louca, estava sua irmã postiça, Madison. Era o armário dela; o quarto era dela.

— Tudo bem, moças. — Madison apontou para as portas abertas do armário. — Para a festa no Dexby Country Clube, vou chamar sua atenção para a seção Marc Jacobs, 3-A.

Aerin riu.

— Seu armário é organizado como um estacionamento?

As duas começaram a conversar sobre comprimento de saias, tecidos e estilistas... bom, ele supunha que fossem estilistas, embora não tivesse certeza. Seneca ficou para trás, parecendo um peixe fora d'água, mas Madison segurou um vestido na frente do corpo magro e a puxou. Maddox encostou a cabeça na parede e fingiu roncar. Esse tipo de chatice sempre lhe dava sono.

Na noite anterior, houve uma batida na porta dele. Maddox torceu para que fosse Seneca. Talvez ela quisesse conversar sobre a mãe. Ele não conseguia parar de pensar nela. Tinha pesquisado a história da mãe dela e lido algumas das entrevistas de Seneca. Ficou um tempão em um link do CBS News olhando uma foto de Seneca de cinco anos antes. O rostinho dela estava tão inocente e assustado. Como ela escondia isso tão bem? Como conseguia viver? Também explicava por que ela surtou com aquele comentário de "talvez a gente devesse dizer que a gente sabia o que ela estava passando". Seneca *sabia* o que Aerin estava passando.

Mas foi a irmã dele que bateu na porta.

— Conheça a nova integrante da sua equipe! — dissera Madison, levantando os braços acima da cabeça. — A gente vai pegar o assassino de Helena Kelly.

Maddox foi pego de surpresa.

— Aerin contou pra você? — Aerin *tinha* mencionado que conhecia Madison.

— Não, foi Seneca — respondeu Madison. Isso era ainda mais estranho. Por que Seneca não imaginou as consequências? — Vocês precisam de mim — insistiu Madison. — Vocês querem falar com Kevin Larssen, e eu tenho convite para a festa de noivado dele. Todo mundo ganha.

Maddox e a irmã postiça se davam bem. Quando as famílias se uniram, ela nunca foi desagradável nem manipuladora como as irmãs postiças da televisão. E quando Maddox ficou popular, Madison quase ficou louca de alegria, dizendo que eles tinham que dar uma festa de "Maddox é um cachorro alfa" para ele, coisa que ele vetou na mesma hora. Mas essa era a questão: Madison tinha um jeito de tornar tudo uma diversão para todos, uma festa boba e fútil cheia de serpentina rosa, guerra de travesseiro e maconha, o que era um tesão quando Maddox queria espionar garotas numa festa do pijama, mas meio inadequado para solucionar um assassinato. A própria Aerin tinha dito: era a vida dela. Não um jogo.

Mesmo assim, Madison prometeu levar tudo muito a sério. Maddox não sabia o que fazer além de deixá-la ajudar.

Seu olhar pousou no relógio da Hello Kitty da irmã na mesa de cabeceira. Eram 14h03. Ele tinha que estar correndo com Catherine, mas furou. Só que não teve nada a ver com o beijo. Bom, quase nada. Sério, ele quase não tinha pensado naquilo. Era mais que eles tinham que se aprontar para aquela noite.

Brett enfiou a mão em um monte de roupas e tirou um vestido dourado com uma fita nas costas. Ele o entregou para Aerin.

— Isso ficaria ótimo em você.

Aerin olhou para ele com seriedade e observou a etiqueta. Quando encostou no corpo, a cor realçou na mesma hora a pele pálida dela.

— Lindo — disse Madison com apreciação.

— É, eu não consigo acreditar. — Aerin olhou para Brett e sorriu.

Maddox revirou os olhos.

— Cara, Brett, você é uma garota e *tanto*.

Brett só deu de ombros.

— O que posso fazer? Sou um talento natural para a moda.

— Bom, eu *esperaria* que sim, considerando quem sua avó era — observou Aerin.

Maddox assentiu, também refletindo sobre a verdadeira identidade de Brett. A dinastia Grady era lendária... mas que coisa horrível para se ter passado. De certas formas, Maddox se sentia meio inocente no meio de três pessoas que vivenciaram perdas tão terríveis, como se elas fossem mais sábias de formas que ele não era. Por outro lado, ele *queria* ter a experiência de assassinato? Não mesmo.

— Escolha um pra mim — Seneca pediu a Brett, apontando para o armário.

Brett escolheu um vestido de cetim vermelho e entregou para Seneca. Quando ela se olhou no espelho, Maddox sentiu um aumento na impaciência e limpou a garganta.

— Podemos botar um fim nesse desfile de moda? Como Brett e eu vamos entrar nessa festa?

Brett levantou o olhar dos sapatos e estalou os dedos.

— *Eu* sei como a gente pode entrar. Maddox, amigão, eu e você vamos ser garçons.

Aerin franziu o nariz.

— Você quer dizer que vai servir bebidas?

— É. Minha família organizava festas assim o tempo todo. Você circula com bandeja, agrada as pessoas, fica perto. As pessoas ricas não reparam nos garçons. Kevin pode dizer alguma coisa na frente de um de nós. Ou a gente pode deixar ele bêbado e começar a fazer perguntas.

Madison deu de ombros.

— Parece divertido.

Brett deu uma piscadela e apontou para ela, como quem diz "gosto do seu estilo".

— Eu concordo — disse Seneca. — Mas como vocês vão conseguir um emprego de garçom lá tão rápido?

— A gente entra no lugar de alguém — disse Brett.

— E como vamos fazer isso? — perguntou Maddox.

Brett pegou uma garrafa de tequila Patrón na mochila. Madison pulou em cima da garrafa.

— Quero!

Brett guardou a garrafa na mochila.

— É para os garçons. Vamos dar a garrafa para eles, dizer que vamos fazer o trabalho, mas eles ainda podem receber o pagamento, e está tudo certo.

Maddox se sentou na colcha da Hello Kitty na cama de Madison. Parecia uma ideia maluca, mas eles não tinham mais nada.

— Estou dentro.

Brett bateu na mão de Maddox. Madison deu um tapa na mão dele. E, com o canto do olho, Maddox reparou que Seneca estava sorrindo. Mas quando ele se virou, ela desviou o olhar e esticou a boca em uma linha, como se ele a tivesse visto fazendo uma coisa horrível.

Ora, ora. Parecia que Seneca estava começando a se envolver com a equipe, finalmente... mesmo não querendo admitir.

TREZE

ALGUMAS HORAS DEPOIS, Brett estava no vestiário masculino do Dexby Country Clube, que tinha cheiro de couro de sapato e loção pós-barba de velho. Fechou o zíper da calça do smoking que pegou emprestado de um garçom e fez uma careta. A calça era curta demais e tão apertada que parecia legging.

Ele olhou para Maddox e gemeu. A roupa que *ele* pegou cabia perfeitamente.

— Como é possível que você pareça o James Bond e eu estou mais para uma criança de smoking?

Maddox olhou para ele e caiu na gargalhada.

— Eu tive sorte, acho. — Ele girou na frente do espelho, se admirando.

Brett sabia que devia se reconfortar com o fato de que seu plano tinha dado certo. Ele tinha ido até lá com Maddox enquanto as garotas se arrumavam. No country clube, eles encontraram um grupo de garçons fumando em frente à entrada da cozinha. Dois caras chamados Jeffery e Tim aceitaram a garrafa de tequila com avidez, entregaram os smokings e foram até um carrinho de golfe, cantarolando uma música country em espanhol que Brett se lembrava da aula da Señorita Florez no nono ano.

O celular de Maddox tocou, e Brett olhou a mensagem. *Chegamos*, escrevera Seneca.

O vestiário dava em um corredor comprido com placas dos dois lados exibindo os nomes dos vencedores do Campeonato de Golfe Só para Convidados do Dexby Country Clube desde 1903. Do lado de fora havia uma vista impressionante do campo de golfe, da piscina e das quadras de tênis.

— Por que essa festa é em uma terça, hein? — perguntou Brett enquanto andava como um pinguim pelo corredor. Era meio difícil respirar com aquela calça.

— Porque no fim de semana tem a festa do Coelhinho da Páscoa — respondeu Maddox. — É um evento enorme na propriedade Morgenthau. Ninguém ousa marcar mais nada no mesmo fim de semana.

Brett ergueu uma sobrancelha.

— Você vai?

Maddox deu de ombros.

— Talvez. Não sei.

— Por que não? Aposto que vai estar cheio de gatas lá...

Maddox não respondeu, mas Brett consegui sentir uma agitação interna.

— Você está com algum problema com garotas?

Maddox balançou a mão.

— Está brincando?

Brett sorriu.

— Está tendo que afastá-las com um galho, é? — Ele olhou para as garotas no final do corredor. — Caramba — sussurrou ele.

Madison parecia um doce com o vestido rosa-pink e sapatos amarelos de salto. E o cabelo de Seneca estava preso, deixando à mostra os olhos grandes, o queixo pontudo e as maçãs proeminentes. Sem todas as camadas de jeans e flanela que ela usava, as pernas pareciam mais compridas, os braços esculturais. Mas Aerin... *uau*. Ela estava com o vestido dourado que Brett escolheu, e o cabelo estava preso no alto, revelando o pescoço comprido e magro.

Brett tentou não ficar encarando. Já achava Aerin linda, claro, mas hoje, toda arrumada, ela parecia... mais velha. Mais interessante. Sexy demais. O tipo de garota com quem não só você flertava, mas com quem você ficava a sério. Ele pegou uma rosa em um vaso e entregou para ela sem dizer nada.

Aerin girou a rosa entre os dedos.

— Ora, ora. Me sinto no programa *The Bachelor*.

Seneca estava olhando para Brett de um jeito estranho.

— O que tem a sua calça?

Madison também riu.

— Parece uma legging.

— Eu sei, eu sei, eu estou bizarro — resmungou Brett, irritado. O defeito no guarda-roupa dele era um estraga-prazeres. — A gente pode ir agora?

O grupo subiu uma escada que dava em um salão de jantar. Brett foi atrás tentando controlar a emoção repentina que sentiu por Aerin. *Mantenha a cabeça no lugar*, ele disse para si mesmo. Isso já tinha acontecido antes: ele ficou de quatro por uma garota e acabou magoado. Precisava recuar um pouco. Respirar.

No alto da escada, havia um saguão enorme lotado de gente. Todos estavam usando trajes e vestidos elegantes de noite; os sorrisos brancos brilhantes e o cintilar dos diamantes eram ofuscantes. No meio do grupo, havia um rosto familiar de horas sendo visto nas reportagens de televisão. Kevin Larssen era mais alto do que Brett esperava pelas fotos online, o queixo fraco encimado por astutos olhos azuis da cor de gelo. No intervalo de quatro segundos, ele beijou rapidamente a bochecha de uma mulher idosa e imponente, apertou a mão de um sujeito grisalho e barrigudo e deu um abraço enorme em uma mulher mais jovem. E seus olhos continuavam percorrendo o salão com avidez.

Seneca andou até uma mesa e pegou três taças de champanhe. Entregou uma para Aerin e uma para Madison.

— Onde está Macie Green? — sussurrou ela, se referindo à noiva de Kevin. Madison contou tudo para elas de tarde: ela era uma herdeira de indústria de lentes de contato gelatinosas de Dexby, tinha se formado primeira da turma no colégio interno e em Middlebury, participava de competições de cachorros da raça Lébrel irlandês nos fins de semana, blá-blá-blá.

— Ali. — Brett apontou para uma loura alta e esbelta que tinha se aproximado de Kevin pelo lado. Macie tinha rosto comprido e orelhas pequenas, e sorria sem mostrar os dentes. O vestido prateado parecia ter o corte perfeito, e o enorme anel de noivado de diamantes cintilava nas luzes. O corpo dela estava virado para longe do de Kevin, e ela estava falando com animação com uma senhora idosa com pérolas enormes.

Brett sentiu Seneca também observando Macie. A festa ficou barulhenta de repente, e ele se mexeu até estar ao lado das garotas.

— Ei — sussurrou ele. Seneca olhou. — Me desculpe. Eu não devia ter pesquisado você no Google. E não devia ter tocado no assunto do que aconteceu. Eu não pretendia...

— Eu sei — disse Seneca, interrompendo-o, mas seus olhos estavam misericordiosos. — Está tudo bem.

Brett sentiu que ela estava sendo sincera. Ele olhou para ela com curiosidade, querendo poder dizer mais, querendo poder desfazer aquele momento completamente, mas alguém cutucou o ombro dele.

— *Cara*.

Uma mulher de ombros largos, cabelo ondulado e monocelha estava olhando para Brett de cara feia. Uma plaquinha de metal no paletó dela dizia *Sandy*.

— Eu não pago você para ficar parado olhando os convidados, *Jeff* — sibilou ela. — Pegue sua bandeja e comece a circular.

Brett olhou para Sandy e fez uma avaliação rápida. Ela parecia uma senhora cansada e sobrecarregada que devia estar precisando de uma massagem nos pés e um elogio. Ele fez uma saudação.

— Pode deixar. Alguém já disse que você parece a Anjelica Huston? Só que mais jovem, claro.

A testa franzida de Sandy diminuiu um pouquinho.

— Tenho que admitir que ela não me incomoda. E eu *odeio* a maioria das celebridades. — Ela pareceu pensar por um momento e se inclinou na direção dele com jeito conspirador. — Diga para Doris que eu mandei que ela desse os martínis pra você. São bem mais fáceis de servir do que os canapés.

A cozinha estava cheia de cozinheiros, sous-chefs ocupados e enevoada de vapor. Brett entrou e pegou a bandeja de martínis. Maddox estava atrás dele quando eles voltaram para o salão. Algumas garotas olharam para Maddox com interesse. Ele deu sorrisos simpáticos, mas um tanto distantes.

Brett contornou uma mesa enorme cheia de camarões crus e ostras, e passou por um grupo de mulheres que estavam conversando sobre botar botox na vagina... *o quê?* Em seguida, viu Kevin em um salão de fundos, encostado em um bar de mogno. Havia alguns caras em volta dele; Brett reconheceu alguns das fotos do grupo Connecticut Youth que ele tinha visto online. Com o coração acelerado, ele foi até eles, tomando o cuidado de não derramar nenhum martíni.

Kevin estava ocupado falando.

— Estão achando que tenho uma boa chance no senado estadual, então vamos ver. Tenho ótimas pessoas trabalhando na campanha, e...

— Martíni? — interrompeu Brett.

Kevin deu de ombros e pegou um.

— Sim, claro. — Ele deu um sorriso tenso para Brett e tomou um golinho. Em seguida, botou a bebida no balcão do bar.

Brett limpou a garganta.

— Você devia beber isso enquanto ainda está gelado — disse ele de forma agradável. — A temperatura realça o sabor na vodca.

Kevin deu outro gole obrigatório e começou a contar uma história sobre uma viagem de acampamento que ele e os outros fizeram no começo do terceiro ano de colégio. Brett prestou atenção em busca de uma menção ao nome de Helena, mas parecia que tinha sido um passeio só de garotos. Enquanto Kevin falava, seu olhar continuava revirando o salão, como se estivesse procurando alguém.

A atitude era contagiante; Brett olhou pelo salão também em busca de Aerin. Ela tinha se separado de Madison e Seneca, e estava ao lado de uma garota pequena de cabelo escuro segurando uma bebida. A garota sussurrou alguma coisa e apontou para um cara perto do bufê com camarões, e Aerin revirou os olhos. Brett seguiu o olhar delas para tentar descobrir quem era o cara. Ele parecia um sujeito normal de ensino médio, com queixo protuberante e pomo de Adão proeminente. Brett o encararia facilmente.

Ele pegou a bandeja de novo e ofereceu martínis para uma loura que sem dúvida era menor de idade, para uma mulher mais velha carregada de diamantes e usando andador, e para um sujeito corpulento que ele jurava que estava usando um anel do Super Bowl. Encontrou Maddox do outro lado do salão, rodeado de gente querendo bebida.

— Tira um tempo — aconselhou Brett depois que todos foram embora, indicando uma mesa vazia onde ele podia botar a bandeja.

Maddox colocou a bandeja na mesa e soprou ar pelas bochechas. Brett se encostou na parede e avaliou a multidão.

— É tipo um quem é quem de Dexby, né?

— É — disse Maddox. — Você conhece alguém? — Brett olhou para ele sem entender. — Algumas dessas pessoas devem morar em Greenwich — acrescentou Maddox.

Brett balançou a cabeça.

— Andei fora da vida social um tempo. Mas queria conhecer *ela*. — Ele indicou Macie Green. — Adoro uma loura gelada.

Eles viram Macie escolher friamente uma fatia de melão enrolada de presunto em uma bandeja e entrar no salão de Kevin. Ele, que estava cuidando bem do martíni, assentiu para Macie e sussurrou alguma coisa no ouvido dela, a testa franzida. Macie se virou abruptamente e se afastou. Havia uma expressão envergonhada no rosto dela, como se ele tivesse dito que ela esqueceu de raspar o sovaco. As entranhas de Brett deram um nó. Quando o assunto era o jeito de tratar as mulheres, alguns caras não entendiam nada.

Maddox apontou para um homem alto passando.

— Aquele não é James Gorman? O senador para quem os garotos do Connecticut Youth trabalharam? Acho que ele e Kevin mantiveram contato.

Brett apertou os olhos.

— Bom, ele está concorrendo. Pode ser que Gorman o esteja apoiando.

Quando Brett olhou para o copo de martíni de Kevin de novo, estava vazio.

— Mais um — perguntou Brett, se aproximando dele.

Kevin assentiu e pegou um de boa vontade.

— Bom conselho sobre tomar gelado. — Ele avaliou Brett, com sorte sem reparar na calça pescando siri. — Você me parece familiar. Trabalha aos domingos?

— Não. — Brett sentiu um formigar nervoso, mas sufocou o sentimento. — Estou aqui só hoje.

Kevin passou o braço pelo ombro de Brett.

— Tome um comigo.

Brett hesitou.

— Estou trabalhando, cara.

Kevin fingiu passar um zíper nos lábios.

— Eu não vou contar.

Brett esperou os obrigatórios segundos.

— Bom, você torceu meu braço. — Ele escolheu um copo. — Eu soube que hoje é dia de parabéns.

Kevin pegou um copo de martíni e tomou um longo gole.

— Obrigado. Estou animado. — Ele parecia qualquer coisa, menos animado.

Maddox se aproximou e arregalou os olhos ao ver a bebida na mão de Brett. Brett apertou seu ombro.

— Este é meu amigo. Você se importa se ele também tomar um martíni?

— Por que não? — disse Kevin expansivamente, abrindo os braços. Brett pegou uma bebida na bandeja. Maddox pareceu um pouco inseguro no começo, mas relaxou depois de alguns goles. *Isso aí*, pensou Brett.

— Eu também ouvi que você está concorrendo ao gabinete. — Brett apoiou o queixo na mão, como se estivesse realmente interessado.

Kevin desandou a fazer uma descrição da sua posição como senador estadual e das plataformas que defendia. Brett assentiu como se estivesse ouvindo, mas estava pensando em outra coisa. Quando Kevin terminou, Brett recuou.

— Espera, já sei de onde *eu* conheço você. Você namorou aquela garota no ensino médio, não foi? A que sumiu? Como era o nome dela?

Kevin colocou a bebida no bar e seu rosto se transformou.

— Hã, Helena Kelly.

— Isso, isso. — Brett balançou a cabeça solenemente. — Cara. Como foi aquilo?

Kevin observou o retrato de um homem gorducho atrás do bar. A banda no outro salão começou a tocar "New York, New York".

— Você por acaso é repórter? — ele finalmente perguntou.

— Não! — Brett levantou as mãos. — Merda. Esquece que perguntei. Estou sendo xereta.

Houve uma longa pausa, quando Kevin pegou novamente a bebida, o líquido derramou pelas laterais na manga dele.

— Ela era um amor de garota.

Brett olhou para ele sem acreditar. *Um amor de garota?* Era algo que sua avó poderia dizer.

— Vocês eram íntimos?

— Éramos. — Havia um tremor na voz de Kevin. — Mas... — Ele parou de falar.

— O quê?

Kevin balançou a mão, desajeitado.

— Nós não éramos tão sérios assim. Era coisa de ensino médio.

— O amor pode ser real no ensino médio — disse Maddox.

Kevin mexeu a bebida, pensativo. Um sorriso brincava no rosto dele.

— Acho que havia algumas coisas no meu relacionamento com Helena que *não eram* reais — murmurou ele.

Brett sentiu uma chama de empolgação se acender dentro dele e inclinou a cabeça.

— O que você quer dizer?

Kevin levantou o olhar e piscou, como se tivesse saído de um transe. Por uma fração de segundo, um olhar perigoso surgiu em meio à embriaguez e transformou completamente suas feições. Brett prendeu o ar. Kevin deu um tapinha no ombro dele.

— Tenho certeza de que outras pessoas querem bebidas, você não acha?

E com um sorriso que só podia ser descrito como gelado, ele deu as costas para os dois.

QUATORZE

AERIN JÁ TINHA ido a festas fabulosas, e aquela era bem parecida com as outras, com uma cascata de chocolate suíço do chão ao teto, banda com nove instrumentistas e a referência constante a nomes importantes, poses para o fotógrafo ambulante e um esforço enorme para agir da forma mais perfeita possível. James Gorman, o senador do estado de Connecticut, estava presente, o que era um toque adicional de classe. Ele tinha um queixo de Abraham Lincoln, um sorriso de George W. Bush e um andar malandro de Bill Clinton. Ela conseguia até imaginar o rosto dele em uma moeda.

Ela estava em um canto com Amanda Bettsworth, uma amiga que estava na festa de Tori, mas escapou da polícia. Amanda, que estava tomando uma vodca com tônica apesar de ter dito duas vezes para a mãe que era ginger ale, cutucou Aerin.

— O'Neill está de olho em você lá do barco de frutos do mar.

Aerin espiou por trás do copo. E realmente, Brian O'Neill, um garoto de cabelo desgrenhado e olhos escuros de camisa branca engomada e gravata listrada, estava olhando para ela por trás de uma construção naval feita somente de patas de caranguejo. Aerin tinha mostrado o sutiã para ele no nono ano, e ele nunca esqueceu. Durante meses depois, Brian mandou cartas de amor por mensagem de texto, seu telefone tocando dez vezes seguidas para que todos os caracteres coubessem.

Às vezes, Aerin se arrependia de ser tão moderna e disposta. Amanda a cutucou.

— Quem são as pessoas com quem você veio? Reconheci Madison. Aquele é o irmão postiço dela, não é? Ele não é praticamente atleta olímpico? Eles são seus amigos?

— Acho que são — respondeu Aerin, sem saber *como* chamá-los. Mas talvez *amigos* não fosse um rótulo ruim. Ela gostava de Seneca, e sempre achou que Madison era mais do que uma fanática por Hello Kitty. Brett era bem aberto com seus sentimentos, mas ela ficou meio tentada a levá-lo à Sparrow, a melhor butique de Dexby, para ver o que ele escolheria para ela. Ela até estava gostando de ver que Maddy tinha saído da fase esquisita e pateta, e passado a ser um cara vagamente gato e interessante. E praticamente atleta olímpico? Boato impressionante, mesmo sendo exagerado.

Então, sim, eles eram amigos. E se ela pensasse no assunto, o grupo do Caso Não Encerrado sabia mais sobre ela, *se importava* mais com o que realmente importava para ela, do que qualquer outra pessoa ali. Pessoas que ela conhecia a vida toda.

Ela sentiu um toque no ombro e fez uma careta, com medo de ser outra abordagem de alguém do passado. Marissa Ingram sorriu para ela.

— Aerin! Que surpresa adorável!

Marissa estava usando um vestido verde de seda e uma gargantilha com pedras tão grandes e volumosas que era surpreendente o pescoço magro não quebrar com o peso. Skip estava ao lado dela girando uma bebida marrom. A gravata borboleta estava apertada demais, fazendo com que ele parecesse engasgado, mas ele conseguiu dar um sorriso caloroso para Aerin depois de um momento. Em seguida, Heath apareceu atrás deles usando um terno preto com caimento ótimo e gravata cinza.

— Aerin, oi! — Ele deu um beijo na bochecha dela. — Quanto tempo!

— Oi — respondeu Aerin com constrangimento. Era especialmente estranho ver Heath; ele, Aerin e Helena eram muito amigos.

Ela queria perguntar qual era a da roupa elegante, pois ele aparecia em eventos formais do country clube de calça cáqui suja e sapatos furados. Ela respeitava isso.

Marissa observou o grupo de pessoas próximas.

— Sua mãe está aqui?

— Ela, hum... — De repente, Aerin não aguentou o cheiro forte de carne da estação de churrasco. — Eu tenho que ir — murmurou ela, e saiu andando, dando um aceno para Amanda também. Não era que ela não gostasse dos Ingram. Ficar batendo papo furado não era o estilo dela.

Ela saiu para um terraço vazio. Colina abaixo ficava um gazebo branco familiar que era lugar favorito dos casaizinhos de Dexby. Era conhecido como Terraço do Amasso por motivos com os quais Aerin estava bem familiarizada.

Houve um sussurro atrás dela. Os fios de cabelo de sua nuca se arrepiaram; parecia que alguém a estava olhando. Mas quando ela se virou, era só Macie Green passando em uma nuvem de Coco Chanel. Havia um celular grudado na orelha dela, e a voz dela estava melosa, como se ela tivesse chorado.

— Você não vai acreditar em quem está aqui. Eu vou matá-lo. — Aerin se esforçou para ouvir o resto, mas o vento mudou de direção e carregou a conversa para outro lado.

Era a festa de noivado mais estranha do mundo.

— Aerin?

Um cara familiar com cabelo bem curto e maçãs do rosto proeminente estava perto da porta. Era Thomas Grove, Aerin percebeu. O policial do jardim de Tori... e da festa do Coelhinho da Páscoa.

— Oi. — Thomas andou até ela. — Eu estava mesmo pensando se você vinha aqui. Toda Dexby está aqui, né?

Aerin piscou para os olhos azuis calmos e o rosto de boas proporções. Ele era bem mais bonito quando não estava prendendo pessoas no gramado da amiga dela. Não era tão desengonçado. Não era tão pálido. Ela também não se lembrava de ele ser quase quinze centímetros mais alto do que ela, e ela tinha um metro e setenta e dois.

— Você foi convidado? — perguntou ela.

— Não, estou trabalhando de manobrista. Você não acreditaria nas gorjetas que essa gente dá. — Ele piscou de um jeito meio fofo.

— Você está bem bonita, aliás.

Aerin olhou para o vestido e corou. Todo mundo ficava dizendo como ela estava *linda*. Como se sua aparência normal fosse uma merda. Babacas.

— Quer voltar lá pra dentro? — perguntou Thomas. — Estou no meu intervalo. A gente pode ir até o bufê. O camarão está delicioso.

Ela fez uma careta.

— Na verdade, estou me escondendo. Aquelas pessoas me dão coceira.

Thomas ergueu uma sobrancelha.

— Nesse caso, tenho um lugar ainda melhor onde você pode se esconder.

— Ah, é? Onde?

— É surpresa. Mas prometo que você vai gostar.

Aerin hesitou. No inverno anterior, um instrutor na estação de esqui local deu o mesmo sorriso para Aerin quando a convenceu a ir conhecer o chalé dele. A surpresa era… surpresa! O pênis dele. Ele tirou a ceroula assim que eles entraram. Um tarado.

Por outro lado, ela tinha a sensação de que Thomas Grove não conseguiria ser tarado assim nem que tentasse.

— OLHA SÓ — sussurrou Thomas, destrancando uma Ferrari 458 Spider vermelha. Aerin só sabia o nome porque Thomas sussurrou com reverência umas seis vezes. O carro estava parado nos fundos do estacionamento do country clube; o único outro veículo perto era o carrinho de golfe do zelador. O dono, Sr. Levine, gostava que fosse estacionado longe, explicou Thomas, para ter certeza de que o carro não seria arranhado.

Thomas se sentou no banco do motorista de couro castanho e segurou o volante fazendo sons de motor como se tivesse três anos. Aerin riu.

— Desde quando policiais pegam carro dos outros escondido?

— Eu não estou pegando nada. — Thomas balançou as chaves. — Mas não existe regra contra me sentar nele. Posso dizer para o Sr. Levine que estamos só cuidando para que nada aconteça. — Ele bateu no banco do passageiro. — Vem.

Aerin gostava de Thomas aceitar dar uma distorcida nas regras. Ela foi até o outro lado do veículo e se sentou no banco do passageiro, que tinha uma imagem de cavalo empinando bordada no alto. Até o cinto de segurança era do tipo carro de corrida, um cinto de cinco pontos que segurava todas as partes dela.

— Essa coisa tem 549 cavalos-vapor — disse Thomas, impressionado. — Vai de zero a cem em uns três segundos. Eu mataria pra ter um desses.

Aerin riu.

— Acho que você escolheu a carreira errada para poder comprar um desses, policial.

Ele suspirou.

— Eu sei. Mas sempre tem a loteria. Ou o casamento com uma mulher rica.

— Verdade. — Aerin estava com medo de tocar em qualquer parte do carro; era tudo cheio de couro e imaculado. Seu pai nunca teve um carro tão legal.

Eles ficaram em silêncio e olharam para o campo de golfe. O sol estava descendo por cima das colinas verdes, e um carrinho solitário seguia pelo caminho. Aerin olhou para Thomas, mas ele parecia à vontade sem dizer nada. Era legal, para variar.

Depois de um tempo, ela limpou a garganta.

— Estou de penetra nessa festa.

Thomas passou o dedo pela costura do volante.

— Engraçado você ter vindo, considerando que gente rica te dá alergia.

— Coceira.

— Certo.

Aerin suspirou.

— Estou investigando a morte da minha irmã, na verdade. — Ela olhou para ele e pensou em explicar o caso, mas devia ser besteira. Todo mundo em Dexby já sabia.

Thomas pareceu intrigado.

— Você descobriu alguma coisa?

— Estou desconfiada de Kevin Larssen. O álibi dele para o fim de semana em que Helena desapareceu é fraco. Não tem fotos dele no evento, mas um relato diz que ele não apareceu para um discurso que tinha que fazer.

Um olhar difícil de interpretar surgiu no rosto de Thomas.

— Ah.

Aerin empertigou a coluna.

— Ah o quê?

Thomas olhou para longe. Com o sol brilhando nos ângulos do rosto dele, ele ficou lindo de forma repentina e alarmante, os olhos grandes e muito azuis. Ele tinha um corte quase militar que acentuava as orelhas pequenas e uma cicatriz bem pequena na testa. Aerin poderia facilmente se inclinar e o beijar. Ela imaginou o gesto por um segundo, o coração batendo rápido. Seria bem melhor do que falar sobre Helena, fazer alguma coisa.

Mas antes que ela reunisse coragem, Thomas limpou a garganta.

— Só estou pensando em uma coisa que li sobre ele no arquivo de Helena. — Ele pareceu envergonhado. — Depois que vi você dois dias atrás, fui dar uma olhada.

— O que dizia?

Thomas deu um sorriso de desculpas.

— Não posso contar.

— Você pode pelo menos me dizer se ele é culpado?

Ele não a encarou.

— Eu não sei.

— O que você quer dizer com "não sei"?

— Me desculpe. Eu não devia nem ter tocado no assunto.

Ele deu de ombros, e ela se deu conta de uma coisa: Thomas, sendo policial, tinha acesso a muitas coisas. O que mais havia naquele arquivo confidencial sobre o caso?

Thomas se virou para ela.

— Quer sair comigo qualquer hora dessas?

Aerin olhou para ele.

— O quê?

Seus olhos cintilaram.

— Tenho certeza de que consigo encontrar um bom lugar que sirva mingau.

— Ha-ha. — Aerin não conseguia acreditar que ele se lembrava daquilo. Ela apontou para os controles, decidindo mudar de assunto. — Ligue o carro. Só por um minuto.

Thomas se afastou do volante.

— Não mesmo!

— Vamos lá — provocou Aerin. — Você sempre pode dizer ao Sr. Levine que estamos verificando se está funcionando direito.

Thomas puxou o lábio inferior para dentro da boca.

— E se alguém vir?

— Se você estivesse mesmo preocupado com isso, nós não estaríamos sentados aqui, estaríamos?

Thomas mexeu no botão da ignição, mas não apertou.

— Covarde — disse Aerin, se inclinando na frente dele. Seu ombro pressionou o peito dele. Ela sentiu o cheiro do xampu doce e frutado dele, tinha quase certeza de que era Herbal Essences. Apertou o dedo dele no botão, e o carro ganhou vida com tanto entusiasmo que os dois pularam. Todos os tipos de luzes se acenderam. O rádio estava alto, e uma música do Led Zeppelin tocou nos alto-falantes. Thomas apertou o acelerador. O carro rosnou. Ele apertou o pedal novamente, e o mostrador de RPM deu um pulo. Eles trocaram um sorriso malicioso. *Coloque a ré*, disse Aerin, o som abafado pela música.

A mão de Thomas foi se aproximando do câmbio quando uma coisa chamou a atenção dele pelo retrovisor. Com um susto, ele apertou o botão da ignição e desligou o carro. Aerin se virou. Um carro da polícia estava seguindo pela rua principal paralela ao country clube.

— Se abaixe — sussurrou Thomas, empurrando-a para baixo no assento. Aerin fez o que ele mandou, a mão dele quente no ombro dela, nem ousando se mexer enquanto o carro não estava longe. Em seguida, ela caiu na gargalhada.

— E eu estava começando a respeitar você como policial — sussurrou ela.

Eles abriram as portas e saíram, desajeitados. Antes de sair andando pelo estacionamento, Thomas lançou um último olhar para Aerin.

— Estou falando sério sobre aquele encontro.

Aerin deu de ombros.

— Talvez quando você tiver um desses aqui — disse ela, batendo no capô. Em seguida, saiu andando balançando os quadris com exagero. Ela esperava que Thomas estivesse olhando.

Quando Aerin voltou para o saguão, Brett e Maddox passaram por ela. Brett parou e a chamou.

— Nós estávamos *procurando* você! — exclamou ele. — Você viu Kevin?

— Hã, não. — Aerin fez sinal para o lado de fora. — Mas vi a noiva dele chorando.

Maddox puxou Aerin por um corredor auxiliar.

— Nós quase conseguimos fazer Kevin admitir uma coisa, mas ele se assustou. Quando voltamos para o salão onde estava, ele tinha sumido.

Seneca e Madison se encontraram com eles. Os rapazes contaram tudo sobre o comentário estranho de Kevin sobre o relacionamento dele com Helena não ser real.

— O que vocês acham que quer dizer? — perguntou Madison.

— Não sei — disse Maddox. — Talvez ele estivesse falando sobre amor, como se o amor dele por ela fosse real, mas o dela por ele não. Isso poderia indicar que ela estava saindo com outra pessoa.

Àquela altura, a festa já estava no final. Eles espiaram uma área menor com um bar, onde um grupo de homens estava reunido em volta de um jogo de hóquei, e outra sala de jantar, depois um salão enorme com um piano e uma harpa. Nada de Kevin. Mais aposentos foram espiados: um tinha vários troféus de caça, outro tinha uma mesa de bilhar, um outro era cheio de livros de capa dura e poltronas de leitura. O corredor estava mal iluminado no final, um dos grandes lustres estava sem algumas lâmpadas. Aerin apertou os olhos com inquietação para o brilho da placa de saída no final do corredor.

— Vamos voltar para a sala de jantar — sugeriu ela.

Mas nessa hora, quando se virou, ela se chocou com uma pessoa alta e forte.

— Opa — disse ela, recuando. Quando olhou nos olhos do homem, seus nervos ficaram à flor da pele.

Kevin. Ali estava ele.

QUINZE

O CORAÇÃO DE Maddox estava disparado. Kevin Larssen estava na frente deles, a única luz no rosto dele era o brilho sinistro da sinalização de saída. Quando sua visão se ajustou, ele percebeu que havia uma porta de um lado do corredor com a indicação de *Homens*.

Como se combinado, a porta se abriu de novo. Todos recuaram para deixar um segundo homem passar. Maddox reconheceu o senador Gorman pelo cabelo grisalho e pelo pin de bandeira. O senador olhou para a frente e os viu, e abriu para o grupo um sorriso vazio e diplomático. Maddox sentiu um aroma de colônia forte quando ele passou. Era um odor antiquado, uma coisa que ele nunca usaria.

Kevin estava prestes a se afastar também, mas olhou melhor para o grupo. Seus olhos se arregalaram quando ele viu Aerin, e ele lançou a ela um olhar de quem não entendia por que ela estava ali, mas só assentiu e saiu andando pelo corredor.

— Espera — disse Aerin de repente. — Helena estava traindo você?

Kevin parou.

— Helena... sua irmã?

— Você conhece alguma *outra* pessoa chamada Helena?

Kevin exibiu outro sorriso morno, possivelmente perigoso. Sua compostura controlada estava deixando Maddox tenso. Ele poderia ser uma daquelas pessoas que pareciam perfeitamente calmas mas de repente surtavam.

— Você falou para os meus amigos que elementos do seu relacionamento com Helena não eram reais — disse Aerin. — O que você quis dizer?

Kevin olhou para Brett e Maddox com expressão de acusação, como se eles o tivessem traído.

— Nada. Nada mesmo. Vou voltar pra minha festa agora.

Ele passou pelo restante do grupo, desta vez esbarrando no ombro de Seneca com certa força. Ela se desequilibrou e deu um passo para trás, levando a mão até o ombro para massagear o ponto do esbarrão. Maddox estava quase indo atrás de Kevin, pronto para chamar a atenção dele por ser um babaca, mas Seneca fez uma expressão de descoberta. *O quê?*, perguntou Maddox com movimentos labiais, mas ela só deu um sorriso malicioso.

— Kevin — ela chamou. Kevin se virou, olhou para ela com cautela, e Seneca foi para perto dele, se aproximando para cheirar a gola da camisa, o nariz quase encostando no pescoço exposto.

Kevin recuou.

— O que você está *fazendo*?

Seneca se afastou.

— Que colônia interessante você está usando. Como se chama?

Kevin olhou para ela como se ela fosse maluca.

— Não lembro.

— Não lembra ou não sabe?

O maxilar dele se contraiu. Maddox ficou inquieto. Talvez eles devessem deixar esse cara em paz.

— É Bay Rhum — disse Seneca. Ela riu. — Você realmente não sabe o nome da colônia que passou hoje?

Kevin projetou o queixo.

— Macie escolheu pra mim.

— Acho que Macie teria gosto melhor — disse Seneca. — Meu pai também usa Bay Rhum, e o vendedor da loja onde ele comprou disse que é para homens mais velhos. Ninguém com menos de quarenta usaria isso.

Kevin ficou olhando para ela.

— Eu uso colônia de velho. E daí?

Maddox a observou, se perguntando aonde ela estava indo com isso.

— Sabe o que é interessante? O senador Gorman estava usando a mesma colônia agora mesmo. Senti o cheiro nele quando ele saiu do banheiro. É bem distinta. É uma coincidência tão grande vocês *dois* estarem usando...

Os olhos de Kevin brilharam.

— O que está insinuando?

Seneca piscou com inocência.

— Eu não estou insinuando nada.

Maddox olhou para Seneca e juntou os pontos. De repente, ele entendeu. Ele olhou para os outros, que também pareciam surpresos. Kevin e o senador... *juntos?*

Kevin fechou as mãos.

— Eu não convidei vocês. Vou chamar a segurança.

— Ah, nós vamos embora — disse Seneca com tranquilidade.

— Mas, antes de irmos, vamos contar pra todo mundo. Não tenho certeza se o senador apreciaria que as pessoas soubessem o que ele anda fazendo com seu antigo protegido. Tenho certeza *absoluta* de que não ia querer que a esposa dele descobrisse.

— E, além dela, a *sua* quase esposa — disse Maddox.

Kevin parecia furioso. Uma série de gargalhadas soou na sala de jantar. Kevin fechou os olhos.

— Estou na minha festa de noivado. Minha família toda está aqui. Meu avô ultraconservador de noventa anos está aqui. — Ele hesitou na palavra *conservador*. — Só preciso passar logo por isso, tá?

Preciso passar logo por isso? Parecia um jeito estranho de falar de uma coisa que devia ser alegre. Por outro lado, talvez Kevin não quisesse se casar com Macie. Ele queria outra pessoa, uma pessoa que não podia ter.

Maddox pensou novamente na página do Facebook de Kevin. Em todos aqueles links entusiasmados para os eventos do Connecticut Youth. Em todas as fotos dele ao lado do senador Gorman. Nunca com Kevin em uma ponta e Gorman na outra, sempre os dois lado a lado.

Ele apontou para Kevin.

— Seu *relacionamento* todo com Helena não era real. Você não amava Helena daquele jeito. Era isso que você queria dizer.

Aerin ficou olhando para ele.

— Do que está falando?

Seneca estava assentindo.

— Aerin, aquela coisa que você me contou ontem, que você chamava Kevin de marionete e Helena ficava com raiva, lembra? Kevin *era* uma marionete. Você acertou na mosca.

— Acertei? — Aerin ainda parecia confusa.

Maddox olhou para Seneca e entendeu aonde ela estava querendo chegar. Eles estavam na mesma sintonia, como tantas vezes na resolução dos casos online. Ele tocou no braço de Aerin.

— Kevin estava com Helena apenas pelas aparências.

Aerin apertou os olhos. Ela levou um momento para absorver a novidade. Olhou para o rosto de Kevin, e ele nem negou.

— Mas isso não faz nenhum sentido. Minha irmã poderia ter saído com qualquer um. Por que escolheria um namorado que nem estava a fim dela?

Todo mundo se virou para Kevin. Um odor de bife veio pelo corredor. Um copo foi quebrado, e alguém riu. Kevin tentou escapar, mas Aerin segurou o braço dele.

— *Nos conte* — disse ela por entre dentes.

Kevin soltou o braço.

— Meu Deus, *tudo bem*. Ela talvez estivesse com uma pessoa. Uma pessoa sobre quem não queria que ninguém soubesse.

O coração de Maddox parou.

— Quem?

Kevin fungou.

— Eu não sei *isso*.

— Mas você sabia que havia outra pessoa? — A voz de Aerin estava trêmula. — Como pôde guardar esse segredo?

De repente, ela pulou em cima de Kevin. Maddox a segurou e puxou para trás.

— Ei — disse ele, em tom de aviso.

Kevin olhou para eles de cara feia.

— Eu só sabia que o cara era mais velho. Gostava de arte, de museus. Acho que morava em Nova York.

— Na *cidade* de Nova York? — Maddox se sentiu mal ao ouvir a voz de Aerin falhar. Para ela, aquilo era mais do que um desenvolvimento fascinante de um caso não resolvido.

Kevin assentiu.

— Nós fomos uma vez, no outono. Ela desapareceu por um tempo. Disse que ia a uma galeria de arte, mas eu tinha um palpite do que estava fazendo de verdade.

Brett bateu de leve no lábio inferior.

— Você podia não estar atraído por ela desse jeito, mas, cara, mesmo assim, deixar sua garota sair com um sujeito *qualquer*? Você não estava se importando se ele traçasse ela no apê do West Side? Que a levasse pra dar uma volta romântica de carruagem no parque? Não ligou de ela estar fazendo você fazer papel de bobo?

— Não sei — gaguejou Kevin. — Talvez?

— Por que você não contou isso pra ninguém? Tipo pra polícia? — gritou Aerin.

— Eu achei que não tinha importância. — A voz de Kevin foi ficando cada vez mais aguda.

Achou que não tinha *importância*? O argumento pareceu tão fraco para Maddox. Talvez ele estivesse escondendo alguma coisa.

— Por que você não apareceu para seu discurso na conferência sobre liderança no fim de semana em que Helena desapareceu? — perguntou Seneca.

Kevin apertou os olhos.

— Você está tentando dizer que *eu* sou suspeito? Eu tenho um álibi. Já fui eximido.

— Novidade — disse Brett. — Nós não confiamos em você nem nos seus amigos.

— Bom, a polícia confia — disse Kevin, estufando o peito.

Maddox deu um passo à frente.

— E aquela mensagem irritada que você escreveu para Helena no anuário? Nós desvendamos o código. Dizia...

— *Você vai ter o que merece, H?* — disse Kevin rapidamente. — Esse código era de amigos. Ela tinha me feito um favor enorme ao guardar meu segredo. Eu queria dizer que o carma ia trazer coisas boas pra ela em troca.

— Por que seu segredo é tão horrível? — perguntou Seneca. — Você é gay. Não é nada de mais.

Kevin afastou o olhar. Sua expressão era de tortura, como se seu segredo fosse maior do que apenas aquilo. Maddox juntou as últimas peças.

— Foi o senador, não foi? Mesmo naquela época. É *por isso* que você não podia contar para ninguém.

Kevin trincou os dentes e olhou ao longe.

— Opa — sussurrou Brett.

Madison colocou as mãos nos quadris.

— E foi por isso que não contou pra polícia, porque estava preocupado com você mesmo? Que egoísmo, cara.

— Vocês me entenderam direitinho — murmurou Kevin.

— Helena sabia sobre o senador? — perguntou Aerin.

Kevin deu de ombros.

— Nós não trocávamos detalhes. Só estávamos um ao lado do outro para que as pessoas não fizessem perguntas.

— Alguma outra pessoa sabia que o relacionamento de vocês não era real? — perguntou Seneca.

— Ninguém. — Quando Kevin olhou para Aerin, sua expressão estava desolada. — Desculpe.

Com isso, ele se virou de costas e andou solenemente de volta para a festa, as costas eretas, as mãos frouxas ao lado do corpo. Ele parecia muito menos perigoso do que alguns minutos antes, como se ter revelado o segredo tivesse roubado seu poder. Maddox se sentia mal pelo sujeito.

Quando Kevin dobrou a esquina, Maddox apontou para Seneca.

— Você leu a mente dele.

— Eu só senti o cheiro — disse Seneca casualmente, embora estivesse com um sorriso agradável no rosto.

Maddox se virou para Aerin. Ela estava encostada na parede, o corpo mole, como se tivesse levado uma porrada na cabeça com um taco de golfe.

— Você está bem?

Aerin pegou um espelho com mãos trêmulas e começou a retocar o batom.

— Não sei. — Ela olhou para Maddox e depois para Seneca. — Isso foi incrível. Eu não achava que vocês levavam jeito.

Maddox abriu um sorriso.

— Se Kevin *estiver* falando a verdade, talvez Helena realmente tivesse um namorado em Nova York.

— Algum cara que ela devia ter conhecido *antes* de começar a namorar Kevin porque senão ela não teria precisado recrutá-lo para ajudar no disfarce — disse Brett. — Pessoal, a gente devia ir à cidade. Faz sentido.

— Não vamos nos adiantar — disse Seneca. — Aerin, quando Kevin e Helena começaram a namorar?

Aerin apertou os olhos.

— Em julho, eu acho.

— Sua irmã foi a Nova York naquele verão?

Havia um olhar atordoado no rosto de Aerin.

— Ela fez um programa de verão na University of New York também em julho. Será que conheceu o cara nessa época?

— Estão vendo? — disse Brett. — Todos os sinais apontam para Nova York. É fácil chegar lá de trem.

Kevin podia ter saído atordoado, mas todos sabiam que ele provavelmente chamaria a segurança em minutos. Eles encontraram uma saída que levava direto para o estacionamento lotado. Brett procurou os dois garçons que tinham pegado a garrafa de Patrón, mas eles não tinham voltado. Na verdade, o estacionamento estava bizarramente vazio.

— Que se dane — disse ele, tirando o paletó. — Vamos deixar os smokings no meio-fio. — Ele desabotoou a camisa e revelou um abdome firme e escultural. Em seguida, tirou a calça apertada também, soltando um suspiro de alívio. Ele ficou parado no estacionamento com uma cueca boxer preta da Under Armour.

Madison assobiou. Maddox ficou olhando boquiaberto. Ele podia ser corredor de elite, mas nunca seria tão bombado.

— Santo Magic Mike — murmurou Aerin com apreciação.

Brett fez uma pose de stripper masculino e juntou as roupas do banco de trás do Jeep de Maddox embaixo do braço.

— Alguém pode me levar até meu hotel? — perguntou ele com indiferença.

— Eu deixo você depois de Madison — ofereceu Aerin. Ela ainda o estava olhando de cima a baixo. Brett se moveu para ir para o banco da frente do carro dela, e Aerin riu. — Você não vai botar sua roupa primeiro?

— Ah, vou. — Brett vestiu a camisa rapidamente, contraindo a barriga dura e os músculos do peito enquanto levantava os braços acima da cabeça. *Exibido*, pensou Maddox com bom humor.

Madison entrou no banco de trás.

— Eu preciso fumar, comer salgadinho de queijo e ir pra cama.

— Não consigo acreditar que vocês estão prontos para dormir — disse Seneca. — Eu estou pilhada demais.

— Eu também. — Maddox olhou para ela. — Quer ficar na rua?

Seneca se virou para ele com expressão de surpresa.

— Hum. Quero. Tá.

Aerin ligou o carro e colocou "Firework", de Katy Perry, para tocar. Em pouco tempo, o estacionamento estava silencioso de novo, o único som o dos grilos cricrilando. Maddox pegou a calça jeans, foi para trás de um dos carros e tirou a calça do smoking.

— Sortudo — disse Seneca rispidamente. — Você pode se trocar, enquanto eu tenho que ficar usando isso. — Ela se mexeu com desconforto no vestido apertado, fazendo a saia girar.

— É, mas você está bonita — disse Maddox preguiçosamente antes de lembrar que era Seneca. Ela provavelmente não gostaria que ele a tratasse como uma das garotas fúteis da escola, que sempre querem elogios.

Seneca levantou a cabeça.

— Você quer dizer que o *vestido* é bonito.

Maddox piscou, sem saber direito como responder. Ele realmente devia concordar que era o vestido que era bonito e não a própria Seneca? Mas, antes que ele pudesse cavar mais o buraco, ele ouviu um estalo alto atrás de si. Ele segurou o braço de Seneca e se virou procurando no meio dos carros. Ele ouviu um som tremulante e um sussurro. As sombras tremeram. A lua entrou atrás de uma nuvem.

— O que foi? — sussurrou Seneca, os olhos arregalados.

— Não sei. — Maddox sentiu um arrepio repentino, como se estivesse sendo observado. Ele olhou para ela de lado. — Fico pensando no incêndio. E naquela voz que você ouviu pela porta. Acho que isso está me deixando tenso.

Seneca estava prestes a falar, mas de repente houve um *whoosh*. Uma coisa gigante foi na direção da cabeça dele. Ele se abaixou e deu um gritinho. Quando ergueu o rosto, duas asas abertas enormes e majestosas bateram na direção do céu.

A coruja pousou em um dos picos do teto e olhou para eles, os olhos amarelos redondos brilhando. Maddox e Seneca se seguraram um no outro, nenhum dos dois respirando. De repente, Maddox deu uma gargalhada fraca, se soltando lentamente de Seneca. Sem saber para onde olhar, ele manteve a atenção concentrada na coruja.

Depois de um piscar de olhos calmo e pensativo, a coruja levantou voo do telhado e sumiu.

DEZESSEIS

POR ALGUNS QUARTEIRÕES, Seneca e Maddox andaram em um silêncio tenso. Seneca percebeu que a coruja tinha abalado Maddox. O patético foi que a ave a assustou um pouco também.

— Não tem ninguém observando a gente — ela disse para se tranquilizar tanto quanto a ele. — Isso é loucura.

— Mas pode ser que a gente esteja no caminho certo. Talvez o namorado secreto de Helena esteja tentando nos silenciar.

— Se Helena tinha mesmo um namorado secreto, quem sabe se ele não era um cara legal? — Não que ela acreditasse nisso. Mesmo assim, ela não conseguia acreditar que tinha alguém os espionando, ou mesmo tentando machucá-los.

No bairro em que o country clube ficava, todas as propriedades tinham pelo menos 650 metros quadrados, com mansões sobre quatro hectares de gramado impecável. Cavalos relinchavam junto a uma cerca a alguns metros. Um carro esportivo importado parou roncando em uma sinalização à frente deles, as luzes de freio piscando. Finalmente, Maddox fez sinal para um declive em um estacionamento grande que levava a uma fila longa de celeiros 4-H. Parecia ter aparecido do nada.

— Olha só.

Ele estava apontando para uma feira no estacionamento. Seneca devia estar muito absorta em seus pensamentos, porque ela ouviu a música alta de um calíope e sentiu o cheiro gorduroso e açucarado do *funnel cake* de repente, como se a arrancando de um sonho. Uma roda-gigante com raios que pareciam finos e frágeis como palitos de picolé girava. Um brinquedo em forma de foguete, as luzes néon piscando, disparou no ar com crianças gritando. Havia gritinhos das xícaras giratórias. Ao longe, uma estrutura grande chamada Máquina do Tempo piscava. *Veja o futuro!*, dizia o letreiro em néon no alto.

Um caminho se abriu no cérebro de Seneca, e ela olhou para Maddox.

— É a Feira dos Bombeiros de Dexby, não é?

Maddox inclinou a cabeça.

— Você parece a Dexby-pedia.

Seneca deu de ombros.

— Eu só faço meu dever de casa. — Na verdade, Helena postava sobre isso no Facebook. — É revigorante depois daquele clube. Toda aquela opulência e aquela ostentação me irritam.

Maddox indicou a entrada.

— Vamos, então. Vamos para o meio de gente comum.

Seneca começou a descer o declive, tomando cuidado para não escorregar nos saltos desconfortáveis de Madison. Ela estava falando sério sobre odiar o que estava usando; sentia-se presa com aqueles sapatos e o vestido apertado. Mesmo assim, tentou esquecer tudo e deixar a música soul do carrossel a envolver. À direita havia uns brinquedos bobos e divertidos como Adivinhe Seu Peso, Arremesso de Aros e Exploda o Balão. As pessoas sorriam para Seneca, provavelmente achando graça do quanto ela estava arrumada, e ela também sorria, apreciando o momento.

— Que noite — suspirou ela.

Parte de Seneca queria segurar o braço de Maddox e ver a situação com novos olhos, dizendo "Dá pra acreditar que Kevin *falou*?" ou "Você acha que eles estavam se pegando no *banheiro*?" Mas ela não queria parecer empolgada demais. Devia agir como se interrogasse pessoas o tempo todo! E ainda não tinha certeza absoluta sobre a situação dela e de Maddox. Ela gostou da cerveja que ele levou para ela na casa dele. Também era satisfatório eles terem chegado à mesma conclusão sobre Kevin ao mesmo tempo. Então eles eram amigos de novo? Parceiros de solução de crime?

Quando eles passaram por uma barraca cheia de camisetas com mensagens bregas, Maddox disse:

— Cara, aquilo foi uma loucura. Eu nunca achei que Kevin fosse falar tudo!

Seneca sorriu. Parecia que ele estava pensando a mesma coisa.

— Me sinto mal por ele. Deve ser horrível ter que esconder uma verdade grande assim sobre si mesmo. — Assim que as palavras saíram pela boca, ela se segurou. Não estava fazendo a mesma coisa ao omitir a verdade sobre sua mãe? Ela olhou para Maddox, se perguntando se ele também tinha feito essa conexão, mas a expressão dele não revelou nada.

— Acho que Helena também mentiu — disse Maddox.

Seneca considerou isso. Durante todo aquele tempo, ela sustentou que Helena devia ter um segredo, mas torcia para estar errada. Helena parecia tão despreocupada, tão inocente nas fotos e nos vídeos. Se aquela garota podia estar escondendo segredos sombrios, isso queria dizer que qualquer um podia estar também. Até sua mãe.

Só que ela conhecia sua mãe melhor. Collette cantarolava quando estava escondendo alguma coisa e desenhava quando estava com um problema na cabeça. Naquela fatídica manhã, ela estava relaxada e controlada fazendo Sudoku placidamente. Não havia rabiscos escuros e distraídos na agenda dela. Ela não tinha cantarolado nenhuma melodia nervosa. Se Seneca fosse dar seu melhor palpite instruído, Collette não sabia que estava saindo para a morte quando parou no estacionamento da Target. Foi só... um *dia*.

Um grito soou em um dos brinquedos, e Seneca se virou, ainda tensa por causa do grito da coruja e do confronto com Kevin. Maddox tinha atravessado o caminho central até o carrinho de algodão-doce para comprar bolas grandes e esfiapadas para os dois. Ele entregou um para Seneca. Ela deu uma mordida grande e o açúcar se dissolveu na língua.

— *Ugh*, consigo sentir as cáries se formando — reclamou ela.

— E mesmo assim, está comendo. — Ele olhou para as pessoas.

— Quem aqui tem cara de algodão-doce pra você?

Seneca lambeu açúcar grudento do lábio. Maddox estava se referindo ao jogo de doces que eles inventaram, mas parecia uma coisa íntima demais agora. Ela não respondeu.

— Vamos lá. — Maddox a cutucou. — Eu diria que ela.

Ele apontou para uma garota loura do outro lado da passagem principal com saltos Anabela altos e um minivestido branco que mal cobria a bunda. Seneca caiu na gargalhada. Era muito parecida com a garota que se sentou em frente a ela no trem, a que estava lendo a revista *OK!*

Seneca decidiu participar.

— Acho que ele é a versão masculina. — Seneca apontou para um homem malhado com rosto esculpido sentado em um banco próximo, perto de uma barraca de camisetas. Ele usava uma calça jeans apertada de hipster e tênis de cano alto, tinha uma mecha azul no cabelo e ficava toda hora olhando um iPhone enorme.

Maddox pareceu surpreso.

— Aquele é Chase Howard, da minha escola. Os pais dele têm casas em cinco países. Eu diria que ele era algo complexo que ninguém conhece. Como doce japonês de chá-verde.

Seneca viu o garoto olhar sorrateiramente em todas as direções. Parecia que ele estava querendo ter certeza de que tinha gente olhando para ele.

— Não o vejo como uma alma profunda.

Maddox riu.

— E eu ia tentar armar um encontro pra vocês. Ele pareceu ser seu tipo.

Seneca fez uma careta. Era estranho falar sobre encontros? Ou ela só estava achando isso porque Maddox era garoto e tinha dito para ela antes que, de certa forma, a achava bonita? Por outro lado, talvez ela não devesse interpretar demais isso. Devia ser só o efeito do vestido com saltos.

Ela projetou o queixo no ar.

— Você não faz ideia de qual é o meu tipo.

— Então esclareça. — Os cantos da boca de Maddox se ergueram em um sorriso provocador. — Eu já sei que não é alguém que goste de futebol americano.

Seneca sentiu as bochechas ficarem vermelhas. Não conseguia acreditar que ele se lembrava daquela conversa.

— Desculpa se quero alguém que preste atenção em mim e não no que está passando na TV — disse ela com rispidez.

— É, mas não era fim de semana do Super Bowl? — perguntou Maddox.

— E daí?

— Está vendo, é isso que você não entende sobre os homens. — Maddox fez um estalo com a língua. — É o *Super Bowl*. Claro que os olhos dele vão ficar grudados na tela. Você devia ficar lisonjeada de ele ter aceitado sair de casa. — Ele botou a mão no ombro dela. — É reconfortante uma universitária ainda não entender. Mas não se preocupe. As garotas também são difíceis de entender.

Seneca sentiu vontade de rir. Como se Maddox já tivesse tido problema com garotas!

— Aposto que eu teria mais sorte em descobrir o seu tipo do que você em descobrir o meu.

Maddox botou as mãos nos quadris.

— Pode tentar.

— Tudo bem. — Seneca espiou a multidão. Uma garota com cabelo louro comprido e liso, olhos castanhos enormes, blusinha rosa curtinha e short branco cortado entrou em uma fila com mais três garotas menos bonitas e vestindo roupas iguais. — Ela. A loura no meio.

Maddox inspirou.

— Ah. Aquela é Tara.

O nome ressoou na mente de Seneca.

— Tara da *bunda gostosa*? A corredora?

— Não precisa gritar — murmurou ele.

— Por quê? — Um sorriso surgiu nos lábios de Seneca. — Você *gosta* dela?

Antes que ele pudesse responder, Tara virou a cabeça para eles. Balançou os dedos para Maddox e se aproximou graciosamente. Ela devia ser o tipo de garota que nunca tropeçava quando estava de salto, pensou Seneca com uma mistura de desdém e inveja.

— Maddy! — disse Tara quando chegou perto. — Eu não sabia que você vinha hoje.

Maddox deu de ombros.

— Eu decidi no último minuto. — Ele indicou Seneca. — Essa é minha amiga, Seneca.

Tara apertou os olhos para o vestido e os saltos de Seneca, mas seu olhar logo voltou para Maddox. Ela tocou no algodão-doce ainda no palito dele.

— Você comeu isso? Eu achava que seu corpo era um templo. — Ela deu uma risadinha infantil e chegou mais perto.

Maddox se moveu de leve, mas claramente para longe. Só Seneca viu a expressão sofrida no rosto dele... e a apaixonada no de Tara. E foi nessa hora que ela entendeu: a garota bonita era louca por *ele*.

Ela tentou ver Maddox como Tara devia ver. Ele era bonito e alto. Os olhos verdes brilhavam na luz difusa da feira, e o cabelo estava bem ondulado por causa da umidade. As luzes ofuscantes dos brinquedos realçavam o contorno do maxilar e das maçãs do rosto dele, e seus ombros eram largos, apesar de ele não ser tão malhado quanto Brett. Até a camiseta cinza dos Giants que ele tinha colocado pareceu sexy de repente, quando antes Seneca achou que era meio sem graça e previsível. Ela piscou furiosamente, tentando recuperar a visão antiga de Maddox, mas parecia que a presença de Tara o tinha transformado. Agora ela só via o garoto fofo.

Tara tocou no antebraço dele de novo e disse alguma coisa sobre uma corrida de 5K. Maddox se afastou mais uma vez. Ele ainda estava com o sorriso educado, mas ficava esfregando o polegar e o dedo do meio, um tique nervoso em que Seneca já tinha reparado. Ela encontrou uma pausa apropriada e chegou mais perto.

— Hã, Maddox? Acho que fumei maconha demais. Você pode me levar pra casa?

Maddox olhou para Seneca com olhar confuso, mas pareceu entender.

— Claro. — Ele assentiu para as garotas. — Até mais. Divirtam-se hoje.

— Me liga! — gritou Tara quando eles se afastaram.

Seneca puxou o braço dele por várias barracas e finalmente parou atrás de um carrinho que vendia strudel. Maddox se encostou em uma lata de lixo e expirou.

— Boa. Você é uma parceira incrível.

Seneca mordeu o lábio. Ficou meio irritada de ser chamada de parceira, principalmente depois de estar na presença de uma garota tão bonita.

— Ah, bom, eu estava ficando cansada do seu ato de grande homem do campus — murmurou ela.

Ele cruzou os braços sobre o peito.

— Você quer dizer que não se impressionou?

— Não — cortou ela. — Não gosto de egos grandes.

Seneca sabia que seu tom era arrogante e superior, mas não esperava o olhar de mágoa no rosto de Maddox.

— Certo — disse ele. — Acho que sou um babaca pra uma universitária como você.

Seneca baixou os olhos. Não sabia por que tinha dito isso. Ela não pretendia magoá-lo.

— Na verdade, eu teria que estar *matriculada* na faculdade pra você me chamar de universitária.

Maddox ficou olhando para ela sem entender.

— Espera, o quê? Você largou?

Seneca observou umas formigas devorando uma casca de melancia.

— Não. Mas esquece.

Maddox franziu a testa.

— Para com isso, Seneca. Você pode me contar. Você me contava tudo.

Ela olhou para ele. *Contava*. É, online. Quando achou que ele era uma pessoa completamente diferente. Mas de repente ela quis contar para ele. Precisava contar para *alguém*. E depois do encontro deles com Kevin, ela não queria fingir que era uma coisa que não era.

— Sabe quando contei que estava tendo dificuldade nos estudos? — Ela suspirou. — Estou tendo... *mais* do que dificuldades. Está mais pra repetindo em tudo. Meu orientador me chamou antes do recesso e disse que eu devia dar um tempo da faculdade, me reorganizar e voltar ano que vem.

Maddox mordeu o lábio.

— Merda. Você contou pra sua família?

— Porra, não. Coloquei tudo meu num depósito porque não queria me mudar de volta pra casa no recesso de primavera e contar para o meu pai. — Ela tentou rir, como se tudo fosse uma confusão que poderia ser resolvida, mas a gargalhada ficou entalada na garganta. — É a faculdade dele. Ele ficou tão empolgado quando entrei... principalmente quando consegui bolsa. Depois de tudo que eu passei... pareceu uma grande vitória.

A garganta de Maddox tremeu. Ele parecia querer fazer todos os tipos de pergunta, mas Seneca estava feliz de ele não ter cedido à tentação.

— E o que você quer fazer?

— Não sei. — Ela mexeu no colar. — Fui pra faculdade porque pareceu saudável e benéfico. Era o que ele queria pra mim. O que *todo mundo* queria pra mim. — Ela era a história de sucesso, afinal. A garota que passou por tanta coisa, mas também conseguiu tirar nota máxima de média global, uma pontuação quase perfeita no SAT e foi para a faculdade estadual de Maryland com tudo pago. Suas mãos tremeram quando ela ajeitou o vestido. — Mas a faculdade não parece certa.

Maddox pareceu surpreso.

— Será que você está na faculdade errada?

Seneca queria que fosse fácil assim. Queria que houvesse um lugar ideal para ela, onde tudo parecesse... *certo*. E de repente, percebeu: estar aqui, em Dexby, interrogando Kevin... *isso* pareceu certo. A sensação quente no peito dela que normalmente não a abandonava tinha diminuído naquela noite, ela percebeu pela primeira vez. Mas ela não podia fazer *isso* o resto da vida, ser uma detetive profissional estilo Veronica Mars. A vida não era um programa de televisão.

Quando levantou o rosto, Maddox estava olhando para ela com solidariedade, os olhos enrugados nos cantos. Parecia que ele ia dizer alguma coisa legal, talvez alguma coisa dolorosamente legal. Ela não sabia se merecia isso agora.

Uma pessoa apareceu no canto do olho dela, e ela deu um pulo, feliz com a distração.

— Tara à esquerda! — gritou ela, arrastando Maddox para que ficasse de pé. — E está vindo pra cá!

— Estou fora. — Maddox se virou e correu na direção oposta. Rindo, Seneca foi atrás dele até o pula-pula inflável. Indo em ziguezague, eles correram em volta da Máquina do Tempo, que exibia desenhos antiquados de carros voadores. Seneca ofegou para respirar enquanto tentava acompanhá-lo, correndo por uma cabine de fotos que dizia *Visite seu passado!*, onde as pessoas estavam vestidas com roupas da virada do século, com chapéus de abas largas e calças com suspensório.

Ela parou para respirar, sufocando uma gargalhada. Tinha passado correndo pelo futuro e pelo passado. Parecia que um Deus benevolente estava tentando ensinar uma lição a Seneca, dizer para ela que ela precisava lidar com seus problemas. Bom, talvez ela acabasse fazendo isso. Mas, agora, ficar no presente estava bem agradável.

DEZESSETE

NA MANHÃ DE QUARTA, Maddox ouviu sons de café da manhã na cozinha e desceu a escada. Seneca estava sentada ao lado de Madison à mesa da cozinha usando uma camiseta cinza manchada e uma calça de pijama azul-claro de bolinhas. Ela estava de cabelo preso, e a tatuagem temporária de golfinho saltando que ela tinha feito na feira ainda estava grudada na nuca dela. Em um surto de bobeira, eles escolheram tatuagens icônicas um para o outro. A de Maddox era um Calvin, da tirinha de *Calvin e Haroldo*, fazendo xixi no bíceps dele.

Madison, que estava usando uma calça skinny rosa e um top preto fino que já estava com cheiro de maconha, estava no ritual de sempre de cinquenta mil perguntas ao mesmo tempo, interrogando Seneca sobre um emprego depois do horário de aulas e qual eram as bandas favoritas dela. Quando perguntou a Seneca se ela gostava da faculdade, Maddox chamou a atenção dela e levantou as sobrancelhas.

Seneca apontou para ele em um gesto de aviso. *Não diga nada*, disse ela com movimentos labiais por cima do ombro de Madison.

Maddox levantou as mãos em um pedido de rendição, como quem diz "Eu não falei!" Em seguida, levantou a jarra de café.

— Quer mais?

Seneca esticou a mão com a caneca.

— Quero, por favor. Vocês fazem café tão fraco que é praticamente descafeinado. — Ela olhou com desânimo para o saco de grãos. — E não tem qualidade nenhuma.

Maddox riu com deboche.

— Você acha que o *funnel cake* que você comeu ontem tem qualidade?

— Eu precisava de *alguma coisa* para repor depois de queimar um milhão de calorias pra fugir da *sua* namorada. — Seneca revirou os olhos para Madison.

— Não dê atenção a ela. — Maddox pegou um donut na caixa que havia na bancada.

Madison ficou à mesa com um sorriso enorme.

— Sabe, vocês dois são superfofos.

— Ora, obrigada! — disse Seneca.

Maddox revirou os olhos.

— Ela está falando de *nós*, Seneca. Juntos.

Seneca deu uma gargalhada debochada.

— Por favor.

Mas quando Maddox e Seneca olharam na direção de Madison, ela estava olhando para os dois com um meio-sorriso sonhador.

— Você entendeu tudo errado — disse Seneca enquanto seguia para o lavabo no corredor. — Maddox gosta de uma pessoa com bunda gostosa.

— Mentiras, só mentiras — gritou Maddox na direção dela.

Quando a porta do banheiro se fechou, Maddox apontou para a irmã postiça.

— Não tente bancar o cupido, tá? As coisas já começaram bem estranhas entre nós. Estou finalmente sentindo agora que nossa amizade está voltando ao normal.

Madison piscou com inocência.

— Eu não falei nada.

— Eu sei o que você está pensando. — Maddox tinha se divertido com Seneca na noite anterior. Mais do que em qualquer outra ocasião recente. Como eles eram tão diferentes, a situação toda pareceu... segura. Legal. A última coisa de que ele precisava era que Madison estragasse isso. Ele não sabia se já tinha *tido* uma garota como amiga.

— Então você não a acha *nada* bonita? — perguntou Madison.

Maddox olhou para a porta fechada do banheiro. Ela nem estava tentando falar baixo.

— Claro que ela é bonita — sussurrou ele. — Mas nunca ficaria a fim de mim. Nós somos muito diferentes.

Madison cruzou os braços sobre o peito.

— Por que você disse para ela que estava a fim da sua treinadora?

Maddox franziu a testa e entendeu por que Madison supôs que Seneca estava falando sobre Catherine quando disse que Maddox gostava de uma pessoa de bunda gostosa. Ele começou a corrigi-la para dizer que era de Tara Sykes que ele tinha fugido, mas Seneca saiu do banheiro, e a conversa não pareceu apropriada.

Catherine. Na verdade, ele tinha treino com ela em meia hora. Não poderia cancelar de novo. Como ele agiria? Nunca tinha estado em uma situação em que uma garota o rejeitou, e era verdade que talvez *estivesse* incomodando a ele, o incidente se repetindo sem parar na sua mente como um refrão ruim. Mas não importava, Catherine não tocaria mais no assunto. Eles esqueceriam, e em pouco tempo voltariam à posição confortável de treinadora e aluno de novo, o universo de volta ao eixo.

Ele não tinha nada com que se preocupar.

VINTE MINUTOS DEPOIS, Maddox parou no estacionamento do centro recreativo, olhou seu reflexo no retrovisor e saiu do Jeep. Estava gelado do lado de fora, e ele não tinha levado uma roupa mais grossa para usar por cima da camiseta. O odor dos pinheiros o atingiu, fragrante e intenso.

Catherine apareceu na mesma hora de trás da arquibancada, como se estivesse esperando.

— Vamos entrar? — disse ela em um tom neutro que ele nunca tinha ouvido, indicando a porta da pista coberta. — Nós precisamos conversar.

Maddox enrijeceu. *Conversar?*

Catherine estava com expressão séria no rosto enquanto andava. Todo tipo de situação passou pela cabeça de Maddox. E se o que ele fez o deixou encrencado? Talvez Catherine estivesse tão assustada que não quisesse mais trabalhar com ele. Seu futuro na faculdade estaria em risco? Catherine teve uma influência enorme na hora de convencer o treinador de Oregon a dar uma bolsa para ele; a família dela tinha ligações na universidade, que ela usou para persuadir o treinador de Oregon a repassar os tempos deles e ver um vídeo das melhores corridas dele.

A pista coberta estava vazia, e os passos deles ecoaram no piso vermelho elástico. Catherine, que também trabalhava como diretora atlética aqui, o levou até a sala dela, um aposento pequeno na área do vestiário feminino. Estava cheio de horários da equipe de corrida de verão que ela treinava. No fundo, havia uma mesinha cheia de papéis, e também algumas medalhas empilhadas em uma prateleira poeirenta. O ar tinha cheiro de mofo e adstringente, como de Ajax.

Catherine se sentou na beirada da escrivaninha e olhou para ele.

— Você faltou ao treino ontem.

Maddox piscou, surpreso.

— Desculpe. Vou compensar. Posso correr o dobro hoje.

Ela balançou a mão.

— Tudo bem. Eu só queria ter certeza de que você estava... bem.

Havia uma expressão sensível e consideravelmente condescendente no rosto dela, mas Maddox sorriu com confiança, como se não tivesse reparado.

— Estou ótimo. Faltei ontem porque tive um compromisso. Eu devia ter avisado.

— A festa de noivado de Kevin Larssen, não foi?
Ele ergueu as sobrancelhas, surpreso.
— É. Como soube?
— Porque eu também sou sócia do country clube. Minha família conhece a família Larssen. — Ela sorriu. — A festa foi boa, né? Maddox remexeu o maxilar. Catherine *estava* lá?
— Eu não vi você — disse ele lentamente.
O sorriso de Catherine nem oscilou.
— Eu cheguei tarde. Vi você no estacionamento. Acho que estava indo embora. Você se divertiu?
Ele deu de ombros.
— Sim.
— Você foi com amigos?
— Fui. E com minha irmã postiça.
— E aquela garota chamada Seneca? Aquela com quem você estava preocupado?
— É...
— Ela é a garota meio negra? Que estava com você no estacionamento? Vocês foram embora juntos?
Uma sensação calorosa se espalhou pela pele dele. Ela ficou observando? Por acaso estava com ciúmes agora?
— Ela é muito bonita. — O sorriso de Catherine aumentou. — Mas achei que você tinha uma quedinha por mulheres mais velhas. Por figuras de autoridade.
Ela piscou. Maddox se esforçou para mudar de marcha. Ela tinha mudado de ideia sobre ficar com ele?
— Eu fiquei com medo quando afastei você naquele dia — disse Catherine baixinho, o hálito quente na bochecha dele. — Mas não consigo parar de pensar em você. Não consigo parar de pensar que tomei a decisão errada e joguei fora uma coisa que poderia ser incrível.
Maddox avaliou o olhar dela. Não havia brincadeira ali. Os olhos dela estavam intensos e ardentes.

— Hum — disse ele, finalmente encontrando sua voz. — Tudo bem...

Uma parte pequena e ética dele queria perguntar se ela tinha certeza, mas ele tinha sonhado com aquilo durante anos. Como poderia deixar passar a oportunidade se ela também o queria? Assim, ele se inclinou para mais perto. Tocou nos ombros dela. Puxou-a para perto, diminuindo o espaço entre os dois, descendo as mãos pelas costas magras e embaixo da barra da camisa, sentindo-a se arquear na direção dele. Finalmente, ele tocou seus lábios nos dela.

Ele sentiu gosto de ChapStick nos lábios dela, sentiu-a se mexer e gemer baixinho. Ela aumentou a intensidade do beijo rapidamente. Ele estava fazendo direito? Ele nunca tinha beijado uma garota mais velha antes. Claro que estava fazendo direito. Ela não estava parando, estava? Por que ele não conseguia desligar o cérebro e apreciar o momento?

Quando eles se separaram, respirando fundo, Catherine abriu um sorriso sexy e ele a puxou de volta. Estava pensando demais nas coisas havia tempo demais. Precisava romper o hábito.

Nada que um pouco de treino não consertasse.

DEZOITO

NA MESMA QUARTA-FEIRA, Aerin desceu os três níveis do pátio e andou vários passos pelo quintal. Mas foi o mais longe que ela foi. Mesmo cinco anos depois, o fantasma de Helena mandava no local. Aerin quase conseguia vê-la perto do deque enrolando uma bola de neve imaginária. Ou perto do alimentador de pássaros de três camadas, dizendo para Aerin que Sucrilhos era um bom nome de cachorro. Aerin visualizou as luvas de couro vermelho que tinha encontrado na beirada da floresta. O Homem Misterioso tinha arrancado das mãos dela e jogado na neve? Ele não sabia que custaram trezentos dólares na Bergdorf's?

Plim.

Era uma mensagem de texto de Thomas Grove. *O cara da Ferrari disse que posso pegar o carro dele emprestado hoje à noite. Pego você às 7?*

Ha-ha, escreveu Aerin. *Boa.*

O celular apitou de novo. *Droga, achei que ia colar. Achei que vc ficaria irritada se eu aparecesse de moto.*

Que tipo de moto?, perguntou Aerin.

Uma Norton. Era do meu avô.

Aerin sorriu. Ela tinha uma quedinha por motos antigas.

Seu celular apitou de novo. Uma foto apareceu. *Pode me chamar de Magic Mike*, dizia a legenda, e Brett estava seminu na frente de um espelho contraindo o peitoral. Ele estava com os olhos apertados em uma expressão que era para ser sexy, mas parecia estar com dor de barriga. Aerin riu.

Um Jeep apareceu na frente da casa dela. Seneca saiu do banco do passageiro com uma camiseta preta, uma saia jeans com babados e All Star vermelhos. A porta de trás se abriu e Brett saiu, depois Madison. Maddox estava digitando no celular. Ele não levantou o rosto durante todo o caminho até o portão dos fundos.

Aerin abriu a tranca para que eles entrassem. Brett chamou a atenção dela.

— Gostou da minha mensagem?

Aerin baixou os cílios.

— Adorei, garotão. Principalmente a expressão sexy. — Ela deu um tapinha de leve na bunda dele com as pontas dos dedos. Era divertido flertar com ele. Era tão legal eles estarem agindo da mesma forma quanto a isso, brincando um com o outro sem pressão nenhuma. Que diferente andar com garotos que não queriam só tirar a calcinha dela.

Ela andou até o primeiro nível do pátio e se sentou em uma espreguiçadeira. Maddox cutucou um vaso cheio de marias-sem-vergonha.

— Como vamos descobrir quem pode ser esse Cavaleiro Samurai?

— Vou ligar para os amigos antigos de Helena — disse Aerin. — Já comecei a fazer uma lista de todo mundo de quem ela era próxima.

— Eu fiz uma ligação para Becky Reed — disse Seneca, falando da antiga melhor amiga de Helena. — Mas ela não me contou nada de novo. Só sobre o programa de verão que ela fez na cidade.

Aerin se lembrava de Helena ter ido para a cidade naquele mês de julho. Tinha tentado se encontrar com ela durante aquelas duas semanas, mas Helena dizia que estava ocupada demais. Aerin achou que foi porque a irmã não queria ser vista em Nova York com uma garota de onze anos, mas talvez ela tivesse outros motivos. Talvez tivesse conhecido alguém sobre quem não queria que Aerin soubesse.

Seneca cruzou e descruzou as pernas.

— Talvez o namorado secreto dela fosse um garoto do terceiro ano como ela. Do mesmo programa.

— Kevin parecia pensar que era uma pessoa mais velha — lembrou Maddox.

Aerin apertou os olhos.

— Algum professor do curso?

Seneca fez uma careta.

— Acho que é possível. Podemos pesquisar quem eram os professores.

Maddox mostrou o celular.

— Vamos nessa. — Na tela estava a página inicial da NYU do programa de verão sobre filmes e literatura comparada. Ele clicou na lista de instrutores do curso e franziu a testa. — Bom, tem vários homens na lista do programa deste ano. Mas como vamos saber quem dava aulas seis anos atrás?

Seneca levou o dedo ao queixo.

— Vamos ligar para a NYU.

— Vamos *até* a NYU — disse Brett.

Seneca olhou para ele.

— Não podemos ir sem ter alguém para procurar. Até onde eu sei, *Kevin* ainda é suspeito. E se ele matou Helena para que ela ficasse calada sobre ele e o senador?

— Eu concordo — disse Maddox. — Não podemos descartar Kevin enquanto não tivermos prova de que ele realmente *estava* naquela conferência. Não era porque ele estava guardando um segredo para Helena que ele era inocente.

Aerin puxou o lábio inferior para dentro da boca. Na Ferrari, Thomas mencionou que tinha lido alguma coisa sobre Kevin no arquivo de Helena. Era sobre ele e o senador ou outra coisa?

Seneca olhou para Aerin.

— A gente pode olhar o quarto de Helena?

O estômago de Aerin deu um nó. Ela achava que esse momento chegaria, mas ainda não se sentia bem com isso.

— Acho que sim...

Ela abriu a porta lateral de correr e começou a entrar, mas parou. Sua mãe estava na cozinha. Aerin achava que ela já tinha saído para o Scoops. Marissa Ingram estava ao lado dela segurando um vestido comprido e leve junto ao corpo magro.

— Skip vai *amar* isso.

Aerin voltou pé ante pé. Seu tornozelo virou, e ela bateu com força nas persianas verticais da porta de correr, fazendo-as se chocarem.

— Aerin? — Sua mãe esticou o pescoço. Ela viu os outros, que estavam amontoados atrás dela. — Quem está aí com você?

Seneca se aproximou e esticou a mão para a Sra. Kelly.

— Seneca. Companheira de estudo de Aerin.

Marissa levou a mão ao peito.

— Vocês estão estudando até no recesso?

Madison deu um passo à frente.

— E eu sou Madison. Acho que já nos conhecemos, Sra. Kelly. Eu amo seu sorvete.

Brett apertou a mão da Sra. Kelly com convicção e disse:

— É uma casa linda para duas moças lindas.

— Hum, é bom ver você de novo também — resmungou Maddox, e a Sra. Kelly só ficou olhando para ele, provavelmente sem fazer a conexão. Aerin não disse nada. Quanto menos a mãe soubesse, melhor.

Marissa tocou no cotovelo de Aerin.

— Foi ótimo ver você na festa ontem.

Aerin fez uma careta. *Merda*.

Sua mãe virou a cabeça.

— Que festa?

— A de noivado de Kevin Larssen — disse Marissa.

O queixo da Sra. Kelly caiu.

— *Você* foi ao noivado de Kevin?

Aerin deu de ombros, fingindo estar muito interessada na vela aromática na ilha da cozinha.

— Foi divina, Elizabeth — disse Marissa. — A comida... a banda... tudo de muito bom gosto. Você devia ter ido. Mas você *vai* à festa de Páscoa dos Morgenthaus, não vai?

A Sra. Kelly ainda estava olhando intrigada para Aerin. Por um momento, o único som na cozinha foi do sistema de filtragem de água dentro da geladeira. Aerin se preparou para um confronto, e talvez até quisesse um. Mas a mãe se virou para Marissa.

— Quero mostrar que plantas anuais o jardineiro vai plantar este ano.

— Claro — disse Marissa, segurando o braço dela.

Aerin viu sua deixa e levou o grupo para o andar de cima. Depois de um momento, ouviu a porta de correr do deque se abrir de novo. Ela indicou aos amigos uma porta fechada no final do corredor.

— É o quarto dela.

Brett foi o primeiro a descer o corredor, mas chegou para o lado e deixou Aerin girar a maçaneta. Ele parecia entender que ninguém entrava ali havia muito tempo.

O quarto tinha cheiro de pó. A cama de Helena estava arrumada com o mesmo lençol rosa do dia em que ela desapareceu. A escrivaninha estava sem bagunça nenhuma, diferente de como Aerin se lembrava dela; a polícia deixou o local mais arrumado do que como o encontrou. O coração de Aerin apertou. Ela só tinha entrado naquele quarto uma ou duas vezes desde que Helena sumiu. Ela só conseguia pensar agora em como a polícia reviraria o local em busca de digitais e cabelos. Em relação à perícia, *ainda* havia tanto da irmã dela ali: células mortas da pele no colchão, unhas cortadas no tapete, DNA dos lábios dela grudado no gloss labial. Se todos esses átomos pudessem se juntar e reconfigurar Helena...

Ela olhou para os outros no corredor por cima do ombro.

— Entrem.

Todos entraram e começaram a olhar ao redor. Aerin andou pelo quarto e passou os dedos pelas lombadas dos livros na estante de Helena. *Crepúsculo. O sol é para todos.* Ela pegou *Destrua esse diário* e deu uma folhada, mas Helena não tinha feito nenhuma página. Ao lado estava o diário que Aerin xeretou no dia em que Helena sumiu, bem guardado. Foi uma das primeiras coisas que a polícia olhou na esperança de encontrar pistas, mas, além de algumas páginas com letras de música copiadas e uma lista de itens vintage que Helena pretendia comprar (*bolsa Chanel acolchoada, vestido Pucci, cinto com fivela prateada*), o diário estava em branco.

— Vejam — disse Aerin, mostrando um catálogo de cursos com a programação de verão da NYU de seis anos antes. Todos se reuniram em volta enquanto ela abria na página de fotos de professores. Todos os homens que davam aulas de cinema pareciam comuns.

Brett pegou o celular.

— Vou pesquisar os detalhes sobre esses caras. Talvez um deles tenha ficha criminal. Ou talvez a gente veja provas no Facebook de que eles flertam com as universitárias.

Aerin assentiu e voltou a procurar. Seneca abriu o armário. Maddox estava com o laptop de Helena aberto na cama, coisa de que Aerin não gostou muito, considerando que a polícia já o havia examinado. Brett revirou o Facebook, mas, depois de alguns minutos, soltou um suspiro.

— Nenhum professor tem página de Facebook. Quais são as chances disso?

— E vocês sabem que a polícia já revistou este quarto — murmurou Aerin. — Não sei o que pensamos que seja possível encontrar.

Ela foi até a escrivaninha de Helena e abriu a gaveta de cima. Havia alguns lápis com ponta gasta, borrachas cor-de-rosa, uma caneta permanente azul. Aerin tocou em um velho cartão de fidelidade do Connecticut Pizza; ao que parecia, Helena precisava comer só mais duas fatias de pizza para ganhar outra de graça. Ela reparou em um canhoto de ingresso grudado na parede interna que poderia ter passado despercebido. Era de uma banda chamada Gel Apocrypha, com data de julho antes de Helena desaparecer. Aerin apertou os olhos para ler o local do show: rua Houston, em Nova York. Ela o virou. *Me liga*, dizia a caligrafia confusa. E o nome *Greg*, um número de telefone e as palavras *Te amo*.

Aerin devia estar com uma expressão estranha no rosto, porque Seneca se aproximou e olhou o ingresso.

— Você conhece essa banda? — perguntou Seneca. Aerin balançou a cabeça sem vigor.

— *Eu* me lembro deles — disse Maddox. — Era uma das bandas que Helena ouvia muito. Ela me disse para fazer download das músicas deles. São muito melancólicas.

Aerin levantou as sobrancelhas para ele.

— E quem será que é *Greg*?

Maddox estava no celular de novo.

— Tem um cara chamado Greg Fine na banda. E, vejam só, eles ainda tocam. Eles moram em Nova York, e moravam naquela época também.

Aerin piscou com força.

— Greg Fine. O nome parece familiar. Acho que ele falou com a polícia.

— O que quer dizer que ele deve ter tido um *motivo* para falar com a polícia — disse Seneca, pensativa. — Como se alguém o tivesse visto com Helena, talvez. Será que alguém sabia que eles eram um casal?

— Ele tinha álibi? — perguntou Maddox.

— Ele deve ter dito o suficiente para afastar as desconfianças da polícia — disse Seneca. Ela estalou a língua. — Que garota não tem fantasias de namorar um astro do rock? Pode ser que ela o tenha conhecido quando estava no programa de verão. Houston não fica tão longe de NYU, não é?

Brett repuxou os lábios.

— Achei que *gostava de cultura* queria dizer galerias de arte, não shows de rock, mas nunca se sabe.

— Nós devíamos pelo menos tentar contatá-lo. Para ver qual é a dele.

— Pode ser que o número ainda seja o mesmo. — Maddox digitou os números no celular. Ele ouviu por um momento e ergueu as sobrancelhas. — Caixa postal. Mas é o nome dele na mensagem que atende. Brett mostrou o iPhone branco antigo de Helena.

— A gente pode ver se ela ligou pra ele.

— Acho que sim. — Aerin deu de ombros. — Se bem que a polícia já revirou essa coisa antes de devolver. Registros telefônicos, mensagens de texto, tudo.

— Nós também podíamos olhar. — Brett observou o quarto. — Tem algum carregador antigo?

— No meu quarto, acho — disse Aerin. Na verdade, era uma boa desculpa para tirar todo mundo do espaço de Helena. Ela estava começando a sentir claustrofobia lá dentro.

Ela levou o grupo até seu quarto, pegou um carregador na escrivaninha e ligou no celular. O ícone de carregamento de bateria surgiu e, após uma longa pausa, uma tela de boas-vindas apareceu. O papel de parede de Helena, uma foto alegre dela com Becky Reed, apareceu. Um ícone no alto mostrava quatro barras de conectividade.

O queixo de Aerin caiu.

— Ainda tem serviço.

Seneca se aproximou.

— Você acha que sua mãe se esqueceu de cancelar a conta?

— Aposto que ela não conseguiu ligar para a operadora — disse Aerin baixinho, lembrando que a assinatura de Helena da *Teen Vogue* chegou na porta delas um ano inteiro depois de ela desaparecer.

Ela clicou no ícone de contatos e desceu pela lista. Havia mesmo uma pessoa chamada Greg nos contatos do celular de Helena; o número que ela salvou era igual ao do ingresso. Aerin olhou as ligações recebidas e feitas de Helena, e o número de Greg apareceu algumas vezes. Sobre o que eles conversavam?

Bzzzt.

Aerin quase largou o celular de Helena.

— Oh, meu Deus — sussurrou ela, olhando para a nova mensagem na tela. *Novo correio de voz.*

Maddox chegou perto por trás dela.

— Isso acabou de chegar?

— Eu... eu não sei — disse Aerin com voz trêmula.

Maddox pegou o celular, fez alguns gestos de deslizar o dedo e ergueu as sobrancelhas.

— A mensagem é de 27 de janeiro, cinco anos e meio atrás. Estou surpreso de a operadora ter guardado uma mensagem velha assim.

— Ele clicou na tela algumas vezes. — Ela também recebeu uma mensagem de texto naquele dia. Dizia *Me liga*.

— É de Greg Fine? — perguntou Seneca com empolgação.

— Na verdade, não. — Maddox pareceu confuso. — É de um número com código de área 917 que ela salvou como Loren, sem sobrenome. Escrito L-O-R-E-N. Será que é garota ou garoto?

— *Ela é da banda?*

Maddox balançou a cabeça.

— Não vi ninguém chamado Loren na página da Wikipédia do Gel Apocrypha. — Ele olhou para Aerin. — O nome é familiar?

Aerin estava perplexa.

— Eu nunca ouvi esse nome na vida.

Maddox apertou o botão de LIGAR PARA CAIXA POSTAL e colocou o telefone no viva-voz. Todos se reuniram em volta para ouvir. *Digite sua senha*, disse uma voz automatizada.

Seneca olhou para Aerin.

— Alguma ideia de qual pode ser?

A mente de Aerin parecia vazia. Ela pegou o celular e digitou o aniversário de Helena, mas a senha não era essa. O ano em que ela se formaria? O endereço, 1564 Round Hill Lane? Em seguida, pensou nos números bobos no alto da máquina de karaokê. *Contém 1.045 músicas!*

Com mãos trêmulas, ela digitou 1045. *Você tem uma nova mensagem na sua caixa postal*, disse a voz.

O coração de Aerin disparou. Seneca assentiu de forma encorajadora. Brett apertou o ombro dela e sussurrou que tudo ficaria bem. Aerin respirou fundo e clicou no número 1 para ouvir.

Houve um som de água do outro lado. Buzinadas. E uma voz desconhecida e grave de homem falou com agressividade e insistência:

— É Loren, sua vaca. Nós precisamos conversar. Estarei no Kiko, os mesmos detalhes de antes. É melhor você aparecer.

Clique.

DEZENOVE

NA MANHÃ DE QUINTA, Seneca e os outros pegaram um trem Metro--North para Nova York. O sol brilhava pelas janelas sujas. As nuvens no céu azul pareciam fofas e brancas, como se tivessem formatos de animais. Mas, por dentro, Seneca se sentia cinzenta e tumultuada, como sempre ficava quando seguia para o desconhecido. Eles deixaram duas mensagens para Greg Fine se passando por repórteres de um jornal de faculdade querendo uma entrevista sobre a banda, mas ele não retornou. E Loren? Bom, *ele* pareceu perigoso. Seneca não conseguia acreditar que os detetives deixaram passar aquela mensagem. Eles deviam ter monitorado o celular de Helena por mais tempo. Deviam ter ligado para aquele cara e o interrogado, perguntando por que ele estava com tanta raiva.

Fez com que ela questionasse o que os detetives deixaram passar no caso de sua mãe.

Seu celular vibrou, e ela voltou a atenção para a tela. Um alerta do Google de uma notícia de Dexby dizia: *Nova investigação mostra que o incêndio do Restful Inn pode ser sido criminoso.*

Um sentimento ruim cresceu nela. Ela clicou para ler a notícia, mas não havia detalhes, só que a fiação elétrica do hotel estava bem e a polícia estava mudando a linha de investigação. Ela devia contar sobre a voz baixa e rouca que ouviu do lado de fora da porta? Ela tinha *mesmo* ouvido uma voz?

Para afastar a cabeça das preocupações, ela clicou na compilação enorme de entrevistas antigas de logo depois que Helena desapareceu. Depois de selecionar aleatoriamente, ela viu uma cena em frente à escola Windemere-Carruthers aparecer.

— Todos os alunos estão sendo intensamente questionados desde que Helena Kelly desapareceu — disse uma repórter para a câmera. Atrás dela havia uma garota morena com sobrancelhas finas e lábios cheios cor-de-rosa. Seneca franziu a testa. Mesmo anos antes, ela tinha reparado naquela garota, pois estava no fundo de algumas outras entrevistas também. Havia algo de estranho nela.

Ela chamou Aerin, que estava sentada ao seu lado.

— Quem é essa?

Aerin apertou os olhos.

— Ah. É Katie. Ela era da turma de Helena. — Sua expressão mudou. — Elas eram amigas, mas...

Seneca inclinou a cabeça.

— Aconteceu alguma coisa?

— Eu só lembro que minha mãe perguntou se Helena queria convidá-la para o jantar de aniversário dela, e Helena disse *claro que não*. Foi mais ou menos na época em que Helena começou a mudar, a se vestir de um jeito diferente, a esconder coisas, você sabe.

Seneca ficou olhando para a tela. Ela clicou no PAUSE no exato momento em que os lábios de Katie estavam repuxados com expressão maliciosa.

— A gente devia falar com ela?

Aerin franziu o nariz.

— Elas não eram amigas quando ela sumiu. De qualquer modo, eu lembro que a polícia falou com ela. Ela tinha álibi.

Seneca não ficou convencida, mas deixou de lado, porque eles tinham suspeitos mais importantes para interrogar.

Em seguida, Aerin sinalizou para Maddox do outro lado do corredor. Ele estava com a cabeça inclinada para trás e os olhos fechados.

— Dá pra acreditar que ele está dormindo agora? Estou tão nervosa que nem consigo respirar direito.

— Nem me fala.

Maddox soltou um ronco. Seneca riu.

— Bom, pelo menos alguém vai estar descansado quando a gente chegar. — Com um sorriso malicioso, ela pegou o canhoto da passagem e jogou na cabeça dele, mirando na boca. Bateu na bochecha, e ele deu um pulo e ofegou.

Maddox se virou no banco e a viu olhando. Ergueu as sobrancelhas de forma desafiadora.

Seneca revirou os olhos e voltou o rosto para a janela.

Ela esperava que ele não a tivesse visto corar.

DEPOIS DE UM trajeto sacolejante de táxi tão curto que eles provavelmente poderiam ter ido a pé, o grupo parou na rua Vinte e Seis, em Chelsea. O vento soprava pela rua. Prédios altos de concreto se erguiam dos dois lados, alguns com tapumes cobertos de pôsteres de bandas e propagandas. O Hudson brilhava no final do quarteirão. Havia uma pista de corrida paralela ao rio com pessoas de bicicleta e caminhando. Parecia tão tranquilo ali. Não um lugar onde um assassino passava seus dias.

Na noite anterior, eles decidiram se concentrar em Loren primeiro. A mensagem ameaçadora o colocou no topo da lista. Depois dele, eles se concentrariam em encontrar Greg, o guitarrista. Eles pesquisaram o número de Loren no Google, mas não apareceu nenhum resultado. Depois de ouvir a mensagem de Loren mais de dez vezes, eles determinaram que ele estava dizendo a palavra *Kiko*. Procuraram lugares com esse nome em Nova York, e havia uns dez lugares chamados Kiko na cidade: uma loja que vendia maquiagem de qualidade profissional; um abrigo que não sacrificava animais; um lugar em Chinatown que, pelo que eles conseguiram identificar, vendia carne de bode; um atacadista de acessórios sem fio. Finalmente, Brett encontrou uma galeria de arte

Kiko em Chelsea. De acordo com o site, o lugar era especializado em arte asiática dos séculos XX e XXI.

— *Arte asiática* — dissera Seneca, a empolgação aumentando. — Como das garças. Como de *Samurai*.

E Kevin tinha dito que o namorado secreto de Helena tinha cultura. Se o cara era Loren, talvez a Kiko fosse o local de encontro deles. Talvez eles tivessem brigado por alguma coisa. Talvez Helena tivesse dito que queria terminar o relacionamento. Talvez ele tivesse viajado para Connecticut e a sequestrado no bosque naquele dia de neve.

Na metade do quarteirão, a palavra *Kiko* estava escrita em letras foscas em uma vitrine de prédio. Dentro havia uma sala com aparência esparsa; uma escultura que parecia uma bolha de madeira clara estava sobre um pedestal perto dos fundos. Uma mulher oriental estava encostada tranquilamente em uma mesa de recepção.

— Como a gente vai passar por ela? — perguntou Aerin com o canto da boca.

Nas pesquisas sobre a Kiko, eles descobriram que a galeria era semiparticular, só abria para compradores sérios. Para passar pela porta, era preciso assinar um livro de convidados. A esperança era que Loren tivesse assinado... e talvez deixado um endereço. O problema era obter acesso ao livro. Eles debateram algumas ideias na noite anterior: eles eram investigadores particulares; eram assistentes pessoais de Loren cuidando dos documentos de imposto de renda dele e queriam saber quando ele tinha ido lá pela última vez; eram de uma revista e queriam detalhes sobre quem estava interessado nas peças da galeria. Nada parecia certo.

Um caminhão de lixo desceu pela rua fazendo barulho. Seneca mudou de um pé para o outro. Brett ficou olhando para a garota oriental pela vitrine da galeria e cutucou Madison.

— Vai você falar com ela.

— Por que eu? — Madison apontou para o próprio peito com o polegar.

— Garotas orientais não são unidas? Você poderia dizer alguma coisa em chinês pra ela, quem sabe. Fazer alguma coisa em kung-fu. Nós entraríamos com facilidade.

— Brett! — repreendeu Seneca, meio provocando, meio horrorizada.

Madison pareceu confusa.

— Eu sou *coreana*.

— Ah. — Brett pareceu perdido. — Merda, garota. Desculpa.

— Ele estalou os dedos. — Já sei. Já sei como vamos entrar. Eu sou investidor. E sou de Los Angeles... Não, de *Vegas*. Sou absurdamente rico e também absurdamente inseguro.

Aerin riu.

— De onde você tira essas coisas?

Maddox esfregou as mãos.

— E você é um daqueles caras que só quer comprar arte se estiver na moda e todo mundo estiver comprando. Você está pronto pra gastar uma grana, mas quer ver o livro de convidados pra ter certeza de que tem mais gente de poder interessada. Porque se for um bando de Zé Ninguém, você não quer saber.

Brett esticou a mão para Maddox dar um tapa.

— Cara, gosto de como você pensa.

Aerin começou a rir.

— Vocês são malucos.

— O quê? — Brett inclinou a cabeça. — É um plano perfeito.

— Como vocês dois vão fazer com que acreditem que vocês são colecionadores de arte bilionários? — disse Seneca, rindo. — Vocês não estão *vestidos* para o papel...

— Nós podemos dar um papel a você — ofereceu Maddox.

— É! — Brett se animou. — Você pode ser minha sócia de negócios, Seneca. E Aerin — ele se virou para ela —, você pode ser minha namorada.

Aerin fez beicinho.

— Que tal eu ser sua namorada *e* também sócia de negócios?

— Eu posso ser uma modelo e herdeira que você conheceu no caminho? — perguntou Madison com empolgação.

Seneca empertigou os ombros e atravessou a rua.

— Eu tenho outra ideia.

— Ei! — gritou Brett para ela. — Nós ainda não estamos prontos! Ainda nem pensamos nos nomes!

Seneca tocou o interfone e empurrou a porta de vidro da galeria. O ar-condicionado do aposento estava tão forte que ela sentiu vontade imediata de tremer. Os únicos sons no ambiente eram os dedos da mulher digitando no teclado e os sapatos de Seneca estalando no piso de madeira. Finalmente, a mulher parou de digitar e olhou para Seneca. Era mais jovem do que Seneca achou quando a viu e estava usando um top fosco com aparência complicada e uma calça de couro sobre as pernas mais finas que ela já tinha visto. Havia um exemplar da revista *Cosmo* na bolsa dela. Seneca espiou a tela do computador. Ela estava olhando o site OkCupid.

— Posso ajudar? — perguntou a recepcionista, o tom arrogante.

— Oi. — Seneca tentou ignorar o coração disparado. — Eu tinha que encontrar uma pessoa aqui, e ele diz que é cliente da sua galeria. Tem alguma forma de confirmar alguma coisa sobre ele?

O olhar da garota voltou para o computador.

— Me desculpe. Os registros dos nossos clientes são confidenciais.

Seneca achou que ela diria isso. Ela se inclinou com confiança.

— Eu o conheci em um site de encontros de homens ricos, e ele se gabou de ser cheio da grana. Do tipo que tem avião próprio. Eu só queria ver se é pra valer antes de ir em frente com tudo. — Ela deu um sorriso caloroso e confiante. — Você não quer que eu seja enganada, quer?

A garota passou a língua pelos dentes. Um relógio tiquetaqueou acima delas.

— Não posso prometer nada. Qual é o nome dele?

— Loren... alguma coisa. Escreve-se L-O-R-E-N. Não sei o sobrenome dele ainda e não pude procurar no Google.

A recepcionista soltou uma gargalhada truncada.

— Posso dizer de cara que não temos clientes chamados Loren, mas eu *conheço* um Loren. Loren Jablonski. Ele *trabalha* aqui na segurança. — Ela balançou a cabeça. — Ele disse isso tudo?

A mente de Seneca estava dando saltos, mas ela se esforçou para manter o personagem.

— D-disse — gaguejou ela, fingindo surpresa. — Ele é segurança? Não tem avião particular?

— *Duvido.*

Seneca fez um ruído de deboche.

— Uau. Isso é... uau. Obrigada pela ajuda. — Ela fez que ia sair, mas se virou de repente. — Quero dar um susto nele, mas não vou aparecer no nosso encontro no fim de semana. Ele vai estar aqui amanhã?

A garota clicou em alguma coisa no computador.

— Ele vai estar aqui amanhã de manhã.

— E você não vai dizer pra ele que vou aparecer?

A garota olhou para ela com pena.

— De jeito nenhum.

Quando Seneca abriu a porta da rua, ela fez um gesto para a bolha no meio do aposento.

— O que é pra ser isso, hein?

A garota sorriu.

— Representa a calma e firme essência feminina.

Seneca sorriu. Era verdade.

Todos estavam olhando para ela quando ela atravessou a rua. Brett correu na direção dela.

— O que ela disse? Você falou que éramos investidores?

— Loren é segurança, o sobrenome dele é Jablonski, ele vai estar aqui amanhã de manhã e não sabe que a gente vem — disse Seneca com confiança, desviando de um táxi apressado. — De nada!

Madison soltou um assobio baixo e apreciativo. Maddox e Aerin trocaram um olhar impressionado.

— Arrasou — murmurou Brett. *Bum*, pensou Seneca em triunfo. Ocasionalmente, era divertido impressionar todo mundo.

VINTE

NAQUELA NOITE, Brett estava sentado em uma espreguiçadeira de couro off-white no meio de uma suíte gigantesca no Ritz-Carlton em Central Park South. Três garotas estavam em volta dele, e ele estava falando apaixonadamente sobre o império da moda de Vera Grady. A mais próxima dele, Sadie, repuxou os lábios brilhosos.

— Você foi aos desfiles dela em Paris?

— Fui algumas vezes — respondeu Brett. — Foi incrível.

— Você conheceu alguma celebridade? — perguntou a garota na ponta.

— Matt McConaughey e eu passamos um tempo juntos em uma festa depois de desfile — disse Brett. — E eu almocei com aquele cara do *Guardiões da galáxia*.

As garotas ficaram impressionadas. Quando Brett levantou o olhar, Aerin apareceu no meio das pessoas como um raio de sol no meio de uma nuvem de tempestade. Brett achou que era um momento apropriado para se despedir das garotas e abriu caminho na multidão, desviando de minas terrestres de vidro quebrado e competições de break dance. Pegando uma garrafa recém-aberta de champanhe no aparador, ele foi rapidamente para perto de Aerin.

— Bebida? — disse ele, balançando a garrafa hipnoticamente embaixo do nariz dela.

Aerin balançou um pouco. Seus olhos estavam brilhando, e as bochechas estava corada. Brett se perguntou o quanto ela já tinha bebido.

— Melhor não — disse ele rapidamente.

Mas Aerin pegou a garrafa mesmo assim, e antes que Brett conseguisse impedi-la, colocou o gargalo na boca para tomar um gole. Quando terminou, ele a guiou até um sofá de couro no canto. Ficava perto dos alto-falantes, mas pelo menos era um pouco particular.

— Está se divertindo? — gritou ele acima da música.

—*Dã* — disse Aerin com voz arrastada. Ela deu um tapinha desajeitado em Brett. — Isso deve ser bem normal pra você, né? Dar festas improvisadas?

Brett deu de ombros com modéstia.

— Já dei algumas. — Ele não queria levar crédito, mas tinha organizado aquele evento todo sozinho. Quando eles perceberam que tinham uma noite inteira para matar antes de se encontrarem com Loren, ele pegou o celular, reservou uma suíte de hotel, encomendou dez garrafas de Moët & Chandon em uma loja de vinhos da região, e ligou para um chef de Midtown para preparar a quantidade absurda de comida que estava na mesa comprida perto da parede. Ele encontrou gente nas ruas, no Starbucks, e fazendo compras na Quinta Avenida e convidou qualquer jovem que parecesse descolado para a festa. Tinha até trocado a roupa com tudo enorme por uma camisa elegante de botão e calça jeans skinny. Quando saiu do banheiro, Aerin até assobiou.

E era exatamente esse o efeito que ele desejava provocar, claro.

— O que você estava fazendo com aquelas garotas ali? — perguntou Aerin com voz provocativa.

— Ah, inventando umas merdas pra impressionar — disse Brett com modéstia.

Aerin riu com deboche.

— Ah, tá. — Ela apontou para as garotas, que ainda estavam em volta da espreguiçadeira. — Tem certeza de que não quer voltar? Parece até o fã clube particular de Brett Grady.

— Elas são lindas, mas não gosto delas *assim* — disse Brett rapidamente.

Uma sobrancelha foi erguida.

— E por que não?

Se *essa* não fosse uma pergunta indicativa, ele não sabia o que era. Ele pegou o champanhe e virou um pouco na boca. Coragem líquida, não era? Ele tentara controlar seus sentimentos por Aerin, tentara se concentrar no caso, mas era impossível. Ela ficava flertando com ele. Ele a pegou olhando para ele quando tirou o smoking no country clube e percebeu que ela ficou impressionada pelo talento dele com a moda. E, tudo bem, ela achou que a mensagem dele no espelho foi piada, mas *mandou* uma selfie em resposta depois, o corpo inclinado na direção da câmera, os lábios unidos em um biquinho.

Ela gostava dele. Tinha que gostar. Fazia sentido, eles tinham tanto em comum. Compartilhavam uma história trágica. Vinham do mesmo mundo.

Ele respirou fundo.

— Você sabe que essa festa é pra você, né?

Os cantos da boca de Aerin se repuxaram em um sorriso torto.

— Pra mim... e *só* pra mim?

— Você merece uma festa. Você merece *mil* festas.

Um músculo tremeu no olho de Aerin, e ela olhou para as pessoas.

— Espero que você tenha grana pra pagar a limpeza. — A palavra que saiu foi *limpessa*.

— Pode deixar. — Normalmente, Brett tentaria convencer o grupo a fazer uma vaquinha, pois contas de limpeza de suítes de hotel custavam uma fortuna. Mas, naquela noite, ele não se importava. O caos destrutivo era meio romântico e só incrementava o momento.

Ele se virou para Aerin.

— Mas estou falando sério. Eu organizei isto pra você. Está se divertindo?

Aerin olhou para ele, as bochechas adoravelmente rosadas.

— Você já perguntou isso, Brett, mas estou, sim. Obrigada. Ela pareceu agradecida. Satisfeita. Enamorada, até? Seu coração disparou. Ele foi pegar a garrafa de champanhe, e Aerin também. Suas mãos se chocaram. Brett não puxou a mão de volta, e nem Aerin. Eles se olharam e riram. O rosto de Aerin estava tão próximo do dele que ele sentia fios do cabelo louro roçando na bochecha. *Vá em frente*, sussurrou uma voz na mente dele. *Beija ela.*

— *Pessoal.* — Seneca se sentou ao lado deles. — Greg Fine está aqui.

Brett mordeu o lábio com força, irritado. *Pior momento do mundo.*

— Espera, o quê? — Aerin virou a cabeça na direção do aposento. — Onde? Como?

— Maddox deixou outra mensagem de voz dizendo que queríamos fazer a entrevista aqui, hoje, se ele topasse. E aquele ali é ele, perto da porta. — Ela apontou para um cara magrelo de jeans apertado. Ele tinha um mullet de roqueiro, piercing no nariz e barba por fazer de vários dias. — Eu reconheci do Myspace da banda.

Aerin começou a roer a unha do polegar.

— O que a gente deve fazer?

Seneca mexeu nas pulseiras.

— Bom, entrevistar ele, claro. A gente pode fazer como fez com Kevin: deixar ele bêbado, ver se ele fala de Helena.

— Parece que Madison já está cuidando disso — murmurou Aerin, apontando. Madison tinha se aproximado de Greg e estava oferecendo a ele uma garrafa de Moët. O sujeito pareceu pouco à vontade e a despachou.

Aerin chamou a atenção de Brett e deu uma piscadela conspiratória. Ele tentou engolir a impaciência e se virou para Fine, que estava murmurando alguma coisa para um amigo que ele levou junto, outro roqueiro com cabelo *fauxhawk*. Momentos depois, uma das garotas que estava ao lado de Brett ofereceu a ele um copo descartável. Mais uma vez, Greg fez que não. Brett não era muito bom em leitura labial, mas até ele conseguiu decifrar o que Greg disse para ela: *Desculpe. Eu não bebo.*

Aerin ergueu as sobrancelhas, também tendo entendido.

— Que roqueiro não bebe?

Seneca se levantou.

— Vou xeretar.

Finalmente ela se afastou. Brett se virou para Aerin e relaxou.

— Onde estávamos?

Ela abriu um sorriso malicioso e chegou mais perto. Naquela luz, Aerin parecia angelical, o cabelo brilhando em volta do rosto, os olhos grandes e dóceis. O coração de Brett disparou. *Tudo bem*, pensou ele. *É agora.* Ele se virou para ficar de frente para ela. Esticou a mão, tocou em uma mecha de cabelo macio e a enrolou no dedo. Parecia ouro. Deus, louras o deixavam louco.

Mas ele reparou novamente como os olhos dela estavam vidrados. Como ela balançava um pouco para a frente e para trás sentada ao lado dele. Como cada vez que ela piscava, os olhos dela ficavam fechados por tempo demais, como se ela estivesse lutando para ficar acordada. Estava claro que ela estava pronta para beijá-lo, mas ela se *lembraria*? Brett queria que o primeiro beijo deles fosse memorável. Algo que ela também fosse querer fazer sóbria.

— Na verdade — disse ele, se afastando um pouco dela e indicando uma almofada do sofá. — Por que você não se deita? Só por um minuto?

Aerin não se mexeu. Estava olhando para ele com algo que parecia amor nos olhos, ele tinha certeza.

— Você é tão amorzinho. — Ela se inclinou na direção dele com os braços esticados. — Brett amorzinho — murmurou ela, caindo nos braços dele.

E vomitou no colo dele todo.

VINTE E UM

MADDOX ESTAVA SENTADO na varanda da suíte olhando para a cidade. Dentro da suíte, todos estavam dançando e bebendo e destruindo o local, mas ele estava ali fora tentando decifrar seus pensamentos em turbilhão. Catherine o beijou. Catherine o *queria*. Ele devia estar eufórico por isso. Por que não estava? Por que estava se sentindo meio... *meh*?

Ele pegou o celular e olhou a mensagem de texto que ela tinha enviado alguns minutos antes. *E aí, gatinho, está fazendo o quê?* Ele sabia que devia responder. Estava doido para sair com ela havia *anos*. Mas sempre que abria uma nova janela, seus dedos endureciam e a mente ficava vazia.

A porta de correr gemeu e Aerin cambaleou até a varanda com um sanduíche na mão.

— Eu vomitei — anunciou ela com voz bêbada. — Mas estou me sentindo melhor agora.

Maddox riu.

— Que bom. — Ela ainda parecia muito bêbada.

Aerin se sentou e esticou as pernas compridas e expostas.

— Adivinhe com quem Madison e Seneca acabaram de falar? — Ela mordeu o sanduíche. — Greg Fine.

— O quê? — Maddox começou a se levantar. — Ele ainda está aqui?

Aerin balançou a cabeça.

— Disse que este lugar tinha tentações demais. — Ela olhou para a festa. — Ele é alcoólatra em recuperação. — Disse que foi vezes demais para a reabilitação, começando no mesmo outono em que Helena desapareceu. — Ela arregalou os olhos. — Ele *poderia* ter um álibi. O problema é que não temos como verificar. Registros de reabilitação são confidenciais.

Maddox pensou por um momento.

— De repente o DP de Dexby sabe.

— E o que a gente vai fazer, entrar escondido na delegacia e hackear os computadores? — Maddox sorriu, uma demonstração óbvia da sua vontade de bancar o 007, mas Aerin balançou a cabeça. Ela inclinou a cadeira um pouco com o movimento, e alguns ingredientes caíram do sanduíche. — Você assistiu a filmes demais.

— Ele falou alguma coisa sobre Helena? — perguntou Maddox.

Aerin balançou a cabeça de novo.

— Acho que Seneca não chegou tão longe. Ele fugiu assim que viu toda a bebida.

— Ele pareceu... esquisito? Você sentiu alguma coisa?

Aerin pensou por um momento.

— Não. Mas como vou saber? Estou tão perdida que o assassino de Helena poderia estar nesta festa e eu nem teria ideia.

Maddox balançou a mão.

— Isso é absurdo.

Lá dentro, dois jovens que eles conheceram na Apple Store abriram a rolha de outra garrafa de champanhe, que voou pela suíte e quebrou uma lâmpada. Todos riram, bêbados. Madison, que agora estava usando um chapéu de pelúcia enorme da Hello Kitty que ela comprou na loja da Sanrio mais cedo, chutou os cacos de vidro para formar uma pilha.

Aerin se virou para Maddox e o avaliou com atenção, parecendo bem menos bêbada.

— E como está a sua mãe?

Maddox fez expressão de surpresa.

— Ela está bem. E, hã, seu pai não mora por aqui? — Ele indicou a cidade.

O semblante de Aerin se fechou.

— Em Downtown. Por sorte, não estamos nem perto.

— Você não vai fazer uma visita?

Aerin riu com deboche.

— Você gosta de encontrar o *seu* pai?

Maddox estava prestes a dizer que sua situação era diferente, que ele nem sabia onde seu pai estava. Mas talvez, no fim das contas, famílias destruídas fossem todas parecidas. Eram um saco.

Aerin riu.

— Sabe o que eu achava de você? Você me lembrava aquele cara do *Meu malvado favorito*. O Gru. O que tinha um monte de minions.

O queixo de Maddox caiu.

— Hã?

— Você era um garoto esquisito que se sentava no meu sofá e sempre parecia *com raiva*. Eu achava que você estava elaborando um plano de mestre.

Maddox pegou a bebida, mas lembrou que já tinha tomado tudo.

— Eu não estava com raiva. — Aerin estava inventando aquilo porque estava bêbada? O passado pareceu confuso de repente.

— Eu sei. Entendo isso agora. — Aerin baixou os olhos. — Me sinto mal de ter acusado você de ter tido alguma coisa a ver com a minha irmã. Eu não devia ter dito aquilo.

Maddox assentiu, emocionado. O fato de Aerin ter dito aquilo em voz alta o magoou.

— Obrigado.

Aerin ofereceu a mão.

— E então... amigos?

— Sem dúvida. — Maddox apertou a mão dela. — Que bom que você não acha mais que eu sou o Gru.

— Você definitivamente *não* é mais o Gru. — Aerin levantou o copo. Depois de beber mais champanhe, ela beijou a bochecha de Maddox, abriu a porta e voltou dançando para o meio das pessoas, os quadris sacudindo com a música. Madison a viu e gritou.

Maddox ficou olhando o trânsito por um tempo tentando se lembrar de ter se sentado no sofá dos Kelly enquanto sua mãe trabalhava. O que ele pensava naquela época, antes do assassinato de Helena, antes de ele entrar para a equipe de corrida, antes de sua mãe ter se casado com seu padrasto e a vida deles ter mudado de vez? Quando a porta foi aberta de novo, era Seneca, que ele não tinha visto a noite toda. Seu estômago despencou quando ele a viu; era loucura ele ainda ficar nervoso perto dela. Devia ser porque ele ainda não conseguia conciliar essa garota bonita com sua amiga online.

Seneca se sentou no braço de uma cadeira do outro lado da varanda, de onde podia espiar por cima da amurada a cidade abaixo.

— Soube sobre Greg?

Maddox assentiu.

— Aerin me contou. Você acha que ele estava na reabilitação quando Helena desapareceu?

— Não sei. — Ela franziu a testa enquanto digitava no celular. — Estou tentando encontrar o Facebook dele, mas não tive sorte ainda. Mas adivinha *quem* eu encontrei? Loren Jablonski.

— É mesmo? Ainda tem alguma coisa da época em que Helena desapareceu?

Seneca trincou os dentes e ficou olhando para o celular.

— Estou procurando. A página está demorando uma eternidade para carregar.

Maddox riu.

— Sabe, você não precisa trabalhar o tempo *todo*.

Seneca ergueu o olhar, uma mecha de cabelo caindo nos olhos. Maddox tinha certeza de que se Seneca soubesse como isso a deixava linda, ajeitaria na mesma hora.

— Aprecie a vista. Tome alguma coisa. — As palavras pareceram idiotas assim que saíram por sua boca. O que era aquilo que o deixava perdido perto dela? Ele achava que já tinha superado isso.

— Já bebi o suficiente — disse Seneca, rindo, mas colocou o celular no bolso e pegou o copo para tomar um gole de champanhe. — Essa vista é muito linda — admitiu ela, olhando para os arranha-céus e o verde-escuro do Central Park.

Maddox também pretendia olhar a vista, mas se viu observando como as luzes da cidade iluminavam o perfil dela no escuro.

— Sabe de que Aerin acabou de me chamar? — disse ele abruptamente. — De Gru, do *Meu malvado favorito*. Disse que eu parecia um supervilão quando ia pra casa dela. Que estava sempre com raiva.

Seneca inclinou a cabeça e grudou o olhar intenso nele.

— Você *era* assim?

— Não sei. — Maddox passou a mão pelo cabelo. — Eu achava que ela era a chata, mas podia ser o contrário.

Eles se olharam e sorriram. Com a luz distante no perfil, com as bochechas rosadas e o cabelo escuro soltando do rabo de cavalo e se espalhando para todo o lado, Seneca estava mais do que linda, Maddox percebeu. O que ela estava fazendo ali fora com ele? Por que não estava lá dentro com todos os caras mais velhos e descolados que Brett encontrou para convidar para aquela festa chique?

Seneca se virou para a vista novamente.

— Eu vim aqui com minha mãe uma vez, muito tempo atrás — disse ela depois de uma longa pausa.

Maddox ficou paralisado. Parecia que uma brisa gelada tinha percorrido a varanda. Ele tinha se segurado para não perguntar sobre a mãe dela para lhe dar o espaço que achava que ela queria, mas talvez tivesse se enganado.

— Me conte como foi — disse ele.

Seneca desviou o olhar de um lado para o outro.

— Ela me levou para tomar chá no Plaza, o que foi bem chato, mas, no final, quando o garçom pediu para ela assinar o recibo, ele deu para ela usar a caneta mais incrível do mundo. Ela olhou para mim e disse: "Que tal a gente roubar isto?" Ela colocou a caneta no bolso e saiu andando.

Maddox gargalhou enquanto observava Seneca com atenção.

— Sua mãe roubou uma caneta?

— Quase. — Seneca começou a rir. — Nós estávamos na metade do caminho, mas o mesmo garçom, um cara idoso, de uns oitenta anos, com perninhas de galinha, foi atrás de nós e disse: "Senhora?" — Ela falou com voz mais grave para imitar o garçom. — Eu gostaria da minha caneta de volta, por favor.

— Deve ter sido constrangedor.

— Na verdade, não foi. Ela só riu e devolveu a caneta para ele. Não se importou. Era assim que ela era. Nada a afetava. O mundo era mais divertido com ela nele.

O rosto dela se contraiu.

— Ei — disse ele, se levantando e se aproximando de onde ela estava, junto à amurada. — Está tudo bem.

Seneca encolheu os ombros.

— Ela está sempre comigo. — Ela parecia engasgada. Ela pegou o colar com o pingente de *P*. — Principalmente por causa disto.

— Foi ela que lhe deu?

Seneca deu uma gargalhada aguda.

— Hã, *não*. Não exatamente.

Ela olhou para o colo. Maddox não tinha ideia do que dizer, então ficou em silêncio.

— Quando encontraram o corpo dela, meu pai estava viajando a trabalho, e o tempo ruim atrasou a volta dele pra casa. Eu queria ver o corpo dela, não conseguia acreditar que era mesmo ela, então menti para o legista para poder entrar e identificá-la. Eu já tinha identidade falsa. Eu disse que tinha dezoito anos.

Maddox ficou olhando para ela sem conseguir respirar.

— E aí, lá estava eu. No necrotério. — Um músculo no maxilar dela tremeu. — Ela estava usando esse colar na, sabe, na mesa. Não sei o que deu em mim, mas quando o legista virou as costas, eu peguei. — Ela olhou para Maddox como se o desafiando a julgá-la. — Pode ter sido ilegal. Meu pai ficaria arrasado se descobrisse. Ele acredita que achei na caixa de joias dela. Ele já estava bem chateado de eu tê-la visto daquele jeito. Ele caiu em cima do legista e da polícia, que cuidou de tudo.

— Meu Deus, Seneca — sussurrou Maddox. Ele ousou esticar a mão e tocar na dela, que estava quente no frio do ar noturno. — Eu sinto muito.

— Tudo bem — disse Seneca, distante, mas não soltou a mão dele. Abruptamente, ela se virou para ele. — Obrigada.

— D-de nada. — Quando ele olhou para ela, Seneca estava olhando para ele de um jeito diferente. Ele tinha dito alguma coisa errada de novo? Qual era seu problema?

Seneca recuou.

— Você está fazendo aquela coisa de novo.

Ele se encolheu.

— Que coisa?

— Aquela coisa com seus dedos, de esfregar uns nos outros.

Seneca apontou para a mão dele. Quando ele olhou para baixo, seu dedo do meio e seu polegar estavam mesmo se tocando. Ele os separou na mesma hora.

— Está... nervoso? — perguntou ela.

— *Eu?* Eu nunca fico nervoso. — Maddox levou a mão às costas.

— Não tem problema ficar nervoso. — O sorriso de Seneca tremeu. — O Maddy que eu conheci online ficava nervoso às vezes. Eu gostava daquilo.

Ele a encarou de novo. As buzinas da rua abaixo de repente pareceram abafadas. Até a música da festa parecia baixa. Parecia que havia champanhe correndo nas veias de Maddox, borbulhante e quente.

A pele dele começou a formigar de expectativa.

— Hum — disse ele, sem saber o que dizer.

— Hum — provocou Seneca, os olhos brilhando.

E então, surpreendentemente, Seneca segurou a outra mão dele e o puxou para perto. Seus lábios se tocaram, suavemente no começo. Maddox levou a mão até a nuca de Seneca, as pontas dos dedos em chamas. O beijo se aprofundou e virou algo faminto e urgente. Seneca chegou mais para perto dele, e ele passou um braço pelos quadris dela, puxando-a para cima até ela estar esmagada contra ele.

— Não acredito que isso esteja acontecendo — sussurrou Seneca, encarando o olhar dele por um momento.

— Pois é — sussurrou Maddox. Estar com Catherine não chegava nem perto disso, ele percebeu.

Catherine. Ele recuou rapidamente, quase ofegante.

— Espere.

Seneca também abriu os olhos. Ela observou o rosto dele.

— O quê?

Maddox baixou o olhar.

— Eu não posso fazer isso. Nós não podemos fazer isso.

O olhar de Seneca nele tinha precisão de laser. Um som baixo escapou dos lábios dela, e depois ela os apertou.

— O que é? — perguntou ela, dando um passo para trás, saindo dos braços dele. — Você tem namorada?

Maddox sentiu uma dor de cabeça começando, uma pontada forte na lateral da cabeça.

— É... complicado. Mas...

Seneca o interrompeu com um movimento da mão. Seus olhos estavam apertados.

— *Complicado.* — A voz dela falhou. Ela abriu a porta de correr e entrou na festa, fechando a porta com um movimento violento do braço depois de passar.

— Seneca... — Maddox foi até a porta, mas ela já estava perdida na multidão. Ele caiu em uma cadeira e segurou a cabeça com as mãos.

— *Merda* — disse ele baixinho, e olhou de cara feia para o celular. Sentiu uma vontade repentina de jogá-lo da varanda.

Ele ficou sentado por um momento, mas em pouco tempo a varanda pareceu pequena demais, apertada demais. Ele precisava fugir da suíte. Precisava espairecer. Com a cabeça baixa, ele entrou na suíte, passou pelas pessoas e procurou a maçaneta prateada do corredor do hotel. Não tinha ninguém no elevador, e fez um som vazio e agudo que ecoou nos ouvidos dele. O saguão, embora opulento, estava sinistramente vazio, até a recepção estava sem ninguém. Maddox olhou com cautela para a lojinha fechada, para o bar escuro. O relógio na parede dizia que passava das 2 horas da madrugada. Ele não tinha percebido que estava tão tarde.

Do lado de fora da porta giratória, uma fila de sinais de trânsito pela rua Cinquenta e Nove brilhava em verde. Mendigos andavam pelos muros de pedra do parque. Havia um sem-teto sentado na calçada gritando e gesticulando, e Maddox desviou dele. Um táxi passou e quase encostou nele. Ele pulou para sair do caminho sentindo a pulsação acelerar nas têmporas.

Ele entrou na Sexta Avenida e passou apressado por um bistrô vazio. O metrô passou embaixo dos pés dele, o bafo quente e fedido escapando por grades. *Sempre* foi barulhento assim?

Quando a mão de alguém cobriu seus olhos, o primeiro pensamento de Maddox foi de que era Seneca, que ela tinha ido atrás dele conversar. Ele tentou se virar, mas um braço de aço envolveu seu peito. Ele sentiu cheiro de couro e... gasolina?

Algo bateu nas suas patelas, e ele soltou um grito estrangulado e caiu cegamente no chão. Tentou gritar de novo, mas o agressor tinha caído com ele, cobriu sua boca, remexeu seus bolsos, bateu nas suas costas. Alguma coisa na pessoa parecia leve... mas forte. Maddox ouviu uma voz aguda no ouvido: *"Pare, senão vou matar você."* Outro golpe na cabeça, e uma dor branca ardente se espalhou pelo crânio dele. Onde estava a polícia? Onde estava todo mundo?

A escuridão o envolveu. Quando ele voltou a abrir os olhos, nuvens passavam sobre uma meia-lua. As luzes da rua balançavam. Maddox tentou mover um dedo da mão, depois do pé. Tocou no crânio com hesitação e sentiu uma área grudenta de sangue, e quando mexeu no bolso, seu celular ainda estava lá, mas a carteira tinha sumido. Quantos minutos tinham se passado? Um, dois, dez?

Ele se sentou e olhou em volta. A rua estava vazia. Ainda estava sentado na frente do bistrô vazio, a última coisa que ele se lembrava de ter visto. Ele olhou para um homem limpando o balcão do bar lá dentro, perplexo de ele não ter visto nem feito nada. A calçada estava escura demais? O homem não ligava?

O que tinha *acontecido*?

VINTE E DOIS

AERIN NÃO SE SENTIA tão mal desde a festa a que foi no ano anterior, em que ela e Anderson Keyes plantaram bananeira em cima de barris de cerveja, nem depois da ocasião em que ela e Brad Westerfield tomaram doses de Jäger e assistiram aos fogos de Quatro de Julho. E nem mesmo depois daquela gripe horrível que teve no inverno anterior, cinco dias na cama amaldiçoada com sonhos febris com Helena se afogando em pilhas de neve. Por que tinha tomado tantos copos de champanhe? Por que continuou bebendo mesmo depois de vomitar? Qual era o problema dela?

Ainda assim, ela conseguiu sair da cama na sexta de manhã, e os jatos de água do chuveiro no corpo definitivamente ajudaram. Depois, colocou as roupas do dia anterior e seguiu os outros até Central Park South. Era antes das 9 horas. Eles queriam encontrar Loren assim que ele chegasse ao trabalho.

Era o único ponto positivo na mente de Aerin. Tudo aquilo podia acabar hoje. Loren podia ser a resposta. Embora Aerin não tivesse provas, ela não *sentia* que Greg Fine fosse a pessoa certa; ele pareceu irrequieto e inseguro na noite anterior. Ela não conseguia imaginar Helena se apaixonando loucamente por ele... e, mais do que isso, não conseguia imaginar aquele cara com a raiva necessária para assassinar alguém. Claro, as pessoas ficavam diferentes quando bebiam; sua amiga estoica, Tori, chorou pelas pessoas passando fome na África depois de beber demais uma vez, por exemplo. Ainda assim, Greg parecia ainda mais passivo do que Kevin.

Mas, com sorte, Loren era uma coisa bem diferente.

Brett estava na fila para comprar sanduíches de ovo, e quando entregou o de Aerin, a encarou por um momento.

— Tem certeza de que consegue segurar isso na barriga? Não me entenda mal, seu vômito é muito sexy, mas essa é minha última camisa limpa.

— Vou tomar o cuidado de vomitar em outra pessoa da próxima vez, bonitão — resmungou Aerin. Ela tinha uma vaga lembrança de ter vomitado no colo de Brett na noite anterior, mas ele foi tão fofo, limpou os dois no banheiro, mandou todo mundo embora, apesar de Madison ficar tentando entrar dizendo sem parar que precisava fazer xixi. Ele ficou o restante da festa sem camisa, e ela meio que se lembrava de ter tomado uma dose no abdome dele depois... e, em seguida, de desmaiar no piso da cozinha para acordar naquela manhã em uma poça de baba. Quanta classe.

Seneca estava com os braços em volta do próprio corpo. Quando um ônibus enorme passou por elas, Aerin cutucou a lateral de Seneca.

— Você está bem?

Seneca deu de ombros.

— *Você* está se sentindo bem esta manhã?

Brett voltou até o porteiro do hotel e pediu para ele chamar um táxi. Quando uma minivan amarela parou, Maddox segurou o braço dele.

— Não sei se a gente deve fazer isso.

— Hã? — Brett franziu a testa.

— Cara, eu fui assaltado ontem à noite — gemeu Maddox. — Sinto que foi um mau presságio.

O estômago de Aerin deu um nó. Aparentemente, enquanto ela dormia, um policial de Nova York foi até a porta com Maddox depois de conversar com ele sobre a pessoa que o assaltou. Ela ficava apavorada de roubos assim ainda acontecerem. A cidade não deveria estar segura?

Brett fez um gesto que descartou o que ele disse.

— Nós vamos ficar bem, mano. Prometo.

Eles entraram no táxi. Seneca foi para o banco de trás.

— Madison e Aerin, se sentem comigo. — Aerin fez o que ela pediu, mas sentiu que não era um pedido de amizade; era mais que ela não queria se sentar com alguém específico. Maddox? Alguma coisa tinha acontecido entre eles?

— Vinte e Seis com Onze — disse Brett para o motorista. O táxi seguiu pela cidade, ficou preso no tráfego de Times Square e acabou conseguindo chegar perto do rio. Na Vinte e Seis, Brett entregou dinheiro a ele e todo mundo saiu. Aos ouvidos sensíveis de Aerin, os sons das construções próximas eram quase ensurdecedores. Ela olhou para a Kiko Gallery. As luzes estavam apagadas e uma grade de metal cobria as janelas e a porta.

Madison mexeu nas franjas do chapéu. Maddox ficava olhando de um lado para outro da rua. Brett jogou a embalagem do sanduíche em uma lata de lixo.

— *É ele* — sibilou Seneca.

Uma pessoa tinha aparecido na esquina. Era um homem de vinte e tantos anos usando uma camiseta escura e óculos Ray-Ban. Ele tinha cabelo meio comprido, rosto redondo, era corpulento e tinha pele marcada. Havia manchas de suor embaixo dos braços dele. Mesmo do outro lado da rua, Aerin conseguia ouvi-lo bufando. Ele parecia o tipo de cara que tinha pelos nas costas.

O cara parou na frente da galeria e pegou uma chave. Um cigarro apagado estava pendurado na boca. Seneca enfiou as unhas no braço de Aerin.

— Você acha que ele e Helena estavam saindo?

Aerin franziu o nariz. Não havia como Helena estar viajando secretamente para Nova York por aquele cara.

Seneca pareceu sentir a mesma coisa.

— Então quem ele era? — sussurrou ela.

— Só temos um jeito de descobrir. — Brett atravessou a rua e escapou por pouco de uma moto. — Você é Loren?

O homem ergueu o rosto.

— Quem quer saber?

O ovo no estômago de Aerin pareceu fermentar. Era a mesma voz grave da mensagem de voz de Helena.

— Estou procurando uma pessoa — disse Brett. — O nome dela era Helena Kelly. Ela desapareceu em dezembro, cinco anos atrás. Acho que você a conhecia.

Loren coçou o queixo não barbeado.

— O nome não me diz nada.

Seneca trocou um olhar com Aerin e começou a atravessar a rua também.

— Bom, ela conhecia você. Tinha seu nome no celular. E em janeiro do ano seguinte, você deixou um recado no celular *dela*. E depois, ela apareceu morta.

Loren franziu o nariz. Não havia sinal de culpa no rosto dele, mas talvez ele mentisse bem. Ele acendeu o cigarro que tinha entre os lábios.

— Vocês são da polícia? Vocês têm que me contar se forem.

Brett balançou a cabeça. Loren relaxou um pouco.

— O que dizia a mensagem? — perguntou ele.

Com as mãos trêmulas, Aerin pegou o telefone de Helena no bolso. Depois de digitar a senha, ela colocou o celular no viva-voz e andou na direção do grupo. De perto, a pele de Loren tinha um cheiro surpreendente de menta. A voz raivosa dele soou na mensagem, provocando arrepios nela. Depois que a gravação terminou, Loren olhou para a rua e na direção do rio, a oeste.

— Ela devia ser uma das minhas clientes — disse ele com voz baixa. — Eu tenho um serviço de entregas.

— Serviço de entregas de quê? — disse Aerin com rispidez.

— Depende do que você quer. Algumas pessoas querem comprimidos. Algumas pessoas querem maconha. Algumas pessoas querem strippers. Eu resolvo tudo.

O estômago de Aerin deu um nó. *Strippers?*

— Será que você não deixou uma mensagem pra ela por engano?

— Não uma mensagem assim. — Loren estava com um sorriso malicioso.

Aerin mostrou uma foto de Helena pelo celular. Era do Dia de Ação de Graças anterior ao desaparecimento dela. Helena estava sentada à mesa no meio de uma garfada de peru, o rosto virado para a câmera, as feições delicadas e graciosas aliviadas pela luz das velas.

— Essa era ela.

Loren fez um estalo com a língua enquanto observava a foto.

— Ah, sim. Ela era cliente. Eu entregava para ela mais de uma vez por semana.

— Entregava *o quê?* — perguntou Aerin, e levantou a mão. — Na verdade, não responda. Não quero saber.

Madison massageou o queixo.

— Se você entregava para ela toda semana, isso quer dizer que ela tinha que ter um endereço aqui na cidade, certo?

Loren jogou o cigarro no chão.

— Eu não entrego em esquinas.

Seneca pareceu animada.

— Você se lembra do endereço de Helena?

Loren riu. A risadinha virou uma tosse rouca, que durou vários segundos. Ele secou os olhos.

— Isso pode parecer surpresa, mas às vezes eu experimento meu produto. Minha memória é uma merda. Não consigo me lembrar da semana passada.

— Bom, você tem uma lista de clientes? — perguntou Seneca.

Loren começou a tossir de novo.

— Eu não sou consultório médico, querida.

— Sabe, não estou acreditando nisso — murmurou Brett. — Não se lembra do endereço, não tem registro de clientes, diz que nunca faz ligações pessoais, mas essa é uma ligação *bem* pessoal.

— Ela provavelmente me devia dinheiro. É a única situação em que ligo para os clientes, quando eles não pagam as contas.

Maddox chegou mais perto de Loren.

— Sabe o que eu acho? Você foi até onde Helena estava e tentou fazer com que ela pagasse. Mas talvez ela não tivesse dinheiro. Talvez isso tenha deixado você com mais raiva. Talvez as coisas tenham fugido ao controle...

Loren estufou o peito.

— Eu posso ligar pra polícia agora. Aqui é propriedade particular.

— Mas você não vai ligar. — Brett abriu um sorriso triunfante.

— Porque aí eles vão descobrir sobre *você*. E você não gostaria disso.

Houve um momento em que os dois se encararam. Loren bateu a cinza do cigarro.

— Você está tentando mesmo dizer que *eu* fiz alguma coisa com essa garota? — Ele começou a rir. — Pense no que acabou de dizer. Helene, Helena, sei lá qual era o nome dela, ela desapareceu em dezembro cinco anos atrás, né? E vocês estão supondo que ela foi morta na mesma época? Se vocês tivessem pesquisado direito, saberiam que quebrei as duas pernas, uma delas em quatro pontos diferentes, em dezembro. Eu estava fazendo essa coisa incrível que deu errado no final.

Ele tirou um iPhone do bolso, clicou algumas vezes na tela e mostrou um vídeo para o grupo. Tinha data de 16 de dezembro de cinco anos antes. Um cara corpulento igual a Loren fez uma pirueta para trás de cima de um gol de campo de futebol. Ele caiu em uma tina azul grande cheia de Gatorade, mas o troço virou e rolou por uma colina enorme até onde uma banda marcial de ensino médio estava praticando em um campo. Loren e o barril derrubaram vários trompetistas com a facilidade de pinos de boliche. O câmera gritou ao fundo. Loren saiu do barril gritando de dor.

Madison olhou para ele boquiaberta.

— Você estava *drogado*?

— Sem dúvida. — Loren riu. — A postagem viralizou. Se espalhou pelo Facebook, até apareceu no programa *Today*! Então eu pergunto, um cara com gesso nas duas pernas pode matar uma mosca?

E uma garota? — Ele revirou os olhos. — Vocês são amadores mesmo.

O vento uivou nos ouvidos de Aerin. Em algum lugar ao longe, um coral de buzinas tocou. Loren se virou e abriu a porta da galeria. Entrou, trancou a porta e acenou por trás do vidro, os olhos debochados.

Brett correu até a porta e bateu com a mão aberta.

— Espera! Você sabe se ela tinha namorado? Com quem ela ficava em Nova York — Loren foi até os fundos da galeria sem responder.

Brett se virou e olhou para o grupo.

— Droga. Como deixamos passar isso? Ele disse que espalhou pelo Facebook!

Seneca estava com as mãos em cima dos olhos.

— *Facebook*.

— Por que ninguém pesquisou para ver se ele tinha página? — gritou Aerin.

Maddox apontou para Seneca.

— Você não encontrou ontem à noite? Achei que tinha olhado.

Seneca olhou para ele com irritação.

— Eu ia olhar, mas você ficou todo "Você não precisa trabalhar o tempo todo! Tome uma bebida!" — Ela usou uma voz alterada e debochada, com os olhos arregalados.

Maddox apertou a mão no peito.

— Então agora é *minha* culpa?

— Tudo bem, tudo bem, vamos nos acalmar. — Brett começou a andar de um lado para o outro. — Loren não é nosso cara. Mas tiramos alguma coisa dele. Helena tinha um endereço aqui. Isso é importante!

— Ou então só estava vindo a Nova York regularmente porque não conseguia drogas em Dexby — disse Maddox.

— É fácil conseguir drogas em Dexby — observou Madison. — Quer dizer, a não ser que ela estivesse usando alguma coisa muito doida...

— Ela não vinha de Dexby para a cidade. — Aerin odiava até dizer. — Mesmo que ela comprasse maconha com ele, Loren disse que entregava para ela duas vezes por semana. O que queria dizer que ela estaria em Nova York duas vezes por semana. Eu a vi todos os dias naquele ano, exceto no verão que ela fez o programa aqui. Ela não podia ter matado aula, o registro de presenças dela era perfeito. Eu sei porque a porra da secretaria mandou um prêmio póstumo para ela. Ainda está no quadro de avisos dela junto com o resto da merda dela porque minha mãe vive triste demais para tirar as coisas de lá. — Ela empertigou os ombros. — Loren devia estar pensando em outra pessoa.

— Ou... — Seneca limpou a garganta. — Talvez Helena não tenha morrido no último dia que você a viu em dezembro. Talvez tenha vindo para cá, morado na cidade por um tempo. Era nessa época que Loren entregava para ela. Quer dizer, talvez ele tenha feito entregas algumas vezes antes daquele dia em dezembro também, como quando ela estava no programa de verão, senão ele não teria o telefone dela. Mas o volume de entregas, duas vezes por semana, talvez tenha sido no final de dezembro, começo de janeiro.

O vento mudou de direção, e a cidade estava com cheiro de lixo. Aerin fez cara feia para Seneca.

— O que você está *dizendo*? Em um momento, Helena estava no quintal comigo. No minuto seguinte, tinha sumido. Alguém a *levou*, a assassinou. — Ela piscou. — Ela não *fugiu*.

Seneca não parecia ter tanta certeza.

— No último dia que você a viu, ela mandou você entrar para buscar uma bolsa. Por que ela não foi?

Aerin piscou, confusa com a pergunta.

— Não sei.

— Ela pode ter mandado você pra dentro de casa para ter tempo de fugir.

O queixo de Aerin caiu.

— Mas ela não levou o celular. E nem roupas.

— Talvez esse cara de Nova York tivesse coisas pra ela.

Houve um som alto nos ouvidos de Aerin.

— Certo, mesmo que *seja* verdade, por que Helena quis ir em frente com a brincadeira de fazer um boneco de neve? Por que não arrumou outro momento em que nenhum de nós estivesse em casa para ir embora?

— Pode ser que eles tivessem combinado um horário de antemão. Talvez ela não previsse que você fosse estar em casa.

— Ah, então eu era só um incômodo do qual se livrar?

Seneca beliscou o alto do nariz.

— Eu não sei, Aerin. Eu não a conhecia. Talvez você também não.

Aerin ofegou. Parecia que Seneca tinha dado um soco nela. Aerin olhou para os outros.

— Vocês acham que ela está errada, né?

Madison mexeu os pés. Brett enfiou as mãos nos bolsos.

— *Né?* — gritou Aerin, sentindo a garganta apertada.

— Ela não está necessariamente errada, mas não devia ter falado assim com você — disse Maddox.

Seneca se virou para ele, as sobrancelhas unidas.

— *Como é?*

— Para com isso, Seneca — disse Maddox com delicadeza. — Tenha compaixão.

— Concordo — disse Brett.

Seneca gemeu.

— Talvez a princesa Aerin devesse ser um pouco menos sensível. Nós estamos investigando um caso de *assassinato*. Ela esperava que fosse cheio de cachorrinhos e arcos-íris?

Aerin olhou para ela de cara feia, a boca aberta para dar uma resposta raivosa. Maddox interrompeu:

— Ei. Não é porque está irritada de ter esquecido de pesquisar Loren no Facebook que você precisa descontar em Aerin.

Seneca parecia prestes a explodir.

— Por que *você* não pesquisou a página dele, Maddox? Por que sempre tem que ser eu a descobrir as coisas? Por que sou a única que *trabalha* aqui?

— Ei. — A voz de Brett falou. — Nós estamos todos trabalhando.

— É, Seneca — gritou Madison.

Seneca apontou para Brett.

— De verdade? Você parece mais interessado em flertar com Aerin. E, Madison? Você é legal. Não sei por que está aqui. Para ficar mais próxima do seu irmão? Você não devia perder seu tempo.

— Seneca — disse Aerin com cansaço na voz. A raiva sumiu do corpo dela de repente, até ela só conseguir sentir exaustão. — Seja legal.

Seneca se virou para ela.

— Por que *você* está defendendo Maddox? Ele acha você uma vaca. — Aerin piscou e, chocada consigo mesma, sentiu as lágrimas surgindo. Ela engoliu em seco.

Maddox pareceu mortificado.

— Não acho, não!

— Ah, por favor — disse Seneca com rispidez. — Você disse várias vezes.

Brett cruzou os braços sobre o peito.

— Vamos respirar um pouco, pessoal. Todo mundo, se acalme.

— Cala a boca, Brett! — gritou Seneca.

Brett franziu a testa.

— Seneca. — Havia um tom de aviso na voz dele. — Estou falando sério. Fique calma.

— Senão o quê, você vai me obrigar? — rosnou Seneca, colocando as mãos nos quadris.

— Você precisa esfriar a cabeça, Seneca — ordenou Maddox. — Dá um tempo.

Ela se virou e olhou para ele.

— Eu vou dar um tempo, sim. Por que não? Não vou a lugar nenhum com vocês. Vocês todos não passam de distração pra mim. Vou ficar melhor sozinha.

Ela se virou e começou a andar na direção do rio. Madison pareceu pronta para ir atrás dela, mas Maddox segurou o braço dela e balançou a cabeça.

— Ela não vai ouvir você agora — disse ele com tristeza na voz.

— Deixa ela ir.

Eles ficaram em silêncio um momento. Maddox olhou para Aerin.

— Eu não acho mesmo que você é uma vaca — disse ele.

Aerin respirou fundo, ainda lutando contra as lágrimas. O estresse da briga esquisita teve um efeito estranho para ela, enchendo-a de um constrangimento inesperado. Não que ela se importasse se Maddy Wright a achava uma vaca ou não... ou talvez se importasse. Não que ela se importasse de Seneca ter dito aquela coisa sobre a irmã dela e ter surtado com todos eles... ou talvez se importasse. Ela só sabia que estava se sentindo ainda mais perdida do que antes.

— Talvez Seneca esteja certa — disse ela baixinho. — Talvez a gente devesse deixar pra lá.

— O quê? — Brett se virou para ela. — Aerin, não! Nós estamos tão perto!

— Não estamos, não. — A voz de Aerin falhou. — Não chegamos a lugar nenhum. Não sabemos nada.

Como Seneca, ela saiu andando, mas na direção oposta, na direção da cidade. Felizmente, ninguém do grupo cada vez menor foi atrás dela. Ela odiava o quanto eles sabiam sobre ela, como a roupa suja, as inseguranças e imperfeições da família dela estavam no centro de tudo. Desprezava a ideia de descobrir ainda *mais* coisas horríveis sobre sua irmã.

A revelação de Seneca voltou com tudo. Aerin odiava pensar nisso, mas... Seneca podia estar certa? Helena podia ter *vivido*... e estado *bem...* por o quê, semanas? *Meses?* Ela estava aqui em Nova York no final de dezembro. No Natal. No Ano-Novo. Será que pensou nos pais, em Aerin? Via o grupo de buscas no noticiário da noite? Ria das súplicas desesperadas dos pais para a pessoa que a sequestrou a devolver em segurança? Como se fosse *piada*?

Era horrível demais para considerar.

Ela atravessou a rua passando ao lado de um carro com película escura nas janelas. Ao olhar pelo para-brisa, um rosto borrado estava olhando para ela e a fez parar. Parecia que a pessoa a estava observando.

Aerin olhou para trás. Não havia alma viva naquele quarteirão. O vento soprou da esquina. Grades de metal na frente de lojas fechadas sacudiram. Papéis de bala rolaram pela sarjeta.

Uma sombra se moveu dentro do carro para abrir a porta do motorista. O coração de Aerin pulou na garganta, e ela se afastou do meio-fio e saiu correndo, mas seus passos eram hesitantes e ineficientes com os saltos Anabela. Ela ouviu passos atrás de si e soltou um gritinho. Seu tornozelo virou, e ela tropeçou e quase caiu na calçada. Tentando se equilibrar, ela correu até a esquina de uma avenida mais movimentada. Havia gente indo de um lado para o outro. Um lojista pendurando bolsas em um cabide na porta da loja olhou para ela de um jeito estranho.

Você está fazendo um papel ridículo, ela pensou, inspirando e expirando. *Não tem ninguém atrás de você. Ninguém se importa.*

E realmente, quando espiou na esquina, o carro suspeito tinha desaparecido da vaga. Talvez nunca tivesse estado lá.

VINTE E TRÊS

NOVAMENTE NO METRO-NORTH, Seneca estava sentada sozinha, os pés na parte de trás do banco à frente. Embora tivesse ido para a estação separada dos outros, eles todos conseguiram subir a bordo não só do mesmo trem, mas da mesma porcaria de *vagão*... bom, todos menos Aerin, mas Seneca tinha quase certeza de que ela tinha ido de táxi para casa. Típico. Maddox estava duas fileiras à frente, e Brett na mesma que ele, do outro lado do corredor, na janela. Madison estava nos fundos, perto do banheiro, com fones de ouvido. Parecia que eles eram estranhos. Talvez fossem novamente.

Ela olhou pela janela para as casas humildes passando, sentindo mau humor. Era um saco estar voltando para Dexby. Quando chegou na bilheteria da Grand Central Station, ela pensou em comprar passagem para Annapolis e deixar as malas para trás, mas a porcaria de estação só tinha trens que fossem para o *norte*. Bom, não tinha importância. Ela pegaria suas coisas na casa de Maddox e iria embora. Não conseguia mais imaginar ficar com *ele*.

Ela também não tinha mais motivo para ficar em Dexby. Na estação, Brett murmurou para ela que Aerin cancelou a investigação. Seneca não conseguia acreditar. O que eles descobriram sobre Helena ter vivido mais do que aquele dia de dezembro abria o caso novamente. Eles tinham uma nova linha do tempo agora: Helena podia ter sido morta entre a época que sumiu e o telefonema de Loren no final de janeiro, o que explicaria por que ela não pagou a erva, ou as drogas, ou o que fosse. Ou ela podia ter vivido além do telefonema e fugido da cidade de novo, deixando dívidas para trás, fazendo o mesmo truque de desaparecimento duas vezes. Os álibis para o fim de semana em que ela desapareceu não se aplicavam mais; qualquer um podia ser suspeito novamente. Kevin. Greg Fine. Tudo bem, talvez não Loren e as pernas quebradas, mas definitivamente o namorado misterioso que morava em algum lugar da cidade.

Então, por que Aerin queria parar *agora*? Ela não estava louca para saber a verdade? Se fosse o caso da mãe de Seneca e eles tivessem feito uma descoberta grande assim, Seneca seguiria em frente com tudo, sem se importar com nada.

Uma mulher idosa passou por ela com um copo de café na mão. Ela deu um sorriso pequeno e gentil, mas Seneca não conseguiu retribuir. Estava chateada demais. Não só de fazer papel de boba na frente de Loren e do grupo. Não só de ter cometido o erro nada característico dela de esquecer a página de Facebook de Loren. Por causa da noite anterior também.

A pior parte era que Maddox nem tinha tentado pedir desculpas. Na noite anterior, ela ficou esperando, mas quase uma hora se passou e ele continuou desaparecido da festa. A fúria dela só foi aumentando com o passar do tempo. *É assim que se evita a situação, idiota.* E quem era essa complicação? Devia *ser* Tara. Eles deviam ficar juntos o tempo todo. Por que ele *não* ia querer ficar com ela? E Tara devia achar que ele era o namorado dela, mas Maddox só a via como um casinho. Era *por isso* que ele queria evitá-la na feira, não por não gostar dela. E, como uma idiota, ela o ajudou!

E, tudo bem, tudo bem, ele apareceu depois com a polícia e disse que tinha sido assaltado, o que era apavorante. Mas, de alguma forma, seu cérebro racional não conseguia dominar a raiva. Além do mais, se ele tivesse agido como adulto em relação àquilo e tivesse tentando acertar as coisas, ele não teria precisado fazer aquela caminhada e a carteira dele não teria sido roubada. Claro que ela também nunca devia ter dado aquele beijo nele. Ela não tinha *planejado*. Simplesmente... aconteceu. Ela se sentiu próxima dele depois de contar o segredo sombrio sobre sua mãe. Beijá-lo pareceu tão certo... até parecer tão tragicamente errado.

O condutor disse que eles estavam chegando em Dexby, e Seneca ergueu o rosto. Os outros membros do grupo estavam no corredor se preparando para descer. Ela sentiu uma pontada de dor ao olhar os ombros largos de Brett e o rabo de cavalo alto de Madison, até a tatuagem meio apagada do Calvin no bíceps de Maddox. Ela respirou fundo. Devia pedir desculpas até para ele. Ficou com raiva de suas escolhas idiotas e por ter se deixado tão vulnerável. Ficou irritada de ter dado bobeira na pesquisa do histórico de Loren; no fim das contas, parecia que estava fazendo um monte de besteiras. Ela não teria feito isso se estivesse sozinha. Teria ficado sóbria, não teria deixado o passado enevoar seus pensamentos e definitivamente não teria deixado um garoto se meter entre ela e a descoberta da verdade. Mas como não podia *dizer* isso, ela agrediu o grupo para esconder suas inseguranças. Talvez, se pedisse desculpas, se implorasse a Aerin para reconsiderar, eles pudessem recomeçar. Certo?

Todos desceram do trem e foram para o estacionamento. Seneca ficou atrás do grupo elaborando o pedido de desculpas em pensamento. Quando passou pela primeira fileira de veículos, uma voz a chamou.

— Seneca.

Ela se virou e viu uma pessoa, mas era alguém tão incompatível com Dexby que ela precisou olhar de novo. Ela observou o Ford Explorer branco atrás dele com o amassado familiar no para-choque traseiro e a placa de Maryland, e olhou para ele de novo. Um gosto amargo surgiu na sua boca.

— P-pai — disse Seneca com voz trêmula. — Oi.

★ ★ ★

O SR. FRAZIER olhou para Seneca com frieza por cima dos óculos. Sua boca estava repuxada. Os ombros estavam contraídos. Seneca se sentiu enorme no meio do estacionamento. Queria poder derreter, virar uma poça e escorrer por um bueiro.

— Como você me encontrou? — perguntou ela por fim, porque seu pai não falou nada.

O Sr. Frazier soltou uma gargalhada ácida.

— É uma história engraçada. — As palavras saíram como bolas de fogo. Seneca não sabia se já o tinha visto com tanta raiva. — Sabe, tudo começou de manhã, quando recebi uma cobrança da universidade dizendo que você tinha multas a pagar. Eu as paguei, e de nada, aliás, mas depois entrei na fatura do seu cartão para ter certeza de que você estava pagando suas outras contas.

Seneca piscou.

— Você tem acesso ao meu cartão?

— Seu cartão é *dependente* do meu, Seneca. Claro que eu tenho acesso. Encontro uma cobrança de um caixa eletrônico em um lugar chamado Restful Inn em Dexby, Connecticut. E eu penso, oh-oh, o cartão de Seneca foi roubado. É melhor ligar pra ela. E eu ligo *várias* vezes, mas você não atende.

O estômago de Seneca se contraiu. Ela estava com tanta ressaca e com tanta raiva de Maddox que ignorou o celular a manhã inteira. Ops.

— Então eu ligo para aquele número que você me deu, de Annie — prosseguiu seu pai.

Seneca fechou os olhos. *Não.*

— Foi tão estranho — disse o Sr. Frazier, a voz ficando mais e mais aguda. — Uma faxineira atendeu e disse que a família Sipowitz estava no Maine durante o recesso de primavera. — Ele estava tremendo agora. — Então eu entrei no carro e dirigi até Delaware. Eu não sabia *aonde* ir. Na metade do caminho, eu me lembrei do Buscar iPhone, e graças a Deus fui eu que criei sua ID do iCloud antes de você ir para a faculdade. O aplicativo me diz que você está em Nova York. Em seguida, começou a se mover de novo, e percebi aonde você devia estar indo. O pontinho azul para em, imagina só, que surpresa... Dexby. — Ele arqueou as costas e olhou para as árvores. — Subúrbio de Connecticut. Não é um lugar ruim para se fugir, eu acho.

Seneca manteve o olhar no chão.

— Eu não fugi.

Seu pai parecia querer socar alguma coisa.

— Todos os tipos de cenários horríveis surgiram na minha mente, Seneca. Eu achei que alguém tinha sequestrado você. Achei que estivesse morta. Isso trouxe muitas lembranças, tenho que dizer. E não eram boas.

— Me desculpe — sussurrou Seneca. — Eu devia ter explicado, mas...

— Seneca, você devia contar a verdade pra ele.

Madison tinha aparecido ao lado dela. Ela segurou a mão de Seneca e a balançou. Em seguida, se virou para o pai dela.

— Oi, Sr. Frazier. É um prazer conhecer você.

Seneca olhou para Madison, confusa. O Sr. Frazier também.

— E você é...?

— Annie. — Madison abriu os braços.

Seneca viu seu pai observar a garota oriental vestida toda de rosa com uma Hello Kitty de pelúcia na cabeça.

— Annie de Delaware? — disse ele sem acreditar.

— Minha família está no Maine, mas estou com amigos aqui — disse Madison. — Seneca estava com medo de você não a querer tão longe. Eu peço *mil* desculpas. Eu senti tanta falta dela. Queria muito vê-la.

Ela passou o braço pelo de Seneca e a puxou para perto. Seneca tentou não olhar para ela com a boca aberta. Como ela pensou nisso tudo tão rápido? E daria certo? Seu pai não *conhecia* Annie, era verdade, só tinha ouvido falar dela.

O olhar do Sr. Frazier foi de uma garota para a outra.

— Você é Annie?

— Aham. — Madison sorriu.

— Annie *Sipowitz*?

Madison piscou muito rápido.

— Eu sou adotada.

E *era* verdade, tecnicamente, mas a pausa dela foi longa demais. Era o fim. O pai de Seneca riu com deboche.

— Entre no carro — ordenou ele, apontando para o Explorer.

— E as minhas coisas? — gritou Seneca. — Estão na casa dela.

— Ela apontou para Madison.

O Sr. Frazier indicou o Explorer novamente com o queixo.

— Ela pode enviar pra você. Eu pago. Quero você no carro agora.

Seneca engoliu em seco. Pela primeira vez, ela espiou o restante do grupo. Brett parecia abalado. Os olhos de Madison estavam arregalados e solenes. Até Maddox parecia em conflito. Mas ninguém se adiantou para inventar outra desculpa. Por outro lado, o que eles *podiam* dizer?

O Sr. Frazier se sentou com tudo no banco do motorista e girou a ignição. Seneca se sentou ao lado dele, olhando para as mãos. Eles passaram pelo Restful Inn, que ainda estava fechado. Uma parte da lateral estava preta por causa do fogo. *Foi* incêndio criminoso? Alguém estava dando um aviso ou foi só coincidência?

Seus pensamentos voltaram para Loren. De quem era o endereço que Helena dava para as entregas? De um namorado secreto? Quanto tempo ficou na cidade antes que alguém a matasse?

O pai dela ficou olhando diretamente para a frente quando entrou na rodovia. Os únicos movimentos que ele fazia eram para ligar a seta e tomar um gole de café. Seneca ficou olhando para os carros na estrada. Na frente deles havia uma picape Ford, a caçamba cheia de móveis. Ao lado havia uma minivan cheia de crianças. E uma limusine lenta, as palavras *Recém-casados* pintadas nas janelas de trás e dos lados.

Buzz.

Ela olhou para o celular. Brett tinha mandado uma mensagem. *Lamento você ter tido que ir embora. Sem ressentimentos.* E depois: *Sei que Aerin quer que a gente pare, mas ando pensando na palavra na garça de papel. Acho que quer dizer alguma coisa.*

Seneca sentiu uma pontada de gratidão por ele ter escrito para ela. *Tipo o quê?*, respondeu ela.

Não tenho certeza, respondeu ele. *Achei que você teria uma ideia.*

Seneca se moveu para responder, mas seu pai olhou de cara feia. Ela foi tomada de angústia de novo. Se ao menos ela tivesse pesquisado o Facebook de Loren na noite anterior em vez de beijar Maddox. A cabeça dela estaria tranquila naquela manhã; eles talvez tivessem interrogado Loren de qualquer modo, mas não teriam feito papel de idiotas. Ela poderia ter convencido Aerin de ir em frente com a investigação argumentado que estavam um passo à frente o tempo todo. Ela teria ouvido o telefone tocar e teria atendido a ligação do pai e acertado tudo com ele. Ele não teria dirigido até lá em pânico, ela ainda estaria em Dexby vivendo essa nova linha do tempo, descobrindo o significado da palavra na garça, descobrindo *tudo*.

Era tudo culpa dela. Tudo.

Ela olhou com infelicidade pela janela de novo. A limusine dos *Recém-casados* seguia na frente deles, a mensagem alegre atrás a irritando. Embaixo de *Recém-casados* havia um desenho torto de um coração com uma flecha no meio. Dentro estavam os supostos nomes do casal: *Kyle Brandon + Hayley Isaacs*. Nas janelas laterais havia o mesmo coração, mas quem o desenhou não conseguiu escrever os nomes inteiros dentro e só colocou as iniciais: *K.B. + H.I.*

Uma luz se acendeu no cérebro de Seneca. Ela pensou em letrinhas em outro lugar e ofegou.

— Pare o carro.

O pai fez um ruído debochado.

— Como é?

— Encoste. — O coração de Seneca estava disparado. — Por favor. É uma emergência.

Seu pai olhou para ela com expressão dura e parou o carro no acostamento.

— E então?

— Eu preciso voltar.

— Você o quê?

— Eu preciso voltar. Preciso falar com uma pessoa.

— Você não pode fazer isso pelo telefone?

Seneca estava desesperada.

— Olha, eu sei que não dei muitos motivos pra você me tratar como adulta ultimamente, mas preciso que você confie em mim quanto a isso. Não vou fazer nada estranho. Só preciso de dois dias. Depois, quando eu voltar pra casa, prometo que vamos conversar. Sobre tudo.

O Sr. Frazier ficou olhando para ela.

— Eu acabei de dirigir quatro horas e meia por sua causa.

— Eu sei. Eu vou explicar, eu *prometo*. Mas você tem que me dar mais alguns dias.

Ele balançou a cabeça.

— Não. De jeito nenhum. A não ser que você me conte o que está fazendo.

Ela apertou o alto do nariz.

— Eu... não posso.

— Desculpe. Então você tem que ir pra casa.

A garganta de Seneca pareceu fechar.

— Tudo bem. Tá. Uma das pessoas com quem estou lá é Aerin Kelly, tá? A garota que teve a irmã sequestrada na época que a mamãe... — Ela parou de falar. — Nós nos conhecemos online. Nós somos amigas. Aquelas outras pessoas também passaram por coisas.

— Ela olhou para ele. — Estar com eles... ajuda.

O Sr. Frazier parecia assustado, e Seneca sentiu uma pontada de culpa. Ela nunca tinha usado o recurso de "ainda estou mal pela mamãe" para se safar das coisas. Era uma jogada ótima, e até verdadeira, mas ela sempre resistiu à vontade. Ela sabia que, se contasse a verdade, teria aquele pai obcecado, neurótico e tomado de preocupações de volta, o mesmo que chamou um médico atrás de outro para ir vê-la, o mesmo que ficou sentado na porta do quarto dela um dia após o outro para ter certeza de que ela não sufocaria a si mesma com o travesseiro, o mesmo que ligava para a escola dela até seis vezes por dia para saber se ela estava bem. Ela não suportaria ser um peso assim. Não novamente.

Mas não era mentira. Seneca não tinha intenção de ficar falando com Aerin sobre familiares assassinados, mas só de saber que Aerin tinha passado por aquilo (e Brett também, em menor grau) dava a ela um consolo. A vida de Aerin também não tinha sido fácil. Aerin lutava. A aura da qual Seneca se afastou naquele primeiro dia lá agora parecia tranquilizadora e reconhecível. Talvez não houvesse *problema* em se ter aquela aura. Talvez não houvesse problema em ter raiva, buscar esse tipo de coisa, e ficar com a cabeça bagunçada. E Seneca sentiu tudo isso só de conhecer Aerin um pouco. Se fosse embora agora, se voltasse para a antiga casa e se entocasse no quarto, ela temia voltar para os antigos hábitos. Ela tinha que continuar tentando resolver o caso. Era a chave, de alguma forma.

Mais carros passaram. Uma carreta buzinou. O Sr. Frazier estufou as bochechas e expirou lentamente.

— Como vou saber se você está dizendo a verdade?

— Pode ligar para a mãe de Aerin. Eu estou hospedada com aquela garota, Madison, mas conheci a Sra. Kelly também.

— Por que não disse que era *isso* que você ia fazer em vez de mentir sobre Annie?

Seneca deu de ombros.

— Porque eu não queria que você surtasse.

Ele moveu o maxilar.

— O que você achou que eu ia fazer, trancar você em casa? Proibir você de falar com as pessoas?

Seneca olhou para o painel. *Não, pai, eu achei que você ia me colocar de volta em sessões diárias horríveis de terapia,* ela pensou, mas não disse.

— Não tem como você continuar a falar com essa Aerin por celular?

Seneca deu de ombros.

— Ela e eu brigamos. É por isso que eu queria voltar. Para pedir desculpas, para ver se tudo está bem mesmo. — Ela não tinha percebido o quanto isso era importante até aquele momento. Talvez sua motivação para ficar não fosse só a descoberta no caso de Helena. Talvez fosse por isso também.

O Sr. Frazier ficou olhando para o volante com expressão vazia. Seneca viu o relógio do painel passar de 3h34 a 3h35 antes de ele falar de novo.

— Bom, eu gostaria do número da Sra. Kelly, pelo menos.

— Tudo bem.

— E você tem mais dois dias se aquela família quiser receber você, mas só isso. Quero você em um trem às oito da noite do domingo de Páscoa.

Seneca assentiu, empolgada.

— *Obrigada.*

Ele não parecia muito feliz.

— Se eu descobrir que tem alguma coisa estranha acontecendo, eu volto.

— Não tem nada estranho acontecendo, juro.

Ele assentiu e a encarou. Seus olhos estavam cheios de lágrimas, mas o sorriso dele era encorajador.

— Espero que você encontre o que está procurando.

Seneca baixou os olhos. Ocorreu a ela que ela não tinha contado o pior. A parte da faculdade. Reunindo todas as forças que tinha, ela afastou a preocupação. Ela tinha que resolver aquilo primeiro. Depois, contaria tudo a ele.

— Eu também espero — sussurrou ela.

O Sr. Frazier ainda parecia dividido quando botou o carro em movimento, saiu do acostamento e fez o retorno. Quando começaram a voltar, Seneca viu a limusine de novo, agora estacionada em uma parada do outro lado da estrada. Lá estavam aqueles nomes de novo no coração. *Kyle Brandon. Hayley Isaacs.*

H.I. Hi.

O que *mais* poderia significar?

VINTE E QUATRO

A CABEÇA DE MADDOX ainda latejava de forma assassina, mesmo depois de ele comer um saco de meio quilo de castanhas, de beber um Red Bull e de tomar três aspirinas. Ele estava sentado à mesa da cozinha olhando para as margaridas que Seneca tinha comprado para seus pais. As flores ainda estavam frescas. Duraram mais do que a amizade deles.

Ping! Era outra mensagem de texto de Catherine. *Tive um sonho sexy com você ontem à noite.*

Maddox deitou a cabeça na mesa. Ele não queria escrever para Catherine. Qualquer coisa que dissesse seria desonesta. Mas foi ele quem botou a bola em jogo ao dar aquele primeiro beijo. *Tome cuidado com o que deseja*, ele pensou com sarcasmo.

Houve uma tosse, e Madison apareceu na porta. Em silêncio, ela atravessou o aposento, puxou uma cadeira e se sentou. Maddox a sentiu olhando.

— O quê? — ele perguntou com impaciência.

— Isso é tudo sua culpa — disse ela com voz baixa.

Maddox apertou as mãos sobre os olhos.

— O que isso quer dizer?

— Seneca não teria agido daquele jeito se você não tivesse feito alguma coisa que a afastou. E aí, quando o pai dela chegou, você ficou ali parado como um pateta e deixou que ela fosse embora.

Maddox fez uma careta.

— O que eu podia fazer? Arrumar briga com ele?

Madison colocou as mãos nos quadris.

— Você poderia ter pensado em alguma coisa.

— Ela me puxou o tapete!

— Nós dois sabemos o motivo. Eu vi vocês dois na varanda ontem. Eu vi você a afastar. O que estava pensando?

— É complicado. — Ele fez uma careta. Não pretendia usar as mesmas palavras que usara com Seneca quando se afastou do beijo.

Madison fez um ruído de deboche.

— Complicado como?

— Eu não posso... — Ele parou de falar.

Ele queria contar a Seneca o que sentia e que esses sentimentos só floresceram quando eles se beijaram, e que ele estava sendo um cara legal porque não queria enganar ninguém... As garotas não apreciavam isso? Mas teve o... *incidente* na rua. *Pare, senão vou matar você.* Naquela voz estranha e rouca de mulher... ou foi um homem disfarçando a voz? Ou foi só um ladrão, como a polícia falou, e ele estava imaginando coisas? Prometeram que ligariam com mais informações se pegassem a pessoa, mas até o momento ele não tinha tido notícias.

Depois de tudo que aconteceu, ele ficou abalado demais para ter uma discussão sincera com Seneca. Tinha prometido a si mesmo falar com ela naquela manhã, mas aí já era tarde demais. Ela nem queria olhar para ele.

Ele levantou o rosto. Madison ainda estava fazendo cara feia para ele, esperando uma resposta.

— Por que você se afastou dela ontem à noite? — perguntou ela.

— Porque estou com outra pessoa, tá? — admitiu ele. — E estou tentando ser um cara legal e não trair ninguém.

Madison franziu o nariz.

— Você não tem namorada.

Como se combinado, seu celular fez outro ruído. *Oi?*, escreveu Catherine.

Madison espiou o celular antes que ele pudesse apagar o alerta.

Ela arregalou os olhos.

— Ah, meu Deus, você está de *brincadeira*. Não ela.

Maddox ficou na defensiva de repente.

— Por que não ela, Madison?

Madison revirou os olhos.

— Ela é maluca. De *carteirinha*.

— Do que você está falando?

Um olhar de culpa surgiu no rosto de Madison. Ela chegou para a frente na cadeira.

— Eu não queria dizer nada porque ela é sua treinadora e tal, mas conheço algumas amigas da sororidade dela de quando ela estava na UConn. Dizem que Catherine é psicopata. Principalmente quando o assunto é namorados.

Maddox fez um ruído debochado.

— Isso não é uma coisa legal de se dizer.

— Por que as irmãs da sororidade dela mentiriam?

— As garotas não mentem sobre *tudo*? — retorquiu Maddox com voz fraca, mas Madison já estava dando de ombros e subindo a escada.

— Se livra dela, Maddox! Ela é tóxica! — gritou ela. Ele soltou um grunhido frustrado e balançou os braços como louco pelas costas dela, depois apoiou a cabeça na mesa com um baque.

Quando ele estava reunindo energia para se levantar, a campainha tocou. Maddox deu um pulo, franzindo a testa. Talvez fosse Seneca. Talvez ela tivesse encontrado uma forma de convencer o pai de a trazer de volta. Seu coração acelerou com a perspectiva, e ele foi na direção da porta, preparando o que diria.

Mas era o rosto de Catherine do outro lado do vidro. Maddox abriu a porta com um susto e olhou para a treinadora de cima a baixo.

— U-uau — gaguejou ele.

Catherine estava usando um vestido rosa-escuro colado no corpo que ia só até o alto das coxas. O cabelo estava encaracolado, os lábios estavam brilhando e ela estava com cheiro de limão, um dos aromas favoritos de Maddox. Só que havia uma espécie de expressão estranha nos olhos, como se tivesse virado a noite e estivesse pilhada de tanto tomar café. Ela parecia meio puta da vida também.

— Oi — disse Catherine, mexendo em uma mecha de cabelo. — Eu estava passando de carro e pensei em parar e ver o que você está fazendo. — Ela limpou a garganta e olhou para os sapatos, os saltos pretos mais sexy que ele já tinha visto. — Não tive notícias suas. Você saiu ontem?

— Hum... — Imagens de Nova York surgiram na mente dele: a festa, sua conversa com Seneca, o beijo. — Eu tive uma coisa de família — respondeu ele.

— Ah. Faz sentido então você não poder responder. — Ela riu com nervosismo. — Eu estava começando a me sentir uma otária desesperada.

Maddox fechou os olhos. Ele era um babaca. Estava enrolando essa bela garota. Ela não merecia.

— Escuta — disse ele com voz séria. — Eu acho... bom, eu acho que a gente cometeu um erro.

Catherine arqueou as sobrancelhas.

— Como é?

A voz dela estava cortante. Maddox sentiu as entranhas darem um nó.

— O que você disse outro dia estava certo. Você é minha treinadora. Eu sou seu cliente. Tenho medo de que, se começarmos alguma coisa, afete meu treinamento. — Parecia um bom motivo, que não magoaria os sentimentos dela.

Uma gargalhada cruel escapou dos lábios de Catherine.

— Desde quando você se importa com seu *treinamento*?

Ele se sentiu ferido.

— Desde sempre!

— Ah, por favor. Isso é por causa daquela tal de Seneca, não é?

— As narinas dela dilataram.

— Não — mentiu Maddox, horrorizado com a direção que aquilo tinha tomado. — Eu juro. Eu só... — Ele engoliu em seco. — Eu não...

Catherine cruzou os braços, uma expressão sinistra no rosto.

— Seu treinamento não vai ser prejudicado se nós ficarmos juntos, Maddy. Eu prometo. Mas, quer saber? Se você me *largar*, pode ser que seja. — Ela apontou para o celular na mão. — Acho que você esqueceu que sou amiga do treinador que deu sua bolsa. Posso sugerir que ele retire a oferta.

O queixo de Maddox caiu.

— Você não pode fazer isso!

Ela deu um sorriso doce.

— Não vamos me testar, tá? — Ela se inclinou para a frente e beijou os lábios dele. Quando recuou, havia um sorriso satisfeito e superior no rosto dela. — Estamos entendidos?

O coração de Maddox estava disparado, e seu peito parecia apertado. Ele deu um aceno bem de leve.

— Perfeito — disse Catherine, apertando as mãos dele. Em seguida, ela deu meia-volta, e a saia subiu provocativamente. — Vejo você no treino amanhã! — gritou ela por cima do ombro, e saiu andando para a calçada.

VINTE E CINCO

NA NOITE DE SEXTA-FEIRA, Aerin virou o resto da garrafa de vinho tinto na taça sem se importar de secar as gotas que derramaram no tapete. Estava na porta do quarto da irmã, olhando para dentro. Ali estava o prêmio de frequência escolar impecável no quadro de avisos de Helena. Ali estavam as fotos dela e de Kevin no barco da família. Ali estava a bolsa transversal Coach que Aerin comprou para Helena no Natal do ano que ela desapareceu. Por um tempo, a família deixou os presentes de Helena embaixo da árvore com esperança de ela voltar. Naquele mês de março, na época que seu pai saiu de casa, os presentes foram finalmente levados para o quarto de Helena. No verão, Aerin foi lá e abriu todos, imaginando o que ela e a irmã teriam dito uma para a outra se realmente fosse Natal. *Ah, Helena, aquela paleta de sombras da Sephora é linda! Posso pegar emprestada alguma hora?* E: *Um iPad mini! Que sorte!*

Helena poderia ter passado o Natal lá? Poderia ter aberto aqueles presentes?

Aerin olhou para o celular de novo e fez cara feia. Fora Madison, que mandou uma mensagem de texto dizendo que o pai de Seneca apareceu inesperadamente e a levou embora, mais ninguém fez contato. Ela esperava mais deles. Maddox poderia tê-la tranquilizado novamente de que não a achava uma vaca. Brett poderia ter mandado uma foto de despedida do tronco. E o pai de Seneca por acaso tinha tirado o celular dela? A separação deles foi um tanto abrupta, como um programa de televisão que ela assistia sem parar sendo cancelado de repente.

O vinho estava com gosto metálico. Mas ela *queria* mesmo largar o caso, não queria? Claro que queria. Eles não estavam chegando a lugar nenhum. E era bem, bem melhor deixar o passado de Helena selado dentro de uma caixa. Aerin estava surpresa com o quanto sentia mágoa com o que tinha descoberto. Todos aqueles anos achando que ela e Helena eram tão próximas. Todos aqueles anos confiando na irmã, admirando-a. Até naquele último dia, em que Helena pareceu tão gentil com Aerin, tão doce e sincera. Mas ela manipulou Aerin e a mandou para dentro de casa para fazer uma coisa idiota e poder fugir.

Helena era mesmo tão infeliz a ponto de jogar a vida fora e fugir com um cara qualquer para Nova York? Ela só podia estar loucamente apaixonada. Talvez achasse que só fugiria por um tempo e depois voltaria. Talvez tivesse se encontrado com o Sr. Nova York na floresta, como Seneca sugerira, mas depois ele se mostrou mau e grosseiro e abusivo. Helena tinha se apaixonado inocentemente por um Dr. Jekyll, mas ele era um Mr. Hide.

E se fosse mesmo culpa de Aerin por tê-la deixado lá fora sozinha naquele dia? Se tivesse dito que não, se tivesse feito Helena ir buscar a bolsa, talvez isso não tivesse acontecido. E por que Aerin nunca pensou que Helena poderia tê-la mandado para dentro de casa deliberadamente? Pior ainda, por que a polícia nem pensou nisso? Talvez ela devesse ter mencionado que xeretou o quarto de Helena nas primeiras entrevistas. Talvez isso pudesse ter levado a polícia a investigar mais os segredos de Helena, a perguntar sobre um namorado secreto em vez de só aceitar que ela estava com Kevin, a focar a investigação em um suspeito e encontrar Helena antes... bem, antes do corpo dela aparecer na floresta a três condados dali.

Perfeito, mais uma culpa para Aerin sentir.

Ela virou o vinho na boca, mas a taça já estava vazia de novo. Tudo bem, talvez ela não tivesse terminado com a história de Helena.

Mas como poderia chegar ao cerne do que tinha acontecido? Tinha que haver outro jeito de descobrir as coisas. Se ao menos ela fosse onisciente e conseguisse ler a mente de todo mundo. Se ao menos tivesse acesso especial aos motivos e álibis de cada suspeito... tipo, se Kevin realmente estava naquela conferência ou se Greg Fine realmente estava na reabilitação, ou se havia mais alguém em quem ela não tinha pensado ainda que tinha feito algo suspeito.

De repente, ela se deu conta. Havia um acesso especial: na delegacia de Dexby. E ela conhecia uma pessoa que trabalhava lá.

Ela escreveu apressadamente em um post-it que voltaria mais tarde só para o caso de sua mãe se importar. Em seguida, digitou *Thomas Grove, Dexby, CT* no Google. Ele estava listado. Aerin sorriu. Parecia um sinal.

THOMAS MORAVA EM um condomínio de apartamentos junto à água, ao lado de um restaurante que se gabava de ter o melhor sanduíche de lagosta de toda Connecticut. Os prédios tinham cara vitoriana, com águas-furtadas e torres e detalhes em gesso. Narcisos estavam começando a florescer nos jardins da frente, e a lateral era pintada de um amarelo alegre. Havia vários carros no estacionamento, e Aerin reparou em uma motocicleta Norton dentre eles. Ela se perguntou se era de Thomas.

Aerin foi até o número 4 e tocou a campainha, variando o peso de um pé para o outro com os saltos baixos. Ela se examinou, observando o suéter apertado, a minissaia de tweed e as pernas à mostra. Os cílios estavam grudados de tanto rímel que ela passou, e os lábios pareciam melados de gloss.

A porta se abriu. Thomas estava do outro lado com uma calça jeans baixa e uma camiseta cinza que dizia *University of Connecticut Basketball*. Ele arregalou os olhos.

— Ah, meu Deus. *Oi.*

Aerin ergueu uma garrafa de vinho.

— Quer dividir comigo? De repente a gente pode se sentar em um iate no porto e fingir que é nosso.

O olhar de Thomas foi da garrafa até o rosto de Aerin.

— Me dê um segundo.

Ele fechou a porta delicadamente. Passos se afastaram. Um minuto depois, ele abriu a porta de novo. Seu cabelo estava penteado, e ele tinha colocado uma camisa de manga comprida. A calça jeans também era outra, mais escura, sem buracos nos joelhos, e ele tinha trocado as meias amarelas que Aerin tinha visto por um par de tênis New Balance. Um aroma de colônia almiscarada emanava dele.

Ela escondeu um sorriso.

Thomas abriu mais a porta.

— Por que você não entra? Está um gelo aí fora.

O apartamento era pequeno, mas muito arrumado. Aerin se perguntou se ele o arrumou rapidamente também. A sala mal tinha espaço para um sofá marrom de tweed. Uma poltrona de alguma época do século passado ocupava um canto. Uma televisão volumosa estava apoiada em uma caixa de leite. Aerin apertou os olhos. Ou ela estava mais bêbada do que pensava, ou o jogo de beisebol na tela estava em preto e branco.

— Que... legal — disse ela com insegurança.

— Ah, não minta. — Thomas levou a garrafa de vinho para a cozinha. — É um horror. Mas tudo bem. Tenho vista da água, e é bom morar sozinho.

Aerin olhou em volta para examinar o resto da sala. Havia um quadro a óleo acima do sofá de um pôr do sol no deserto. Os abajures dos dois lados eram diferentes, e os dois eram feios, com uma cúpula de tecido franzido e uma base dourada falsa. Uma colcha tricotada de aparência áspera em tons de marrom, amarelo e laranja estava pendurada nas costas da poltrona quadriculada, e havia várias figuras cerâmicas da Hallmark nas estantes. Um garotinho jogando beisebol, outro carregando uma mochila como se estivesse fugindo, um outro sorrindo e mostrando que tinha perdido dois dentes na frente. Aerin sentiu uma pontada. Quando fez seis anos, Helena deu a ela uma figura de bailarina da Hallmark. Ela adorava aquela menininha, mas depois que Helena despareceu, Aerin a guardou, o sorriso inocente difícil de aguentar.

— Quem decorou este lugar? Sua avó? — perguntou ela.

— Na verdade, foi ela, sim. Eu morei com meus avós durante quinze anos. Vovó me ajudou a me mudar para cá. É ela ali.

Aerin olhou para uma foto na parede. Thomas estava sentado com o braço em volta de uma senhora idosa de vestido largo e óculos enormes. Ela parecia o tipo de avó alegre que fazia o próprio molho de macarrão, alimentava gatos de rua e gostava de tomar cerveja. Não como a avó de Aerin, que mal saía do apartamento na Flórida e reclamava da vida o tempo todo para quem quisesse ouvir.

— Você morava com seus avós? — repetiu Aerin.

— Morava.

— Onde estavam seus pais?

Ele abriu a garrafa de vinho com um estalo.

— Não era seguro lá. Eles tinham problemas. *Têm* problemas.

Aerin queria dizer que os pais dela também eram assim, mas tinha a sensação de que seus pais não eram *nada* como o que ele estava querendo dizer.

— Você está falando de drogas?

— Definitivamente. — Thomas pegou duas taças de vinho diferentes.

— De que tipo?

— Praticamente qualquer coisa disponível.

— Foi... difícil pra você?

Thomas deu de ombros.

— Meus avós são boas pessoas. Eles iam aos meus jogos de futebol, me ajudavam com o dever de casa, me levavam ao cinema para ver filmes nos quais não tinham nenhum interesse. Nós íamos para Cape todos os verões. Meu avô também era policial. Em Norwalk.

A expressão dele era aberta e sem constrangimento. Aerin estava surpresa. Ela achava que todo mundo que morava em Dexby, principalmente quem estudava em Windemere-Carruthers, tinha vida fácil. Perguntou-se como era crescer com pais desastrosos. Thomas parecia estar se saindo muito bem.

Ela piscou. Estava ali para encontrar formas de entrar na delegacia de polícia, não para fazer amizade.

Ela observou a sala em busca de possibilidades. O casaco de Thomas estava pendurado em um gancho perto da porta; os bolsos pareciam cheios. Também havia uma tigela na cozinha que parecia ter de tudo dentro. Mas e se ele guardasse as coisas, como chaves, um cartão magnético, uma senha, em lugares estranhos, como os pais dela, que guardavam dinheiro trocado em um vaso sem plantas perto da garagem?

Thomas estava olhando para ela como se tivesse acabado de fazer uma pergunta.

— O que disse? — perguntou ela.

Thomas mexeu com a taça vazia.

— Acho que você devia comer alguma coisa antes de beber mais. Você parece meio tonta. Uma torrada, talvez. Ou um queijo quente?

A ideia era incrivelmente tentadora. Qual foi a última vez que alguém ofereceu de fazer um *queijo quente* para ela?

— Diga sim — disse Thomas. — Eu faço o melhor queijo quente deste condomínio.

Aerin não conseguiu segurar uma gargalhada.

— Não sei se isso é impressionante ou não.

Thomas foi até ela, segurou suas mãos e a sentou à mesa. Ele estava tão perto de repente. Ela sentiu o cheiro da colônia que ele usou. Em qualquer outra situação, teria se inclinado para a frente e dado um beijo nele. Não que ela não o achasse bonito; na verdade, ele era bem mais bonito do que a maioria dos caras que ela tinha beijado. Mais fofo também. E ela já *sabia* que ele beijava bem. Isso devia ser parte do problema.

Thomas recuou e se sentou na cadeira em frente.

— O que está rolando sobre Helena? Descobriu alguma coisa?

— Não, eu decidi deixar pra lá. — A voz dela soou alta demais.

— É mesmo? — Thomas mexeu na rolha do vinho. — Eu estava torcendo pra você solucionar o caso.

Aerin olhou pela janela. Thomas tinha um pequeno deque na parte de trás com uma única espreguiçadeira.

— A polícia estava certa. Tudo são becos sem saída.

Silêncio. Aerin esperou, torcendo para Thomas oferecer alguma informação, um segredo daqueles arquivos. Tornaria tudo tão mais fácil. Talvez tivesse sido uma ideia péssima ir até lá.

Ela se levantou da mesa tendo outra ideia.

— Sabe, comida pode ser uma boa ideia no fim das contas.

Thomas foi até a geladeira.

— Eu tenho... ai, caramba. Não muita coisa. Um ovo cozido? Pepperoni? Queijo cottage?

— Queijo *cottage*? — Aerin botou a língua para fora. — Que tal Cheetos?

Thomas olhou para ela por cima da porta da geladeira.

— Eu e Chester Cheetah não nos damos bem.

— Eu vi uma máquina de lanches na propriedade... — Ela bateu os cílios para ele.

Thomas fechou a porta da geladeira.

— Vou olhar. — Ele indicou o sofá. — Deite-se.

Ela fez o que ele mandou. Thomas colocou a colcha em cima dela; era bem menos áspera do que parecia. Ele a puxou até o nariz, e ela riu, depois se sentiu um pouco triste. Ele a estava botando na cama. Ela não tinha ideia de quando alguém tinha cuidado dela desse jeito.

— Eu volto logo, tá? — disse Thomas. — Não se mexa.

A porta se fechou, fazendo as paredes do apartamentinho tremerem. Aerin contou até dez. Em seguida, empurrou a colcha, se levantou e ficou no meio da sala balançando as pontas dos dedos. Foi até os casacos nos ganchos primeiro e procurou nos bolsos. Nada. Foi até a cozinha e abriu gavetas e armários, mas só encontrou cardápios de restaurantes, talheres e coisas aleatórias. O banheiro dele, que tinha uma pia pequenina e cheiro de pot-pourri, não tinha nada de interessante. No quarto dele tinha uma pequena escrivaninha perto da janela. Ela não sabia bem por que escolheu uma gaveta de baixo, mas dentro havia um iPad com capa preta. Ela o abriu e inspecionou os aplicativos. iTunes. Netflix. Notas. Ela clicou em Notas, e uma lista apareceu. Enquanto seus olhos se ajustavam, ela percebeu o que estava vendo. *Banco Chase: XCX1934. Gmail: NorthxNortwest87.* E assim por diante.

Era uma lista de senhas.

Aerin passou os olhos pela lista com avidez. No final, havia uma coisa chamada *Base de dados da DP de Dexby*.

Bingo.

Havia duas senhas para o site, e alguma espécie de identificação de código de acesso, coisa demais para guardar na memória. Aerin pegou o celular e tirou uma foto da tela. De repente, ela viu seu reflexo no espelho acima da escrivaninha. O rímel estava borrado. O batom estava nos dentes. A camisa tinha sido puxada para o lado e uma parte do sutiã estava aparecendo.

— O que você está *fazendo*? — sussurrou ela para seu reflexo.

A tranca da porta estalou. Em pânico, Aerin enfiou o iPad na gaveta e correu para o sofá, pulando debaixo da coberta bem a tempo.

Thomas entrou na sala com os braços cheios de pequenos sacos de salgadinhos.

— Só tinha Cheetos genérico, e eu não sabia se você era purista e gostava de comer o verdadeiro, então comprei também Doritos, Ruffles, uma mistura de salgadinhos e pretzels. — Ele colocou tudo na mesa de centro e mostrou uma garrafa de Cherry Coke. — Achei que você podia gostar disto também. É minha favorita sempre que bebo demais.

A mente de Aerin estava em turbilhão. E se Thomas tivesse entrado quando ela ainda estava olhando o iPad dele? Teria sido um desastre. Ela tinha que sair dali. Precisava entrar naquele site *agora*.

Ela se levantou e abriu um sorriso frágil.

— Estou me sentindo pior do que pensava. Acho melhor eu ir pra casa.

O rosto de Thomas se transformou.

— Você não quer comer o melhor piquenique de máquina de lanches de Dexby?

— Não, estou mesmo cansada. — Aerin se levantou sem olhar para ele. Conseguia sentir a vovó Grove olhando da parede. *Me desculpa, tá?*, gritou ela na mente para a velha senhora. Agora, elas provavelmente nunca seriam amigas.

Thomas chegou para o lado para deixá-la andar até a porta.

— Eu levaria você, mas só tenho a moto, e pode acabar fazendo você se sentir pior. Posso chamar um táxi?

O táxi chegou em poucos minutos. Thomas colocou os salgadinhos em uma sacola de plástico e a ajudou a descer. Ele foi entregar umas notas para o motorista, mas Aerin segurou o braço dele.

— Pode deixar. Me desculpe por ter vindo.

— Eu gostei de você ter vindo. — Thomas deu um tapinha no ombro dela. — Fica bem, tá?

No táxi, Aerin olhou com nervosismo os barcos balançando no porto. Quando eles saíram da rua de Thomas, ela digitou o nome da DP de Dexby no celular. Com os dedos trêmulos, ela digitou as senhas da foto na ordem que Thomas as listou. Seu coração disparou enquanto a rodinha girava. E se ela tivesse colocado as senhas errado? E se a polícia rastreasse o celular dela e fosse prendê-la?

Mas uma mensagem apareceu: *Bem-vindo de volta, T. Grove*.

Aerin clicou em um botão que dizia *Casos passados* e selecionou o ano em que Helena tinha desaparecido. Uma pasta com o título *H. Kelly, caso nº 23566* apareceu.

Ela engoliu em seco e o abriu. Havia depoimentos, um relatório de pessoas desaparecidas e informações sobre a decomposição dos ossos de Helena. Aerin viu uma pasta chamada *Pessoas de interesse* e clicou nela. O nome de Kevin Larssen era o primeiro. Dentro da pasta, o primeiro item a aparecer eram miniaturas de fotos que Aerin nunca tinha visto. Ela clicou em cada uma delas para ampliá-las e ofegou. A primeira era uma foto de Kevin e do senador Gorman abraçados. *Connecticut Youth Leadership Conference Center*, dizia um letreiro embaixo deles. Havia uma data carimbada, 8 de dezembro, o dia em que Helena desapareceu. Outro carimbo na foto dizia *Confidencial*.

Então Gorman *foi* à conferência, e Kevin estava com ele. Talvez explicasse por que ele não foi ao discurso, mas também por que insistiu tanto sobre o álibi. Aerin apostava que Gorman tinha subornado os policiais para manterem as fotos em segredo. Ele não ia querer aquele tipo de informação na imprensa.

Havia mais fotos de Kevin depois daquele fim de semana também: indo para a escola, indo para a livraria, jantando com Gorman na cidade. A polícia deve ter ficado atrás dele obsessivamente, talvez para ver se ele estava fazendo alguma coisa suspeita. Isso era tranquilizador, pelo menos; Aerin duvidava que ele conseguisse escapar para assassinar Helena durante aquela época. Ela não queria que Kevin fosse o culpado, não de verdade.

Ela observou o resto dos suspeitos. Greg Fine também estava lá, mas dentro da pasta dele havia um relatório de uma clínica de reabilitação chamada Halcyon Heather declarando que ele foi um paciente internado de novembro daquele ano até março. Então ele também estava fora?

O táxi chegou na rua dela e parou em frente à casa.

— Aqui estamos — disse o motorista quando embicou na entrada da garagem. — Parece que você tem visita.

Aerin levantou a cabeça de repente. Havia uma pessoa sentada nos degraus da frente, mas não tinha como ser sua mãe. Ela apertou os olhos e observou o cabelo meio comprido, o vestido pregueado, as botas de garota durona.

Seneca.

Ela enfiou umas notas na mão do motorista e correu pela entrada sentindo uma euforia surpreendente. Seneca ficou de pé.

— Me desculpe, Aerin.

— Como você *demorou*! — disse Aerin ao mesmo tempo.

As garotas pararam e sorriram uma para a outra. E então, soltando um choramingo, Seneca abraçou Aerin com força.

— Eu sou uma idiota — ela murmurou no ombro de Aerin. — Eu não devia ter falado com você daquele jeito, não devia ter dito aquilo sobre Maddox. Ele não acha você uma vaca, eu juro.

— Eu odiei todo mundo ter ido embora tão de repente — disse Aerin. — Não quero desistir do caso, eu não devia ter fugido.

Seneca recuou do abraço delas.

— Você não quer desistir do caso? — perguntou ela. Aerin balançou a cabeça. — Ah, que bom. Porque acho que descobri uma coisa.

A língua de Aerin parecia peluda por causa do vinho.

— Isso é um alívio, porque todos os suspeitos que achávamos viáveis não estão mais parecendo uma possibilidade.

Seneca apertou os olhos, mas Aerin não estava com vontade de explicar naquele momento. Ela retorceu as mãos com impaciência querendo que Seneca dissesse o que tinha descoberto.

— Aquela mensagem na garça — disse Seneca. — Não é a palavra *hi*, são iniciais. H.I. Estou achando que é o namorado secreto ou o nome de Helena se ela se *casasse* com o namorado secreto. E andei pensando e cheguei a um nome.

Aerin piscou com força. Seu cérebro parecia lento e inchado. Ela repassou as pessoas na vida da irmã: amigos, namorados, tios, professores. Pensou em rostos do country clube, em pessoas que iam ao Scoops. Mas não havia muita gente com sobrenome começando com *I*. Seus olhos se arregalaram. Ela conhecia uma pessoa que tinha exatamente aquelas iniciais.

Um arrepio desceu pela espinha dela. Ela tocou no braço de Seneca.

— Heath Ingram?

Seneca assentiu.

— Foi nele que pensei também.

VINTE E SEIS

ALÉM DE AERIN querer reabrir o caso, ela também contou para Seneca sobre sua incursão no site da DP de Dexby. No dia seguinte, depois de uma noite decente de sono e um banho, Seneca falou com o pai pelo FaceTime, mostrou a casa de Aerin e o apresentou para ela para provar que estava bem. Depois de cuidar disso, as garotas saíram para irem à mansão dos Ingram.

Seneca sabia um pouco sobre os Ingram, mais porque eles eram amigos dos Kelly e ajudaram com o dinheiro de investimento inicial da loja Scoops de Dexby. Anos antes, no Facebook, Heath Ingram foi marcado em algumas fotos de Helena. Uma era um evento de Natal; ele e Helena estavam de roupas xadrez fazendo caretas. Em outra, eles estavam sentados em uma carruagem, encolhidos de uma forma íntima de amigos. Ou talvez *mais* do que amigos?

— Não acredito que Heath ainda mora com os pais — sussurrou Aerin agora, navegando pelas estradas de interior com uma das mãos no volante. Ela estava usando um vestido estampado preto e rosa grudado em cada curva e um par de saltos nude. — Ele não viveu à custa da família no ensino médio *nem um pouco*. Dirigia um Subaru velho. Comprava em brechós. Quando éramos pequenos, ele inventou uma peça chamada *A Sra. Texugo e a Sra. Raposa têm um plano*, sobre personagens que botam fogo na mansão dos pais para que o fogo aquecesse a cidade. Helena era a Sra. Texugo, eu era a Sra. Raposa, e Heath era a mamãe, que implorava para não queimarmos a bolsa e os sapatos dela. E quando a gente dormia lá, Heath dizia que tínhamos que fingir que morávamos em um cortiço e dormíamos na mesma cama.

Seneca olhou para ela de um jeito estranho.

— Vocês dormiam na mesma cama?

Aerin retorceu a boca como se só tivesse percebido agora como era estranho.

— Talvez tenha sido por isso que Helena manteve o relacionamento com Heath em segredo. Nós fomos criados como irmãos.

Seneca arregalou os olhos.

— Eu ouvi sua mãe o chamar de quase filho dela em uma entrevista.

Aerin tirou os olhos da rua por um momento.

— Que entrevista foi *essa*?

A lembrança mudou de forma.

— Não, na verdade foi em um vídeo do YouTube da sua mãe fazendo sorvete. Heath e outra pessoa, não lembro quem, foram convidados.

Aerin pareceu bem confusa.

— Eu achava que minha mãe tinha tirado esses vídeos de lá há muito tempo.

A Sra. Kelly devia ter tirado os vídeos mesmo. Seneca os viu quando Helena desapareceu.

— A linha do tempo encaixa — disse ela rapidamente. — Heath estudava em Columbia no mesmo inverno em que Helena desapareceu. Naquele mês de janeiro, Heath largou os estudos, se mudou para o Colorado, morou no Ritz de Beaver Creek e aprendeu a andar de snowboard.

— Eu achei que ele teve tanta sorte — refletiu Aerin. — O Ritz de Beaver Creek é demais.

— Mas eu liguei para o Ritz hoje de manhã, e não havia registros de aulas de Heath no arquivo. Será que ele aprendeu sozinho?

— Ele precisaria de instrutor. Era péssimo nas rampinhas daqui, mesmo com nossos esquis de principiante.

— Então será que ele não foi aprender snowboard? E nem estava no Ritz? — Seneca olhou para o celular. — Eu pedi um favor para MizMaizie, uma mulher que conheço do Caso Não Encerrado. Ela trabalhou com a polícia de Seattle e vai fazer verificações de identidade de Heath no Colorado para ver se ele alugou um apartamento, tirou habilitação, se registrou como eleitor. Vou pedir que faça uma verificação em Nova York também, assim como em alguns outros estados. Vamos descobrir onde ele estava. Quanto a essa visita, vamos ver o que ele nos diz. Vamos manter o clima leve e simpático.

O rosto de Aerin se fechou.

— Não estou me sentindo muito simpática agora, se isso tudo for verdade.

— Eu sei. Serve para mostrar que nem sempre a gente conhece as pessoas.

Ela ouviu a acidez na própria voz só depois que falou. Aerin limpou a garganta.

— O que aconteceu com Maddy?

As bochechas de Seneca ficaram vermelhas.

— Ele tem uma espécie de namorada que esqueceu de citar.

Aerin riu com deboche.

— *Quem*?

— Um tal de Tara. Ela é linda.

Aerin revirou os olhos.

— Azar o dele.

Seneca fingiu observar um celeiro vermelho que passava. Talvez Aerin estivesse certa. Era uma forma bem melhor de encarar tudo do que ficar chafurdando na infelicidade. Ela sentia vergonha; na noite anterior tinha tido um *sonho* com Maddox. Eles estavam naquela varanda de cobertura de novo, e Maddox a tinha puxado para perto e dito que estava tudo acabado entre ele e a namorada, e ele escolhia Seneca. Ela não conseguia acreditar nem que era capaz de sonhar uma coisa tão adolescente e melosa. Pior, odiava a sensação de euforia que sentiu nos momentos atordoados depois de acordar, antes da realidade voltar à mente.

— Chegamos — disse Aerin com voz fraca, parando em frente a um portão de ferro batido. O lugar parecia uma fortaleza, todo de pedra e ardósia e ferro e colunas grandiosas. Tinha chaminés duplas, hera subindo pelas paredes, uma estufa e um pequeno vinhedo. Um jardineiro mexia nos canteiros de flores na frente. Na lateral, havia uma garagem com espaço para pelo menos seis ou sete veículos.

— Quando foi a última vez que você veio aqui? — perguntou Seneca.

Aerin retorceu a boca.

— No Natal. Eles deram um festão. Mas quando Helena estava viva, nós vínhamos aqui praticamente todos os finais de semana.

— E dormiam na cama dele — disse Seneca, e fez uma careta.

Aerin apoiou a cabeça nas mãos.

— Eu não estou pronta pra isso.

— Eu sei — disse Seneca. — Mas obrigada por vir hoje. — Ela já tinha explicado que só tinha mais dois dias antes de ter que voltar para casa e que elas tinham que acelerar a resolução daquele caso.

Aerin suspirou e apertou o botão do interfone.

— Sim? — disse uma voz metálica e com sotaque.

— Oi! — disse Aerin com alegria. — Aqui é Aerin Kelly. Heath está em casa?

— Hã... — Houve uma pausa. E a voz disse: — Sim, entre.

O portão se abriu. Aerin seguiu pelo longo caminho. Ela olhou para Seneca de novo, parecendo em conflito.

— Acho que temos que trazer os garotos de volta. Não quero ser sexista nem nada, mas, em momentos assim, seria bom ter uns músculos na nossa equipe. E Madison também. Ela é uma boa pessoa de se ter por perto.

Seneca encolheu o corpo, mas entendia a lógica de Aerin.

— Vamos só acabar com essa conversa com Heath, tá? Aí você pode ligar pra eles.

Elas estacionaram e saíram do carro. Aerin levou Seneca até a porta da frente, que estava sendo aberta quando elas se aproximaram. Um homem alto de cabelo ondulado com vinte e poucos anos apareceu. Ele estava usando uma camiseta cinza amassada, calça cáqui e mocassins quase sem sola. Havia três pulseiras de barbante no pulso dele. Ele tinha um sorriso campeão de "já fui um bad boy", que ficava ainda mais fofo por causa dos dois dentes tortos da frente. Seneca não quis ficar olhando para ele, mas era difícil.

— Sra. Raposa! — disse Heath, indo na direção de Aerin com os braços esticados. — Como você está?

— Bem. — Aerin tocou no braço de Seneca. — Esta é minha amiga Seneca. Nós temos uma pergunta pra você. Pensei em ligar, mas a gente estava perto e decidi dar uma passada.

— Você é sempre bem-vinda. — Heath examinou Seneca com atenção, os longos cílios protegendo os olhos verdes. Ela sentiu a pele esquentar. Havia algo absurdamente sexy nele. O tipo de cara com quem você ficaria de amassos em um festival de música no deserto.

Heath as levou para um saguão enorme com piso de mármore e escadaria dupla. Um vaso com metade do tamanho do corpo de Seneca estava em cima de uma mesa; lírios fálicos saíam dele. Perto da escada havia um retrato de Marissa Ingram sentada em um divã, o rosto de perfil, as pernas esticadas, um gato branco de pelo longo ao lado.

Eles viraram e andaram por uma sala cheia de livros com aparência antiga, mobília de couro, tapetes orientais e mesas elaboradas de madeira com quebra-cabeças pela metade. Cada quadro era de um homem a cavalo. Finalmente, Heath parou em uma sala menor. Tinha uma lareira grandiosa, mas era cheia de livros de capa dura. Havia uma poltrona egg perto da janela. As cortinas eram de seda com estampa Paisley, e havia um cacto saguaro enorme em um vaso no canto.

Aerin olhou em volta.

— Aqui não era o escritório do seu pai?

— Era, mas ele está usando um aposento lá em cima. Eu redecorei. — Enquanto Heath se sentava em um sofá modulado de couro, o iPhone dele tocou. — Oi, mãe — ele disse com paciência. — Papai? Não sei onde ele está...

Seneca observou os livros na lareira. *A melhor versão de você. Superando qualquer coisa. Quando a vida lhe der limões, prepare uma limonada!* Os limões de Heath podiam ter a ver com Helena?

Heath desligou e gemeu.

— Minha mãe tenta e tenta e tenta, mas meu pai não está nem aí. — Ele se encostou no sofá. — O que está rolando, Sra. Raposa? Querem que Lupita traga alguma bebida? Água? Rum punch? — Ele riu com malícia. — É meio cedo, mas o dela é ótimo.

— Nós estamos bem. — Aerin chegou mais perto de Seneca. — Eu falei para Seneca que você estudou em Columbia porque ela está pensando em pedir transferência pra lá e queria saber o que você achava de lá.

— É demais. — Heath pareceu saudoso. — Eu queria poder ter ficado mais, mas a faculdade e eu não nos demos bem na época. Você quer algum contato? Acho que posso falar por você com o reitor de admissões. Ele deve um favor ao meu pai.

Seneca arregalou os olhos. Se ao menos pudesse contar com isso. Sem dúvida aliviaria o golpe quando ela tivesse que contar ao pai sobre a universidade.

Aerin se mexeu com inquietação.

— Você não levou Helena pra conhecer Columbia?

A testa de Heath se franziu. Parecia que mencionar Helena deixava todo mundo ali irritado. Por outro lado, quem queria ser lembrado de uma coisa tão horrível? Depois que a mãe de Seneca desapareceu, ninguém queria dizer o nome dela também.

— Helena era mais uma garota da NYU — respondeu Heath.

— Então vocês visitaram a NYU juntos?

Heath balançou a cabeça.

— Eu não a vi em Nova York. E se ela foi visitar Columbia, deve ter ido com aquele tal de Kevin. — Ele riu. — O que ela viu nele, afinal?

O pé de Aerin estava balançando tanto que Seneca estava com medo que caísse.

— Não sei bem se ela *estava* a fim de Kevin, na verdade. Ela não falou sobre isso com você?

— Não... — Heath inclinou a cabeça, ainda sorrindo.

Se ele sabia de alguma coisa, estava se saindo muito bem em esconder. Seneca decidiu mudar a abordagem.

— Pra onde você pediu transferência quando saiu de Columbia?

Heath soltou uma mistura de gargalhada e tosse.

— Você não sabe? Minha mãe age como se fosse notícia nacional o fato de eu não ter ido pra outra faculdade.

— Mas então, o que você fez?

— Eu fui para o Colorado. Relaxei. Aprendi a andar de snowboard.

— Ah, isso mesmo — disse Aerin. — Você morou no Ritz de Beaver Creek, né?

— Aham. — Ele esfregou furiosamente o nariz, como se estivesse tentando apagar as sardas.

— Eu só fui ao Ritz almoçar — disse Seneca. — Não consigo imaginar *ficar* lá.

— Os quartos são ótimos — concordou Heath.

— E as pistas de esqui ficam perto, né? — perguntou Seneca, lembrando a pesquisa que tinha feito sobre o Ritz naquela manhã.

Heath balançou a cabeça.

— Não, tem um elevador atrás. Você entra e sai de esqui.

Seneca balançou o pé. Era verdade.

— E imagino que tenha conhecido Phinneas.

Heath piscou.

— Phinneas?

— Você tem que ter conhecido ele — disse Seneca. — Ele é tipo uma figura popular do Ritz.

— Ah, *Phinneas* — disse Heath depois de um momento. — É. O barman mais incrível do mundo.

A porta se abriu. Todo mundo pulou. A Sra. Ingram entrou. Ela estava usando um vestido creme com dois Cs de Chanel entrelaçados no cinto. Estava puxando o marido junto, que franzia a testa para alguma coisa no celular.

— Heath, eu queria muito que você viesse almoçar conosco — disse a Sra. Ingram, mas parou de repente. — Aerin! Ah, *oi*, querida!

Aerin beijou a mãe de Heath sem que seus rostos se tocassem e abraçou o Sr. Ingram.

— Desculpem aparecer assim. Nós tínhamos uma pergunta para Heath sobre Columbia. Minha amiga está interessada na faculdade.

O Sr. Ingram fez uma expressão azeda.

— Heath não pode ajudar muito. Ele nunca ia às aulas.

Marissa olhou para ele de cara feia e sorriu para Seneca.

— Você é de Dexby? Nós nos conhecemos?

O olhar de Seneca foi de uma pessoa da família para a outra. O sorriso de Marissa era todo gengivas. A atenção do Sr. Ingram estava no celular de novo. Heath não estava olhando para a mãe. Estava olhando para Seneca, focado como um laser, os olhos frios. Seneca olhou para a mão dele. Estava apertando o braço da cadeira com tanta força que as veias estavam altas.

O olhar de Aerin também estava na mão de Heath. Ela pulou e ficou de pé.

— Bom, nós não queremos atrapalhar seu almoço.

Marissa riu com deboche.

— Não seja boba. Por que vocês duas não vêm junto? Nós vamos ao iate clube.

— Muito obrigada, mas já temos um compromisso. — Aerin já estava na porta. Ela balançou os dedos para Heath, mas ele só deu um leve sorriso. Uma veia latejava no pescoço dele.

Só quando elas estavam em segurança fora da casa e no carro de Aerin foi que Seneca soltou o ar.

— Acho que Heath está meio confuso.

— Por quê?

— Sabe Phinneas? A figura popular do Ritz? Eu pesquisei sobre ele hoje de manhã. Ele não é um barman, como Heath disse. — Seneca ergueu as sobrancelhas de forma significativa. — Ele é o *cachorro* do hotel.

VINTE E SETE

BRETT ESTAVA ENCOLHIDO no sofá de couro da sala de Maddox. A tela inicial de *Battlefield 4* estava aparecendo na televisão, mas nem ele e nem Maddox pegaram um controle. O aposento estava com cheiro de chulé, biscoito e erva: Madison tinha se juntado a eles e estava lendo uma *Vogue* em uma espreguiçadeira.

Ele não estava pronto para ir embora de Dexby, então, depois de andar pela cidade, ele pegou um táxi para a casa de Maddox.

— A gente pode passar um tempo juntos? — perguntara ele. Ficou agradecido de Maddox ter deixado que ele entrasse porque seu quase envolvimento com Aerin o estava consumindo, e ele precisava da perspectiva de um homem.

— A gente chegou perto *assim* — disse ele para Maddox, descrevendo como Aerin pareceu interessada. — Mas não pareceu certo, sabe?

— Espere até ela não estar bêbada — disse Madison do sofá. — Pra que seja real.

— Exatamente. — Brett se encostou e sorriu. Ia rolar entre os dois. Ele sabia.

O celular de Maddox tocou. Ele olhou para a tela e fez uma careta estranha. Brett se inclinou; o celular do amigo estava apitando loucamente desde que ele chegou. Uma mensagem de texto dizia: *O que você está fazendo agora?*

Ele cutucou Maddox.

— Quem é essa Catherine que está tão louca atrás de você?

— Uma... garota — disse Maddox com hesitação na voz.

Outro toque. Brett espiou a tela. *Hã, qual é a do silêncio*, dizia uma nova mensagem. *Esqueceu o que conversamos?*

— Nossa, pressão pra quê, né — murmurou Brett.

— Eu falei que Catherine é maluca — disse Madison, sem tirar o olhar da revista.

Maddox murmurou alguma coisa que Brett não conseguiu entender.

— Você devia ligar pra Seneca — cantarolou Madison.

Maddox colocou o celular no sofá com a tela virada para baixo.

— Com que objetivo?

— Tenho certeza de que ela gostaria de um pedido de desculpas — disse Brett. — Pode ser que ela também queira pedir desculpas. Eu já recebi uma mensagem dela pedindo desculpas.

Maddox fechou os olhos.

— Não sei...

Brett deu de ombros.

— Digite asterisco 67 antes de ligar. Ou use o meu celular. — Ele jogou o aparelho pelas almofadas; caiu quase no colo de Maddox. — Vamos lá. Vai melhorar o clima.

Suspirando, Maddox pegou o celular e procurou nos contatos de Brett. Depois de um momento, encostou o celular no ouvido.

— Coloque no viva-voz — instruiu Brett.

Maddox olhou para ele.

— Eu não vou colocar no viva-voz! — Mas acabou colocando mesmo assim. No terceiro toque, Seneca atendeu.

— Oi, Brett — disse a voz dela pelo viva-voz, parecendo profissional. — Eu estava ligando pra você.

— Na verdade, é Maddox — disse Maddox ao telefone.

Houve uma pausa.

— Ah — disse ela com voz gelada. — Bom, acho que você também pode ouvir isso.

— Espere — disse Maddox. — Eu quero falar primeiro. — Brett fez sinal de positivo. — Eu sinto muito. Por... você sabe. Eu fiz uma merda enorme. — A voz dele parecia carregada de arrependimento.

Seneca demorou um pouco para responder, mas acabou suspirando.

— Tudo bem, Maddox. Eu também sinto muito. E, na verdade, nós temos mais trabalho a fazer no caso.

— Você não está em Maryland? — disse Brett ao fundo.

Maddox olhou para ele.

— Oi, Brett — disse Seneca. — Eu fiz meu pai voltar. Na verdade, Aerin e eu estamos parando na frente da casa de Maddox agorinha.

Um motor ronronou na frente da casa. Brett, Maddox e Madison chegaram à porta na hora em que Aerin e Seneca estavam saindo do carro de Aerin. Brett ficou tão feliz de vê-las de novo que deu um abraço enorme em Seneca.

— É bom ter você de volta.

— Minha vez! — disse Aerin em seguida. Brett a pegou no colo e a girou, desejando poder recliná-la romanticamente e dar um beijo nela bem ali.

Mas Seneca saiu andando em direção à casa, toda profissional.

— Nós descartamos Kevin e Greg.

— Como? — perguntou Brett, indo atrás delas.

— Não importa — disse Seneca, lançando um olhar conspirador para Aerin. — Mas, Brett, sua mensagem sobre a garça me fez pensar. E se *Hi* for na verdade iniciais, *H.I.*? Uma pessoa encaixa: Heath Ingram.

Brett sentiu orgulho.

— Eu sabia que aquela garça era uma pista. Mas quem é Heath Ingram?

— Amigo da família Kelly — disse Madison.

Seneca olhou para Maddox.

— Você se lembra de Heath da casa dos Kelly?

— Mais ou menos — disse Maddox lentamente. — Ele foi até lá com Helena uma vez. Helena saiu da cozinha e ele se virou para mim. E disse... — Maddox parou de falar.

— Disse o quê? — perguntou Seneca.

Maddox suspirou.

— Ele disse: "Você está a fim de Helena, não está? Eu vejo como você olha pra ela. Você está espionando ela."

— Você *estava*? — perguntou Aerin.

— Cara, *não* — gemeu Maddox. — O que quero dizer é que ele pareceu paranoico. Talvez estivesse querendo ter certeza de que eu não sabia alguma coisa.

Seneca se sentou à mesa da cozinha e tirou um laptop da bolsa.

— Nós o pegamos em uma mentira hoje de manhã. — Ela olhou para Aerin. — Todo mundo no Ritz conhece aquele cachorro. Está até no Trip Advisor: os convidados podem levar Phinneas pra passear, e ele fica perto da recepção. Quem faz check-in praticamente tropeça nele. E ele estava vivo cinco anos atrás, quando Heath estava lá. Se tivesse ficado no Ritz, saberia sobre aquele cachorro.

— Heath disse que Phinneas era um barman — explicou Aerin para o grupo.

— Então, o que ele *estava* fazendo? — perguntou Brett, intrigado.

— Nós não sabemos — murmurou Aerin.

Seneca começou a digitar no laptop.

— Estou achando que ele estava em Nova York cinco anos atrás. Escondendo Helena. Miz Maizie está investigando.

— Do fórum? — Brett assobiou. — Ela tem acesso a todos os tipos de bases de dados.

— Pessoal, espera aí — disse Maddox de repente.

Seneca olhou para ele, a testa franzida.

— O quê?

Maddox respirou fundo.

— Tem uma coisa que eu não contei sobre quando fui assaltado. — O pomo de adão dele subiu e desceu. — Eu me lembro de alguém se inclinando para perto de mim e dizendo que eu tinha que parar senão seria morto. Tudo bem, parece absurdo... mas e se fosse relacionado ao caso? E se a pessoa quisesse dizer parar de *investigar*?

Madison ficou pálida.

— Espera, o quê?

Brett olhou fixamente para ele.

— Tem certeza de que disseram isso?

Maddox puxou a gola da camiseta. O celular começou a apitar de novo, mas ele o ignorou.

— Parece bem real.

— Por que você não contou pra polícia? — perguntou Aerin.

Maddox olhou para as mãos.

— Porque... parece maluquice.

Seneca retorceu a boca.

— Pode ter sido só um assaltante. A pessoa podia estar querendo dizer pra ele parar de se mexer senão ia morrer. Ou parar de gritar.

Aerin balançou o braço.

— Concordo. — Mas havia um tremor na voz dela, como se não tivesse tanta certeza.

Brett olhou para Maddox. E se ele estivesse certo e houvesse alguém atrás deles? Mas as garotas já estavam olhando o computador de Seneca.

— Hum — disse Seneca quando abriu a página do Facebook de Heath encostada na cadeira e apertando os olhos para a tela. — Aqui está o fim de semana de 8 de dezembro de cinco anos atrás, quando Helena sumiu. Heath fez uma postagem dizendo que estava em Aspen... mas sem foto.

Brett se inclinou para perto da tela.

— Se a gente conseguisse os registros telefônicos da época, poderia provar onde ele realmente estava. Aposto minha grana nisso.

Madison pareceu confusa.

— Mas aonde Heath e Helena foram? Não pra casa dele em Dexby. Nem para o alojamento dele em Columbia, ele largou a faculdade no primeiro semestre.

— Talvez tenha alugado um apartamento na cidade — sugeriu Brett. — Porque eles tinham que estar em Nova York, lembram? Loren fez entregas pra eles.

Snap.

Brett se empertigou, alerta.

— O que foi isso?

Os outros franziram a testa e inclinaram a cabeça.

— Eu não ouvi nada — disse Madison.

Outro som, como o de galhos em movimento, apesar de não estar ventando. Agora, Maddox se levantou e espiou pela janela.

— Tem alguém lá fora.

— Vou dar uma olhada — disse Brett.

— Não, eu vou — disse Maddox, dando um pulo.

— Vamos nós dois — disse Brett, empertigando o peito.

Eles seguiram com cautela pela sala na direção da porta de vidro de correr. Era hora do crepúsculo, e o céu estava roxo-amarelado. Um balanço de pneu nos fundos da propriedade balançava hipnoticamente.

O ar estava frio e carregava o odor leve de madeira de uma fogueira. Pássaros cantavam alto, como em aviso.

— Olá? — gritou Brett quando eles abriram a porta. O celular de Maddox apitou de novo, o som abafado no bolso.

O ar estava sinistramente silencioso, como se alguém estivesse se esforçando muito para ficar imóvel. Ele e Maddox trocaram um movimento de cabeça e deram um passo para fora. Brett foi para a esquerda. Nada no pátio lateral. Uma mangueira enrolada. A capa de plástico de uma churrasqueira.

De repente, ele sentiu um golpe na lateral da cabeça que o derrubou de lado, e sua boca se encheu de sangue. Alguma coisa o acertou de novo, desta vez nas costas. Ele tentou se virar, tentou ver o que tinha acontecido, mas ele não conseguia se mover.

— Brett? — Ele ouviu a voz de Maddox gritar de longe. Seu amigo apareceu acima dele, mas estava tudo borrado. Brett tentou se sentar e esfregar os olhos. Seus dedos tocaram em algo grudento.

— Brett? — Maddox estava gritando com ele agora. — Brett, diga alguma coisa!

Brett abriu a boca, mas não conseguiu falar. Sua cabeça formigava, como se ele fosse desmaiar. Ele olhou em volta tentando entender o que tinha acontecido e se poderia acontecer de novo. Uma sombra se moveu em seu campo de visão, alguém de preto. Seus olhos ganharam foco. A figura se esgueirou para o outro lado da rua, atrás do carro parado de algum vizinho. Ele levantou o braço tentando sinalizar para Maddox, mas a tontura tomou conta dele, e ele caiu na grama.

— Brett! — Maddox gritou em seu ouvido. — Brett, amigão, não pegue no sono!

Mas Brett não conseguia mais lutar. Ele fechou os olhos, a cabeça latejando tanto que parecia que alguém tinha enfiado uma estaca no seu cérebro. Ele se sentiu afundando e caindo, caindo, caindo em um poço de escuridão. O último som que ouviu foi o apito insistente do celular de Maddox.

VINTE E OITO

SENECA ESTAVA SENTADA em uma cadeirinha vermelha de plástico em um cubículo pequeno fechado por cortinas na sala de emergência do Dexby Memorial Hospital. Na cama, Brett estava deitado com os olhos bem fechados, embora os lábios continuassem se mexendo. Havia soro no braço dele, um hematoma roxo no maxilar e muito sangue seco em sua cabeça. Cada vez que olhava, ela sentia um certo enjoo. O legista tinha tentado limpar sua mãe antes que Seneca a visse, mas também tinha muito sangue seco nela.

A porta se abriu. Aerin e Maddox entraram com latas de refrigerante da máquina.

— Como ele está? — sussurrou Aerin, entregando uma lata de root beer para Seneca.

Ela deu de ombros.

— Ele não se mexeu desde que vocês saíram. Mas o médico voltou e disse que ele não teve uma concussão. Não precisam fazer mais exame nenhum. Ele vai ficar bem.

Depois que os garotos foram olhar lá fora, os cabelos da nuca de Seneca ficaram em pé. E se Maddox estivesse certo? E se aquela voz que ela ouviu do lado de fora da porta do quarto fosse real? E se não tivesse sido só um assaltante qualquer em Nova York? Mas alguém atrás deles? Ela achou que estava sendo boba, mas foi verificar mesmo assim. Quando viu Brett caído no pátio, sem reagir, e Maddox inclinado sobre ele, a primeira coisa que ela pensou foi que estava tendo uma alucinação. Isso não podia ser *real*. Alguém não podia estar atrás deles *de verdade*. E ela se sentiu responsável. Devia ter levado Maddox mais a sério.

Houve um ruído na cama. Seneca se virou e viu os olhos de Brett se apertarem e se abrirem. Ele se concentrou nas figuras acima dele, e seus lábios secos se abriram. A primeira pessoa para quem ele olhou foi Aerin. Ele tentou sorrir.

— Bem-vindo de volta — disse Madison, apertando as mãos dele.

— Fique deitado, mano — acrescentou Maddox. — Você está no hospital.

Brett se mexeu e fez uma careta.

— Alguém me acertou.

Todos trocaram um olhar. Foi o que eles tinham concluído.

— Você conseguiu ver quem foi? — perguntou Seneca.

Brett olhou para o soro no braço.

— Não.

Aerin abriu a cortina e espiou a emergência agitada.

— A gente precisa chamar a polícia.

— Nós não podemos. — Seneca fechou a cortina. — Vão querer saber por que alguém ia querer fazer isso com Brett. Vamos ter que contar o que andamos fazendo.

— Atacaram ele! A gente vai deixar isso passar?

Maddox se mexeu parecendo desconfortável.

— Aerin, o que nós descobrimos sobre Kevin, sobre as letras na garça, até o fato de termos ido falar com Loren... não relatar para a polícia pode ser visto como esconder provas. Nós podemos ficar encrencados. E alguém nos ameaçar pode ser uma coisa boa, se você pensar bem. Quer dizer que estamos chegando perto, talvez até que estamos certos. Alguém está puto da vida.

— Não quero que mais ninguém seja agredido! — gritou Aerin.

Seneca mordeu o colar. Ela concordava que a polícia teria perguntas demais.

Ela se virou para Brett.

— Nós temos que sustentar nossa história. Quando trouxemos você pra cá, nós dissemos para o médico que você e Maddox estavam treinando golpes de *Ultimate Fighter* e as coisas fugiram ao controle. Se um policial fizer alguma pergunta, você não pode dizer mais do que isso.

Brett fez uma careta.

— A gente pode ao menos dizer que eu também dei um sacode em Maddox? Não quero que eles pensem que esse magrelo me mandou para o hospital.

— Cara, eu daria uma surra em você com facilidade — disse Maddox rindo.

— A gente pode pular esse papo de macho? — interrompeu Seneca. Ela se inclinou para mais perto de Brett. — Então você não se lembra de *nada* sobre quem acertou você? Não tem nenhuma descrição?

— Só lembro que a pessoa estava de preto. Eu a vi atravessar a rua. Tentei sinalizar pra você, Maddox, mas você estava focado em mim.

Maddox ergueu as sobrancelhas.

— O assaltante na cidade também estava de preto. E a pessoa era de altura média? Tinha voz aguda? Meu assaltante era... talvez fosse a mesma pessoa.

— O quê? Tipo, uma *mulher*? — Brett pareceu horrorizado. — Ah, não. Uma mulher não bateu em mim.

— Na verdade, eu tive uma sensação de ser uma mulher no Restful Inn também — disse Seneca. Ela se sentou na cadeira de plástico sentindo-se exausta. — Mas só pode ser Heath Ingram. Nós o visitamos ontem. Fizemos perguntas sobre Helena. Será que ele não estava só disfarçando a voz...?

Aerin jogou a lata de Sprite na latinha de lixo perto da cortina.

— Eu só queria ter provas. *E* motivo. Por que Heath levaria Helena para Nova York e depois a mataria?

— Será que ela estava traindo ele? — sugeriu Maddox.

— Se ao menos ela tivesse contado pra alguém sobre Heath — murmurou Seneca. — Em um blog, um diário. — Ela revirou o cérebro tentando se lembrar de alguma coisa do Facebook, de alguma dica de que Heath e Helena estavam mesmo juntos, mas não conseguiu pensar em nada.

— A polícia investigou tudo isso — disse Aerin. — Não havia nada.

Uma expressão pensativa surgiu no rosto de Brett, e ele se apoiou nos travesseiros.

— Aerin, Helena não disse alguma coisa sobre segredos no dia que sumiu?

Aerin franziu a testa.

— Não...

— Tem certeza? Você disse pra Seneca que xeretou o quarto dela e que tinha uma outra coisa estranha que ela disse pra você.

O olhar de Aerin mudou.

— *Ah*. Eu disse que sentia saudade dela, e ela disse que a gente sempre conversaria, mas as coisas teriam que ser por debaixo dos panos. É disso que você está falando?

Brett apontou para ela.

— *Isso*.

Seneca franziu o nariz.

— Aerin contou isso pra polícia. Não é novidade.

Brett entrelaçou as mãos na nuca.

— Pode ser que ela estivesse tentando contar uma coisa especial pra você, principalmente se estivesse planejando fugir. Talvez estivesse se referindo discretamente a um lugar em que vocês adorassem comprar panos?

Aerin piscou.

— Hã?

— Alguém que vocês conheciam usava um pano enrolado na cabeça? — perguntou Brett. — Ou será... podia ser referência a pano de *chão*?

Seneca riu com deboche.

— Brett, você é tão esquisito.

— Aah! — gritou Madison. — Debaixo dos Panos é um app. Será que pode ter a ver?

Seneca se virou de repente.

— *É?*

Madison assentiu.

— É meio como a verdade em Verdade ou Consequência. Você posta seus segredos e as pessoas pontuam.

— Eu nunca ouvi falar de um aplicativo chamado Debaixo dos Panos — disse Seneca em dúvida.

— Não ficou popular. Tinha um nome idiota, e havia um monte de outros aplicativos parecidos e com interface melhor. — Madison ergueu as sobrancelhas. — Tinha uma função na qual as pessoas sussurravam segredos em particular. Casais usavam pra sexo virtual e pra postar sacanagens que eles fariam uns com os outros depois da aula. Os pais não teriam como encontrar as mensagens.

Aerin arregalou os olhos.

— Ah, meu Deus. *Teve* outra coisa que ela disse. *Vai ter que ser por debaixo dos panos... no celular.* Ela podia estar me dando uma dica!

O cérebro de Seneca estava explodindo em fogos de artifício.

— Então, o Debaixo dos Panos é um jeito de casais conversarem? Em particular, sem deixar rastro, sem usar mensagens de texto que os pais veriam?

Madison assentiu.

— Foi o que eu acabei de dizer.

Seneca olhou para Aerin com empolgação.

— Nós precisamos do antigo celular de Helena.

★ ★ ★

VINTE MINUTOS DEPOIS, Seneca e Aerin voltaram para o hospital da casa de Aerin com o iPhone de Helena na mão. Apesar de Seneca ter dito para o resto do grupo que esperaria para olhar, ela não resistiu a dar uma olhada na lista de ligações de Helena no carro. Havia um monte de ligações para Heath. Mensagens de texto também. Mas talvez isso fizesse sentido, eles eram amigos. Além do mais, as mensagens eram todas com coisas de amigo, triviais, a maioria relatando partes de episódios de *Walking Dead*. Só por diversão, ela procurou o contato de Katie, a antiga rival de Helena. Só havia uma mensagem de texto dela, seis meses antes de Helena desaparecer: *obrigada por nada*. Helena não respondeu. O que queria dizer? Por outro lado, talvez não valesse a pena investigar. Katie já tinha sido isentada.

Ela olhou para Aerin.

— Você se lembra de ter visto o nome de Heath no arquivo de Helena no servidor da polícia?

— Lembro, mas só dizia que ele estava no Colorado. A entrevista foi bem curta, a polícia não o interrogou sobre mais nada. — Aerin enrijeceu. — Talvez seja por isso que os Ingram ajudaram a custear a reforma luxuosa da delegacia de polícia no mesmo ano.

De volta à emergência, Brett parecia bem mais forte e estava sentado encostado nos travesseiros jogando *Candy Crush* no celular. Depois de alguns minutos remexendo no antigo aparelho de Helena, Maddox grunhiu:

— Não tem o Debaixo dos Panos aqui.

— Tem certeza? — perguntou Seneca, decepcionada.

— Eu olhei em tudo. Olhei pastas escondidas dentro de pastas sob nomes de aplicativos diferentes...

— Dá pra esconder aplicativos no celular? — A voz de Aerin tremeu. — Eu não sabia disso.

— Droga — sussurrou Madison baixinho. — Pareceu tão promissor.

O celular de Seneca apitou.

— É MizMaizie. — Ela olhou o e-mail. — *Não encontrei nenhum registro de Heath Ingram em Nova York e em Connecticut nas datas em questão* — leu ela.

Brett se ergueu na cama de hospital.

— É mesmo?

Havia mais.

— *Há resultados para um Heath Ingram com a mesma idade e descrição morando no Colorado cinco anos atrás. Ele pediu carteira de habilitação do estado do Colorado no dia 1º de janeiro daquele ano. Tem licença de casamento também.* — Ela parou. — Espera, como é?

Aerin piscou com força.

— Heath *se casou* com Helena?

— Não. Ele se casou com uma pessoa chamada Caitlynn Drexler.

Seneca mostrou a fotografia anexada. Era uma garota de cabelo escuro, olhos cinzentos grandes e um sorriso sem graça. O cabelo estava arrumado em pequenas tranças. Ela também tinha uma margarida grande pintada na bochecha; Seneca não *achava* que fosse uma tatuagem.

— MizMaizie também a investigou. Aparentemente, ela é recrutadora da Igreja do Animal Espiritual. — Seneca levantou o rosto. — Isso não é um culto de hippies que tira todo o dinheiro da pessoa? Eu vi uma matéria no *60 Minutes* sobre isso um tempo atrás.

Aerin arregalou os olhos.

— Você acha que *Heath* era parte disso?

— Seria um bom motivo pra inventar uma história sobre snowboard no Ritz — murmurou Seneca. — Quando Heath voltou para Dexby, ele foi logo morar em casa?

Aerin estalou os dedos.

— Pode ter sido necessidade. Talvez essa garota tenha roubado todo o dinheiro dele para o culto.

— Você acha que eles ainda são casados? — Seneca continuou lendo. — Não vejo anulação...

— Então Heath *não* matou Helena? — disse Brett lentamente.

— Não sei — respondeu Seneca. — Talvez não.

Bzzt.

Seneca empertigou a coluna. Ela achou que tivesse sido seu celular, talvez com outra mensagem de MizMaizie. Mas era a cama de Brett que estava vibrando. Sua respiração entalou.

Era o celular de Helena. Havia uma ligação.

Todos olharam como se o aparelho estivesse possuído. Aerin o pegou com as mãos tremendo.

— É de um número desconhecido — sussurrou ela.

O celular tocou de novo. Ninguém se mexeu. Finalmente, Brett se sentou e o pegou.

— Alô — disse ele com voz fraca.

Silêncio. A testa de Brett se franziu. Ele piscou uma, duas vezes, e disse:

— Sim. Sim. Certo. Valeu, cara. — Ele desligou o celular. — Era Loren.

— O traficante Loren? — disse Seneca.

Brett assentiu distraidamente.

— Ele lembrou o endereço de Helena. Simplesmente ocorreu a ele, ele disse, do nada, e ele ainda tinha esse número. — A voz dele estava impressionada e parecendo em transe. — Ela recebia no prédio em que John Lennon levou o tiro. Na esquina da Setenta e Dois Oeste e o parque.

O olhar de Maddox se desviou de um lado para o outro.

— É o Dakota.

Aerin se encostou, a testa franzida.

— Eu não conheço ninguém que mora lá...

— Loren se lembrou de outra coisa — acrescentou Brett. — O nome na conta não era de Helena. Era *Ingram*.

Seneca bateu palmas.

— Então *era* Heath!

Maddox afundou na almofada.

— Como Heath podia estar no Colorado *e* em Nova York?

— Pode ser que ele tenha ido *depois* que matou Helena — sugeriu Seneca.

— Ou talvez ele viajasse de um lugar para o outro.

— Não.

Seneca se virou. Aerin estava com o maxilar frouxo perto da porta.

— Não é Heath.

— Mas, Aerin, *só pode* ser — insistiu Seneca.

Aerin balançou a cabeça lentamente. Ela parecia prestes a vomitar.

— Tem outro Ingram, um que tinha acesso garantido a um apartamento em Nova York. *Skip* Ingram. *Harris* Ingram. *H.I.* — Ela levou a mão trêmula à boca. — Acho que Helena estava com o pai de Heath.

VINTE E NOVE

AQUELE BABACA, pensou Aerin, atordoada, sentada no banco de trás de um táxi de Nova York. Era manhã de domingo, e ela e seus amigos estavam seguindo por Central Park West na direção do prédio Dakota. Eles precisavam entrar no apartamento do Sr. Ingram e encontrar algum tipo de prova sólida.

Aquele babaca egoísta, nojento e filho da puta. As palavras martelavam no cérebro dela como batimentos. O Sr. Ingram (ela não conseguia pensar nele como *Harris* e definitivamente não como *Skip*) era o cara. Encaixava no perfil deles. Foi *ele*.

Ele era escandalosamente mais velho. Cordial. Tinha cultura, era um grande colecionador de arte. Aerin não se lembrava dele colecionar arte asiática em particular, mas isso porque ele colecionava de *tudo*; ele e o pai de Aerin iam a leilões o tempo todo, da forma como os outros pais iam a eventos esportivos. O pai dela voltava com quadros abstratos feios e estátuas tribais de madeira, todos levados para o apartamento horrível na cidade. Presumivelmente, o Sr. Ingram tinha feito o mesmo.

Naturalmente, Helena teria que recrutar Kevin Larssen como namorado falso para encobrir um caso com um *homem casado*. E o apartamento no Dakota? Até *disso* Aerin se lembrava, pensando bem; Marissa falara sem parar sobre isso anos antes. Ela não *queria* que Skip tivesse um apartamento na cidade, mas se era assim, era melhor que fosse um chique. O Dakota, gabava-se ela, tinha um dos comitês de admissão de inquilinos mais difíceis de agradar da cidade.

E, ah, as bilhões de vezes que o Sr. Ingram e Helena se encontravam em Dexby! Os churrascos, jantares casuais, festas elegantes, os filmes na sala de cinema. Todas as vezes que Aerin viu o Sr. Ingram e Helena conversando na cozinha e não viu nada demais. Ela pensava: *Uau, Helena tem o gene educado da família, porque não faço ideia de como conversar com adultos.* E o tempo todo o Sr. Ingram ficava olhando para os peitos da sua irmã. Isso a deixava enjoada. Só o caso deles já era um crime nojento. Helena não tinha nem dezoito anos. O Sr. Ingram devia saber.

Mesmo assim, Aerin não conseguia visualizar Harris Ingram *assassinando* alguém. Em uma das primeiras festas de Natal da Scoops, o Papai Noel que eles contrataram pegou gripe, e o Sr. Ingram se ofereceu para botar a roupa vermelha e fez ho-ho com bom humor. Mas até isso a deixava nervosa agora; ela se sentou no *colo* dele. Sentia vontade de ir lavar a bunda naquele momento de tão recente que era a lembrança.

Como o Sr. Ingram convenceu Helena a fugir para Nova York com ele? O que ele disse com aquele barítono com sotaque de Boston estilo Kennedy? *"Vem comigo"*? *"Posso esconder você no meu apartamento"*? *"Vou comprar roupas lindas pra você"*? *"Mas você nunca mais pode ver sua família"*?

E aí, como um animal, ele a matou.

O celular de Aerin tocou na mão dela, dando um susto tão grande que ela quase o deixou cair. O nome de Thomas surgiu na tela. *Oi, sumida. Como você está? Anda comendo Cheetos ultimamente?*

Aerin sentiu uma pontada de culpa. Odiava ter invadido o sistema da polícia usando a senha dele. Até tinha entrado novamente de manhã para verificar o álibi do Sr. Ingram. Ele disse que estava em viagem de negócios a Washington, DC. Os policiais idiotas nem questionaram.

Queria responder a mensagem de texto de Thomas, mas assim que fizesse isso, ela tinha medo de acabar contando tudo. Desligou o celular e colocou em um compartimento da bolsa fechado por zíper.

Brett, que estava sentado na frente com uma bolsa de gelo no rosto ainda inchado, se virou para o motorista.

— Hã, dá pra cortar até a Quinta Avenida?

O motorista olhou para ele de um jeito estranho.

— Achei que vocês estavam indo para a Setenta e Dois com o parque.

— Vamos rodar um pouco. Pra gente ver a cidade.

O motorista balançou a cabeça, mas fez o que ele mandou. Aerin se virou e olhou para o sedã verde diretamente atrás deles. Ela olhou para Brett. *Nos seguindo?*, disse ela com movimentos labiais.

Brett mordeu o lábio inferior já machucado e deu de ombros.

O estômago de Aerin estava doendo. No caminho da estação de trem, Brett pediu a Aerin, que estava dirigindo, para pegar o caminho mais complicado possível para deixar para trás qualquer pessoa que pudesse estar atrás deles. Eles desceram de um trem Metro-North e esperaram vinte minutos até o seguinte porque uma mulher estava olhando para eles de um jeito suspeito. E depois, só por segurança, desceram do trem no Harlem, trocaram pelo metrô, foram até a Oitenta e Seis e pegaram um táxi. O que devia ter demorado quarenta minutos levou duas horas.

Depois de ficar preso no trânsito dos museus da Quinta Avenida, o táxi pegou uma rua que passava no meio do Central Park e dirigiu até a Setenta e Um.

— Pare aqui — instruiu Brett, indicando a esquina da Setenta e Dois com a Columbus, a um quarteirão do Dakota.

Todos saíram com bolsas nos ombros. Brett demorou um pouco para sair. Aerin nem tinha certeza se ele devia ter recebido alta do hospital; ele ainda parecia mal. Maddox apontou para o café.

— Vamos trocar de roupa no banheiro. Prontos?

O café da loja tinha cheiro de queimado. O local estava cheio de pais com crianças chatas e bem-vestidas; havia um Coelho da Páscoa sentado nos fundos distribuindo ovos. Aerin tinha esquecido que era

Domingo de Páscoa. Infelizmente, queria dizer que ela teria que ir à festa do Coelhinho da Páscoa mais tarde. Sua mãe nunca deixava de ir. Eles foram direto para o banheiro, que estava cheio de papel higiênico no chão. Em uma cabine, Aerin colocou o uniforme rosa que eles roubaram do hospital depois que Brett teve alta. Madison saiu de uma cabine também de uniforme rosa, mas Seneca ainda estava usando o terno Calvin Klein azul-marinho que elas tiraram do armário da mãe de Aerin. O rosto dela estava pálido.

— Quero acabar logo com isso — disse Aerin com voz trêmula.

Seneca balançou a cabeça.

— Nós viemos até aqui. Não podemos *parar*.

Na sala de jantar, um bebê que tinha um rosto que parecia uma luva de beisebol caroçuda tinha começado a chorar. Maddox e Brett saíram do banheiro, também de uniforme. Em uma das bolsas, Brett remexeu em garrafas de limpeza e jogou lenços para Aerin e Madison. Eles seriam faxineiros. Brett conseguiu arrancar da secretária pessoal de Skip Ingram que ele estava em Dexby hoje no almoço de Páscoa com a família. A secretária também deu o nome da pessoa que fazia a limpeza do apartamento de Skip em Nova York.

Seneca ligou para a moça da limpeza e imitou a secretária com quem Brett tinha acabado de falar, dizendo que o Sr. Ingram tinha decidido usar outro serviço e que ela tinha que entregar a chave do apartamento. Elas marcaram de se encontrar no Dakota às quinze para as dez. Eram 9h40 agora.

Eles saíram para a rua. Aerin olhou para a rua movimentada, fazendo cara feia para as expressões que as pessoas faziam para ela quando passavam. Ou ela só *achava* que as pessoas estavam olhando?

De alguma forma, suas pernas bambas percorreram o quarteirão. Uma mulher mais velha de pele morena estava esperando na frente do Dakota. Quando Seneca se aproximou, a mulher se levantou. Elas trocaram algumas palavras e a mulher entregou um envelope para Seneca. Aerin não conseguia acreditar. A mulher nem pediu documentos de Seneca. Ela saiu andando rapidamente, puxando o capuz em volta do rosto.

Seneca entrou em um beco, abriu o envelope e mostrou uma chave.

— Perfeito.

Eles olharam para o prédio, que se erguia alto perto do parque. Aerin observou as janelas decoradas e o ferro trabalhado. Muitas famílias que ela conhecia tinham apartamentos ou casas na cidade; seus pais até consideraram ter um antes de se separarem. Helena deu o palpite dela e disse que adoraria uma casa de tijolos marrons no Village, um loft em Tribeca. Esse lugar, em comparação, parecia tão formal e conservador. Como Kevin Larssen disse: nem um pouco o estilo dela.

Por outro lado, por que Aerin achava que ainda conhecia o estilo da irmã?

Eles passaram por um portão aberto e foram até uma salinha de segurança à direita. Dentro, pelo menos dez telas de vídeo com várias vistas da propriedade ocupavam a parede. Dois guardas olharam para o grupo com desconfiança.

— O Sr. Ingram está esperando vocês? — perguntou o mais alto e mais velho.

— Nós somos o novo serviço de limpeza do Sr. Ingram. — Seneca mostrou a chave. — Ele quer que façamos uma limpeza para o jantar que ele vai dar amanhã. Pode ligar para a assistente dele e verificar.

Aerin prendeu a respiração enquanto os guardas os avaliavam. Tardiamente, ela se deu conta de que eles tinham a aparência toda errada, desde o olho roxo de Brett ao cabelo desgrenhado de Seneca, da aparência de menino de ouro de Maddox à sombra brilhante no olho de Madison. *Não ligue para verificar*, ela pediu em silêncio.

— Podem subir — disse o guarda baixo e gorducho depois de um momento, abrindo para eles.

Eles foram guiados por um pátio de pedra com um chafariz enorme e barulhento no meio. Sinos de vento tocaram. Havia bancos em volta do chafariz e o ar tinha um cheiro limpo. Madison tocou no braço de Aerin.

— Isso é... legal — disse ela.

Aerin olhou para ela.

— Você está tentando dizer que é melhor do que se esconder em um porão? — Ainda era desconcertante inserir Helena nesse quadro. Sentada em frente ao chafariz esperando que seu amor voltasse... ugh. Jogando moedas na água, desejando o Sr. Ingram... *que horror*. Ou talvez essa imagem fosse maluca. Helena apareceu em todos os noticiários. Se alguém a tivesse reconhecido, o Sr. Ingram estaria encrencado. Ele devia ter dito a ela para nunca sair do apartamento.

Aerin fechou bem as mãos, novamente tomada de fúria.

Os registros públicos do prédio diziam que Ingram era dono do apartamento 8B. Depois de subirem de elevador, Aerin parou na frente da porta e se concentrou, se perguntando se conseguiria identificar de alguma forma se a irmã tinha estado lá.

Ela não sentiu nada.

Seneca colocou um par de luvas e enfiou a chave na fechadura. A tranca estalou, e a porta se abriu. A luz se espalhou em uma sala cheia de móveis pesados e caros. Cortinas de seda caíam na frente das janelas de chão ao teto. O único som era do tráfego.

Até o apito.

Era agudo ao ponto de fazer os seios da face de Aerin doerem. Ela colocou as mãos sobre os ouvidos. A pele de Seneca ficou pálida.

— Alarme? Está de sacanagem? — gritou Maddox.

— Não temos o código! — gritou Aerin.

Seneca virou o envelope e o sacudiu. Nada caiu de dentro.

— Eu... eu não achei que a gente ia precisar. É um prédio seguro, com porteiro.

— Também é um dos prédios mais exclusivos da cidade! — gritou Aerin.

Brett também colocou luvas, correu até um painel na parede e ergueu a portinha para olhar o teclado numérico.

— Minha família tem o mesmo sistema. Tem um jeito de desarmar. — Ele digitou alguns números. O bipe parou, mas o silêncio foi muito pior. — Bom, nós temos uns cinco minutos até a empresa de alarme ligar para Ingram para avisar que houve uma invasão. Mas, se conseguirmos sair antes, posso rearmar o sistema, e vamos ficar bem.

— Como vamos encontrar alguma coisa em *cinco minutos*? — gritou Madison.

Aerin se virou para a porta.

— A gente tem que sair daqui.

Seneca se virou, o olhar indo de um aposento ao outro.

— A gente ainda pode encontrar alguma coisa. Só temos que pensar. Coloque as luvas, Aerin. Vamos.

Ela correu para um quarto dos fundos. Aerin e Madison foram atrás, também colocando luvas. A pele de Aerin estava formigando enquanto ela andava, como se o Sr. Ingram fosse cair em cima dela do teto num estilo Homem-Aranha. Ela sabia que estava sendo melodramática, que não fazia sentido, mas isso não a impediu de se virar a cada ruído.

O quarto grande dos fundos continha uma cama king coberta com um edredom de seda brilhante; Aerin não conseguiu deixar de imaginar Helena em cima. Seneca correu até a escrivaninha do outro lado da sala e abriu a gaveta de cima, depois a segunda. Balançando a cabeça, ela correu até o closet e abriu a porta. Havia camisas e gravatas penduradas em cabides. Mocassins, sapatos sociais e sapatos oxford estavam enfileirados no chão.

Madison fez uma careta.

— Ele tem péssimo gosto para acessórios.

— Quatro minutos — gritou Brett.

Seneca passou por ela pela cozinha; Aerin foi logo atrás como uma sombra. Madison abriu um armário e mostrou a Aerin uma caneta de *I coração NY*.

— Conhece?

Aerin só deu de ombros.

Em um escritório, as garotas olharam em estantes, mas só encontraram biografias e livros-texto. Aerin olhou um parapeito de janela na esperança de ver os bonecos de vidro de que Helena gostava, uma tigela que ela podia ter feito de cerâmica, até outra garça de papel. Nada. Mas em uma parede distante havia três espadas compridas com cabos intrincados. Havia personagens japoneses entalhados nas lâminas.

Ela olhou para Seneca.

— Espadas de samurai?

— Acho que sim — murmurou Seneca.

Eles olharam em volta das espadas, torcendo para encontrarem alguma pista da presença de Helena, mas só viram os próprios reflexos no metal reluzente. Seneca bateu com as mãos nas laterais do corpo.

— Isso definitivamente sugere que ele é o Cavaleiro Samurai dela, mas não é suficiente.

— Dois minutos e quinze segundos — disse Brett, olhando para o relógio.

Aerin entrou no banheiro com azulejos brancos e abriu o armário de remédios. Havia frascos de comprimidos, mas nada interessante. Cremes para pele seca. Tylenol, vitaminas. Embaixo da pia, ela não encontrou um único absorvente, nenhum frasco de creme para espinhas nem as folhas japonesas para pele oleosa que a irmã usava na testa. No chuveiro havia frascos de Selsun Azul, de creme de barbear. Nem um barbeador rosa. Mas por que haveria? Helena tinha estado ali *cinco anos antes*.

— Um minuto — disse Brett.

Seneca foi para o corredor.

— Alguma coisa, Maddox?

— Nada.

Um gosto amargo subiu até a boca de Aerin.

— Isso é ridículo. Não tem nada.

Seneca colocou as mãos nos quadris.

— O que Skip guardaria que ninguém encontraria?

— Uma carta — sugeriu Maddox. — Um livro. Uma foto.

— Calcinha — gritou Madison. Ela olhou para Aerin. — Desculpe.

Brett abriu um armário no corredor com sobretudos escuros.

— Um guarda-chuva?

Seneca olhou para o alarme.

— Nós temos trinta segundos. É melhor a gente ir.

Mas Aerin ficou olhando para aquele armário, o olhar percorrendo os casacos nos cabides, os chapéus nos ganchos. Uma coisa marrom e mole estava enfiada atrás de um chapéu coco e de um capuz de zíper na prateleira do alto. Aerin puxou o objeto apertando as pontas enluvadas dos dedos na camurça macia. Não era possível.

Brett estava na porta da frente.

— Nós temos uns doze segundos até eu ter que reativar o alarme.

Maddox e Madison correram para o corredor. O olhar de Seneca estava em Aerin.

— O que é isso?

Aerin segurou delicadamente o chapéu fedora, como se fosse um ovo. Quando Helena chegou em casa com ele do brechó, Aerin se lembrava de ter franzido o nariz. O chapéu era tão *estranho*, ninguém da idade delas usaria aquilo. Parecia que sua irmã tinha virado uma pessoa que ela não conhecia. Uma pessoa que usava chapéus estranhos, uma pessoa que ousava ser diferente, uma pessoa que entrou na vida adulta e deixou Aerin para atrás. Aerin deu significado demais àquele chapéu, um símbolo da distância que surgiu entre ela e a irmã. Ela odiava o objeto.

Até hoje. Porque aqui, no apartamento do Sr. Ingram, o chapéu estava oferecendo a eles a prova de que precisavam.

TRINTA

NO FINAL DA TARDE de domingo, Maddox, Madison, Brett e Seneca estavam sentados no sofá da sala de Maddox abrindo chocolates de Páscoa e olhando para a televisão. Aerin tinha ido para casa ficar com a mãe. Maddox imaginou as duas mulheres Kelly assistindo ao noticiário naquele lugar enorme, todo o luxo inútil para aliviar o golpe da terrível verdade.

Grande descoberta no caso Helena Kelly, dizia a manchete da CNN. Havia uma repórter em frente ao Dakota, a expressão séria.

— As informações ainda estão chegando, mas fontes me dizem que uma dica revelou que a Srta. Kelly e Harris "Skip" Ingram tiveram um caso cinco anos atrás, na época em que a Srta. Kelly desapareceu. Detetives fizeram uma busca no apartamento dele em Nova York, onde encontraram vários pertences pessoais da jovem, assim como provas de DNA e sangue. Os testes ainda não foram concluídos, mas as autoridades esperam que o sangue bata com o da Srta. Kelly. O corpo da adolescente foi encontrado no norte de Connecticut no ano passado, e enquanto os detetives ainda tentam entender como foi parar lá, a ligação com o Sr. Ingram é um progresso enorme para esse crime não solucionado.

A tela mostrou mais imagens do Dakota e depois da propriedade dos Ingram em Dexby, onde estavam fazendo uma busca agora. Maddox e os demais do grupo ficaram com medo de que encontrar o chapéu no apartamento de Skip Ingram estragasse tudo. Quando eles aconselharam Aerin a largar o chapéu no chão, ir embora do apartamento e ligar para a polícia admitindo quem ela era e o que desconfiava, ela balançou a cabeça.

— Eu não posso me revelar!

— Pode, sim — garantiu Brett. — Diga que se lembrou de uma coisa. Faça com que procurem no apartamento.

Era um risco. A polícia podia ter rido. Podia não conseguir um mandado de busca. Aerin poderia ter ficado encrencada. Mas tudo deu certo.

Maddox se virou para Seneca.

— Não consigo acreditar que encontraram sangue.

Brett riu com deboche.

— Ele foi um assassino descuidado e amador que não sabia nada sobre perícia.

— Usar água sanitária para limpar sangue *não* funciona — cantarolou Maddox, relembrando a discussão no Caso Não Encerrado. Havia um produto químico que a polícia usava para revelar um trabalho de limpeza com água sanitária, mesmo no menor rastro de soro sanguíneo.

Agora o noticiário estava dizendo que o Sr. Ingram tinha confessado o caso com Helena. Ele podia ser acusado de sexo predatório com uma menor e enfrentaria uma acusação de delito sério por abrigar uma menor ou fugitiva *e* esconder provas da polícia. Isso se não fosse acusado de assassinato em primeiro grau.

— O Sr. Ingram declara que não matou Helena — disse um homem identificado como advogado de Skip Ingram para a câmera. — Ele nem pretendia que Helena cortasse laços com a família. Estava planejando abandonar a esposa eventualmente, e ele e Helena voltariam para Dexby depois disso. Ele afirma que foi Helena que insistiu em se mudar para a cidade. Ele foi contra.

Seneca fechou as mãos.

— Então diz *não*, cara. Você é o adulto do relacionamento. Madison fez um ruído de deboche.

— E por acaso ele esperava que ele e Helena fossem voltar para Dexby e as pessoas os convidariam pra jantar no clube como se tudo estivesse normal? O cara é tantã.

O celular de Maddox apitou no bolso de trás da calça dele, e ele se mexeu para espiar. *Preciso ver você*, Catherine escreveu.

Falando em tantã. A cabeça dele tinha doído a tarde toda, e ele não tinha certeza se era por causa das coisas que ele estava descobrindo pela televisão ou por causa da quantidade de mensagens de texto de Catherine desde o dia anterior. Cento e setenta e seis. Só podia ser um recorde.

Ele não sabia o que fazer. Mesmo que uma hora se passasse e ele não respondesse, ela mandava uma mensagem pelo Twitter. Ou pelo Snapchat. Ou pelo GChat. Ou por e-mail. Ou ligava. *Você está com aquela tal de Seneca?*, ela perguntava toda hora. Ele jurava que tinha visto o carro de Catherine passar pela casa várias vezes naquele dia também.

Maddox se sentia completamente encurralado. Se dissesse para ela que não havia mais nada entre eles, o que ele queria desesperadamente fazer, pois não sentia mais nada por ela, ela realmente revogaria a bolsa dele? Ele tinha se dedicado tanto. Não havia tempo de se candidatar a outra faculdade para o ano seguinte. Sua mãe ficaria arrasada.

Sua atenção voltou para a televisão, onde a polícia estava levando Skip Ingram para fora do Dexby Country Clube. Ele estava usando um terno castanho com aparência de caro e seus ombros estavam encolhidos. Por uma fração de segundos, ele olhou para a câmera. Seus olhos estavam úmidos.

Maddox gemeu.

— Por que eles sempre fazem essa coisa de chorar?

— Sr. Ingram, algum comentário? — gritou o repórter.

A câmera se virou para o homem novamente. Ele abriu a boca como se fosse falar, mas olhou para alguém fora da tela e calou a boca.

Maddox se virou para Seneca.

— Nós pegamos ele. *Nós* encontramos ele. Não é incrível?

A boca de Seneca tremeu.

— Não sei. Parece fácil demais...

Brett balançou a mão, que ainda estava com curativo, de um jeito dolorido e oscilante.

— Você está brincando? Claro que ele é o culpado. Pare de se preocupar.

— Mas nós não sabemos de verdade se *ele* a matou... e nem por quê.

— Quem liga para por quê? — disse Brett. — Tinha sangue dela naquele apartamento. Foi ele.

Seneca olhou com insegurança para a almofada bordada que estava segurando contra o peito. Maddox não conseguiu não reparar no cabelo dela meio caído do rabo de cavalo, lembrar a sensação daquele cabelo em suas mãos. Ele deu uma risadinha fraca.

— Deixa eu ver se entendi direito. Você fica puta da vida quando erra, mas fica infeliz quando acerta? — Ele ousou dar um peteleco na coxa dela. — Você é impossível de entender.

Seneca retaliou jogando um ovinho de creme de amendoim na orelha dele sem muito ânimo. Rindo, ele jogou um minicoelho de chocolate nela, que quicou no peito dela. Seneca apertou os olhos, pegou a cesta de Páscoa e virou tudo na cabeça dele com gosto.

— Ei! — gritou Maddox. Mas ele não se importava. Só estava feliz de ela estar prestando atenção nele de novo, finalmente voltando a ser ela mesma.

Madison, que ainda estava sentada na ponta do sofá, se levantou e se espreguiçou com exagero.

— Eu preciso me arrumar para a festa do Coelhinho da Páscoa. — Ela deu um sorriso malicioso para Maddox.

Brett se levantou lentamente, com dificuldade.

— E eu vou, hum, ver como está o tempo lá fora.

Eles saíram. Quando começou um comercial do Kim's, um restaurante local, Maddox lançou um olhar para Seneca. Ela olhou para ele com cautela.

— Aquilo foi planejado?

— *Não* — disse Maddox com sinceridade. — Mas, hum, eu estou *querendo* falar com você sozinho mesmo. Eu queria pedir desculpas de novo.

Seneca franziu a testa.

— Você já pediu. E eu já desculpei você.

— Mesmo pelo que aconteceu na varanda?

— Mesmo. Está tudo bem. — Ela ficou olhando para a frente.

— Não está, não. Dá pra perceber.

Seneca soprou ar pelo nariz e olhou para ele por uma fração de segundo.

— Nós não podemos simplesmente fingir que está tudo normal de novo. A vida não funciona assim.

Maddox assentiu, sentindo uma pontada de tristeza.

— Queria que funcionasse. — Ele suspirou. — Eu só queria que nós fôssemos amigos de novo. Você é diferente de todo mundo que eu já conheci. E com isso quero dizer *melhor*.

Ela estava séria quando olhou para ele.

— Você usa essa frase com todas as garotas?

Maddox balançou a cabeça. Não era uma frase qualquer para levá-la para a cama. Ele percebeu que o que realmente queria era só *ela*: estar perto dela, fazer coisas com ela, conversar. Mesmo que isso quisesse dizer que eles seriam só amigos.

— Eu gosto de você de verdade — disse ele. — Gosto desde a nossa primeira conversa online. Acho você engraçada e inteligente, e todas as coisas novas que descubro sobre você fazem com que eu goste mais de você. — Ele limpou a garganta. — Até sobre sua mãe. Mesmo sobre as besteiras que você fez na escola.

Seneca fez uma careta.

— Obrigada por compilar essa lista lisonjeira de todos os meus melhores atributos. — Mas ela ficou olhando para o chão. — Eu tenho que dizer que você é cheio de surpresas, Maddox. Me abalou no começo. Mas talvez eu não me importe tanto.

Maddox sentiu as bochechas ficarem vermelhas e se virou para olhar para ela diretamente, os olhos questionadores. Ela estava olhando diretamente para ele, o rosto aberto, vulnerável. Ela...

A porta bateu. Maddox se afastou de Seneca, o coração na garganta. Mas era só sua mãe, Betsy, na porta.

— Muito bem, Maddy — disse ela casualmente. — Está pronto para ir?

Maddox piscou.

— Ir... para onde?

— Treinar. Com Catherine.

Por um momento, Maddox ficou perplexo.

— E-ela está aqui? — Ele imaginou Catherine acampando no jardim da frente. Espiando pela janela. Era possível que ela o tivesse espionado com Seneca?

Sua mãe colocou as alpargatas azuis. Seu olhar pousou na televisão, e uma expressão estranha surgiu no rosto dela. Eles ainda não tinham falado sobre Helena.

— Não — disse ela lentamente. — Ela acabou de ligar. Disse que você perdeu alguns treinos, mas tinha tempo esta tarde se você quisesse recuperar as aulas perdidas. Eu deixei um bilhete. Você não viu?

Maddox piscou. Não tinha visto bilhete nenhum.

— Eu tenho que levar você porque preciso do seu carro para pegar umas flores e levar para a tia Harriet. — Ela esfregou as mãos na calça. — Então, vamos.

Maddox procurou uma desculpa.

— Estou me sentindo meio exausto — disse ele com voz fraca.

Sua mãe botou as mãos nos quadris.

— É importante você manter o ritmo de treinos.

Havia um caroço enorme na garganta dele. Ele tinha que sair dessa. Não podia ver Catherine agora. Mas como poderia explicar isso? Ele olhou para Seneca. Ela deu de ombros com inocência.

— Vá em frente. Eu não me importo.

Maddox se levantou, sentindo-se encurralado. No carro, não conseguiu pensar em nada para dizer para a mãe, nem mesmo sobre Helena. Suas emoções pareciam emaranhadas. Ele precisava enfrentar Catherine com a cabeça no lugar. E dizer para ela... bem, o que exatamente ele queria dizer para ela? Poderia mesmo dizer adeus para Oregon? Por outro lado, ele queria mesmo ficar preso na teia maluca dela?

O estacionamento do centro recreativo estava vazio, exceto por dois veículos: uma van azul que parecia estar sempre lá e o Prius de Catherine. Maddox a viu sentada na arquibancada perto da pista de corrida, seu lugar favorito. Seus nervos deixaram a pele arrepiada.

Fique calmo, cantarolou ele em silêncio, saindo do Jeep. *Só seja sincero*. Quando ele se aproximou dela, Catherine se levantou, os olhos enormes e redondos. Maddox respirou fundo e se preparou.

— Catherine. — Maddox ficou satisfeito de ouvir sua voz sair alta e forte. — Nós temos que conversar.

TRINTA E UM

A COZINHA TINHA escurecido em volta de Aerin, mas ela não acendeu as luzes. Estava sentada à mesa virando nas mãos sem parar um saleiro em formato de maçã. A televisão estava desligada. A tampa do laptop dela estava fechada. A notícia estava em toda parte: em todos os canais, talvez até no Animal Planet. Mas ela não precisava daquela repetição. Começaria tudo de novo, ela sabia. Os olhares. As perguntas. Os sussurros.

Quando ouviu o motor na rua e uma porta de carro bater, ela colocou o saleiro na mesa e olhou para a porta da garagem. Sua mãe entrou flutuando na casa como um balão perdido. As mãos dela estavam tremendo. Havia olheiras embaixo dos seus olhos. Ela reparou em Aerin e parou no meio da cozinha, os braços caídos nas laterais do corpo.

Aerin se levantou.

— Eu tentei ligar. Sua linha estava ocupada.

A Sra. Kelly tateou para se apoiar no encosto de uma cadeira.

— Eu sei. Eu estava falando com Kinkaid... depois com a polícia de Nova York... e com seu pai. — Ela olhou para Aerin. — Estão dizendo que uma fonte deu a dica sobre o... relacionamento. Foi você?

O estômago de Aerin deu um nó.

— O chefe de polícia contou? — Kinkaid, o chefe de polícia com quem Aerin falou, jurou que manteria a identidade dela em segredo, mas, talvez por ela ser menor, os pais não entrassem nessa conta.

A Sra. Kelly balançou a cabeça.

— Eu imaginei. — Ela fechou os olhos. — Você anda investigando, não é? Foi por isso que você foi à festa de noivado de Kevin, não foi? E antes disso tudo acontecer, Marissa comentou que você passou por lá ontem sem avisar. Mas você tem *certeza*? Tem certeza de que Skip...

Matou ela?, Aerin concluiu silenciosamente.

Nos breves intervalos entre odiar o Sr. Ingram e querer matá-lo, Aerin sentia pontadas de dúvida, principalmente porque ele tinha feito uma declaração empática de que era inocente e de que amava Helena profundamente. E se ele estivesse falando a verdade? Uma lembrança ocorreu a Aerin algumas horas antes: um verão, a gata da família Ingram, Pickles, deixou um rato na porta dos fundos, e o Sr. Ingram ficou morrendo de medo de tocar nele. Foi Heath quem carregou o bicho para o lixo.

E falando em Pickles, o Sr. Ingram era louco pela gata e gastou milhares de dólares por uma quimioterapia felina caríssima quando ela teve câncer nos ossos só porque ele odiava a ideia de perdê-la. Era uma piada da família Ingram, na verdade: *Papai ama Pickles mais do que nós*. Aquele era o homem que bateu tanto na namorada que os ossos dela ainda mostravam sinal de trauma mesmo depois de cinco anos apodrecendo?

Claro que, se ela acreditasse no Sr. Ingram, também teria que acreditar na história dele de que foi Helena quem insistiu para fugir de Dexby para morar com ele... *e que ele estava planejando levá-la de volta para a família*. Ela tentou imaginar Helena e o Sr. Ingram planejando os detalhes, negociando os planos. Helena podia mesmo ter pensado *Eu preciso de tempo em particular com essa pessoa, vão ser só alguns meses, e depois tudo vai ficar perfeito*? Ela não considerou o quanto a família ficaria preocupada? Por que não pensou em alguma forma de fazer contato com eles para garantir que tudo estava bem? Aerin já tinha ouvido muitas vezes que o amor era capaz de levar uma pessoa a fazer coisas idiotas, que era tão poderoso quanto uma droga. Mas não conseguia imaginar sua irmã inteligente e determinada caindo nessa baboseira. *Aerin* nunca caiu.

Aerin limpou a garganta, ciente de que a mãe ainda estava olhando para ela.

— Lamento que seja ele — murmurou ela.

A Sra. Kelly recuou como se Aerin tivesse dado um chute nela.

— Não *lamente*. — A voz dela soou aguda. — Ele a machucou. Ele *nos* machucou. Ele devia ter agido melhor. Ela era uma *garotinha*.

Os olhos de Aerin se encheram de lágrimas, e por um momento as duas choraram em silêncio. Quando ela olhou novamente, sua mãe estava observando Aerin de um jeito carinhoso e sofrido que Aerin não via havia muito tempo.

— Eu trabalho demais — disse ela do nada. — Finjo não ver as coisas. Mas vejo. Vejo o que está acontecendo com você, e achei que via com ela também. Eu não devia ter percebido?

— Não seja louca.

Havia lágrimas nos olhos da Sra. Kelly.

— Mas eu o recebia na minha *casa*. Eu os deixava sozinhos juntos! Que mãe faz isso?

Aerin estava prestes a responder, mas sua mãe desabou. Aerin se adiantou e passou os braços em volta do corpo trêmulo da mãe com hesitação. A Sra. Kelly se apoiou nela com tanta força que Aerin quase caiu. Seu ombro ficou instantaneamente molhado com as lágrimas da mãe.

Ela deixou sua mãe chorar por um tempo até os soluços virarem choramingos. Em seguida, a mulher ergueu a cabeça, respirou fundo algumas vezes e limpou os olhos.

— Seu pai vai chegar daqui a pouco. E tem uma coletiva de imprensa amanhã de manhã. Preciso que você esteja lá.

Aerin deu um suspiro profundo. O que sua mãe achava que ela faria? Que *não* iria?

— Tudo bem.

— E nós vamos à festa do Coelhinho da Páscoa mais tarde, como família.

Aerin se encostou na cadeira.

— Você só pode estar de brincadeira.

A Sra. Kelly ergueu o queixo.

— Nós temos que ser fortes. Temos que seguir com a vida. Até seu pai vai.

— É *isso* que é importante aqui? Acho que as pessoas nos perdoariam se nós ficássemos em casa.

Sua mãe prendeu mechas soltas de cabelo atrás da orelha.

— Peguei seu vestido na costureira. Ainda está no carro. Uma cabeleireira vem às cinco. Me avise se quiser que ela faça uma escova em você.

Ela se levantou e foi para o quarto como uma espécie de princesa perturbada. Aerin ficou olhando, esperando que sua mãe voltasse e dissesse que era piada. O chuveiro foi ligado. O Food Network, o canal em que sua mãe sempre sintonizava quando estava se arrumando para alguma coisa, soou.

Aerin se levantou e andou até o quarto, abriu o armário e olhou seus sapatos. Eram todos horríveis. Como ela entraria em clima de *festa*?

Ela se sentia tão destruída, tão tensa, e ainda com muito, muito medo. Ela não devia estar se sentindo melhor agora que o assassino da sua irmã tinha sido pego? Mas cada movimento que ela ouvia a fazia se encolher. Cada vez que seu celular tocava, ela enrijecia, esperando alguma coisa horrível. Enquanto isso, todos os toques eram de pessoas xeretas querendo saber o que ela achava do Sr. Ingram.

Deus, ela queria ter alguém com quem conversar. Ela pegou o celular e olhou as mensagens de texto, e acabou clicando no nome de Thomas. *Comi queijo quente no almoço e pensei em você*, dizia outra mensagem que ele tinha enviado na tarde anterior. E algumas horas depois: *Estou no mercado e vi uma sopa de beterraba*, escrevera ele no dia anterior.

Parece delicioso caso você queira fazer um piquenique. Ela sorriu e pensou nos sacos de salgadinhos que ele colocou na mesa de centro para ela. Ela pegou o celular e ligou para um número.

— DP de Dexby. — Thomas atendeu no segundo toque, a voz grave e familiar e angustiante. Aerin fez uma pausa na linha por um momento, respirando de forma ritmada. — Alô — disse Thomas no outro lado da linha. — Alô.

Aerin desligou e pegou seu casaco. Não podia falar com ele pelo celular. Era uma coisa que tinha que fazer pessoalmente.

QUASE NÃO HAVIA viaturas na delegacia de polícia, e metade das luzes estava apagada. Aerin imaginou a maioria dos policiais já em casa comendo presunto de Páscoa. Ou talvez não. Era possível que muitos estivessem em uma delegacia de Nova York falando sobre a irmã dela... ou fazendo buscas na propriedade dos Ingram. Era estranho pensar que a cidade toda estava novamente falando de Helena.

O relógio de Aerin dizia que eram 18 horas. A festa do Coelhinho da Páscoa começaria em uma hora. Seu vestido estava em um gancho no banco de trás, e os sapatos estavam no porta-malas. A cabeleireira de sua mãe arrumou seu cabelo em um estilo estranho de boneca Barbie antes de deixar que ela saísse de casa, e estava particularmente incongruente com a calça jeans rasgada e a camiseta branca justa.

Tinha começado a chover, e ela cobriu a cabeça e correu do carro até o toldo na entrada da delegacia. Ela sabia das muitas vezes que foi lá dar depoimentos sobre Helena que a porta ficava trancada depois das cinco e meia. Era preciso usar um cartão magnético. Ela se perguntou onde ficava a sala de Thomas no prédio. Devia ligar para ele?

— Aerin?

Thomas estava atrás dela, uma parte do corpo na chuva, segurando um copo do Starbucks, presumivelmente da loja na mesma rua. Era como se pensar nele o tivesse conjurado.

— O-oi — gaguejou Aerin, se sentindo abalada.

Thomas entrou embaixo do toldo.

— Essas coisas sobre Helena... você está bem?

Ela deu de ombros.

— Não sei. Talvez. Ou talvez não.

— Foi você quem deu a dica pra polícia? Como soube?

Ela se mexeu para a frente e para trás. O grupo aconselhou que ela nunca contasse a ninguém que eles tinham entrado no apartamento do Dakota.

— Eu me lembrei de uma coisa que a ligava ao Sr. Ingram. E sabia que ele tinha um apartamento em Nova York. Foi um palpite de sorte. Ele passou a mão pelo cabelo molhado.

— Eu estava tentando falar com você. Eu também achava que tinha sido Skip Ingram.

— *Achava?*

— Eu revirei os arquivos sobre a sua irmã. Tem imagens de câmera de segurança de Helena dos dias e semanas antes de ela desaparecer, de mercados, caixas eletrônicos, da escola. A polícia investigou várias coisas para pegar dicas sobre a vida dela. Uma filmagem era do lado de fora do Coldwaters Spa, na metade de novembro. Sabe que lugar é?

— Claro. — O Coldwaters Spa era onde as garotas do ano de Aerin se arrumavam para suas festas de dezesseis anos. Sua mãe ia lá toda semana, mas Aerin achava os jogos de chá de prata e os paninhos decorativos frufru demais. — Helena foi lá?

— A câmera de segurança a filmou entrando em um carro que não era dela. Alguém foi buscá-la, mas não foram seus pais. O detetive na época não investigou de quem era o carro, não sei por quê. Eu pesquisei a marca e o modelo; é um BMW comum, mas tem contornos customizados e pneus maiores. Acho que meus conhecimentos sobre carros compensaram. — Ele deu de ombros. — Enfim, pertencia a Ingram. Eu ia contar pra você... mas parece que você estava um passo à minha frente.

Aerin olhou para ele boquiaberta.

— Você ia me contar coisas particulares da polícia? Um trovão ribombou. Thomas olhou para o céu e para ela.

— Achei que podia ser necessário. Eu sabia que você estava investigando, fazendo perguntas. Eu queria ter certeza de que você estaria em segurança.

Aerin sentiu um tremor, e não foi do frio úmido.

— Ah, obrigada.

— De nada, mas você não precisava da minha ajuda, então...

Do outro lado da rua, Aerin viu um único narciso amarelo aparecendo no canteiro de flores. Deu a ela um sentimento de otimismo. Talvez tudo fosse dar certo.

Ela deu um sorriso malicioso e inclinou os quadris.

— Minha mãe está me obrigando a ir à festa do Coelhinho da Páscoa.

— É mesmo? — Thomas pareceu surpreso. — Isso me parece... esquisito.

— Não é? — Aerin sentiu confiança. Ela sabia que ele entenderia. — Quer ser meu acompanhante?

Thomas deu um sorriso de lamento.

— Eu tenho que cobrir na delegacia. Só dei uma saída pra comprar café.

— Você não pode trocar com alguém? — Ela bateu os cílios. — Nós podemos ver se ainda tem mingau lá. E talvez ir na viatura. Eu nunca entrei numa.

Thomas andou até ela. Aerin observou o uniforme ajustado e o rosto esculpido. Havia um ponto no pescoço que ele deixou passar na hora de se barbear. Ela sentiu vontade de tocar nele.

Ela inclinou a cabeça para cima e fechou os olhos quando ele botou a mão com delicadeza no ombro dela, puxando-a para mais perto. As gotas de chuva no toldo pareciam musicais. Parecia que o mundo todo estava prendendo o ar.

Ela sentiu os músculos de Thomas enrijecerem.

— Desculpe, mas estou de plantão. Não tenho como trocar de turno. O chefe acha que dei minha senha pra alguém entrar no servidor.

Os olhos de Aerin se abriram. O sorriso de Thomas tinha desaparecido.

— A-ah — gaguejou ela.

Ele a encarou com olhos frios.

— Eu sei que foi você, Aerin.

Aerin recuou.

— Eu não faço ideia do que você está fal...

— O sistema rastreia quando logamos e o que olhamos — interrompeu Thomas bruscamente. — O primeiro login foi logo depois que você saiu da minha casa na outra noite, e os únicos arquivos abertos eram sobre Helena. A segunda vez foi quando eu estava em uma reunião de departamento, e é por isso que Kinkaid sabe que outra pessoa pegou minha senha. Ele acha que dei para alguém deliberadamente.

— Ele tirou um cartão magnético no bolso, o girou e passou na frente do leitor. O leitor apitou e a porta se abriu. — Eu também reparei que o aplicativo de notas estava aberto no meu iPad depois que você saiu. Na página com todas as minhas senhas.

Aerin fez uma careta.

— Thomas, eu sinto muito.

Ele olhou para ela por um momento, o rosto cheio de saudade... e de decepção.

— É, eu também — disse ele com tristeza. Ele abriu a porta e entrou.

E bateu com a porta na cara dela.

TRINTA E DOIS

O CORAÇÃO DE Seneca estava disparado. Ela ficava olhando para o bichinho de marshmallow que tinha na mão e apertando a cabeça molenga. Não conseguia sair do sofá de Maddox por ainda estar tentando assimilar o que tinha acontecido.

Ela era louca por ter pensado em beijar Maddox de novo só por um momento? Ele falou sério quando disse aquelas coisas sobre gostar dela? Nenhum garoto tinha dito coisas tão legais para ela antes. O que ela faria quando ele voltasse?

Sentiu um sorriso bobo se abrir na cara. Tudo bem, ela gostava dele. Gostava mesmo, apesar de tudo. Seus sentimentos a surpreenderam, e a coisa toda pareceu apavorante; era difícil para ela se ligar a alguém, ela reconhecia. Mas talvez gostar dele e ir em frente com isso significava que ela estava crescendo como pessoa. Ficando curada, até. Talvez ela devesse tentar.

Ela assistiu mais da cobertura da prisão do Sr. Ingram na televisão. A imprensa estava se concentrando na história de Skip de que ele e Helena supostamente planejavam voltar a Dexby no inverno. Devia ser uma grande mentira, certo? Porque se Skip tinha planos grandiosos e felizes com Helena, por que ela acabou morta no chão da casa dele? Não fazia sentido.

Seneca ouviu o som de um motor do lado de fora e deu um pulo, com a certeza de que seria Maddox. Quando olhou pela janela, um sedã preto passou pela casa e não parou. Ela franziu a testa e se sentou no sofá de novo. Quem tinha treino de corrida na Páscoa? Aquela treinadora era uma feitora.

Entediada e ansiosa, Seneca abriu o Google no celular e digitou *Catherine + treinadora de corrida + Dexby, CT* na janelinha de busca. Resultados com o nome de uma pessoa chamada Catherine Markham apareceram. Seneca clicou no primeiro, um perfil do Dexby Rec Center. Só podia ser ela. No alto havia a foto de uma morena musculosa e suada correndo em uma maratona de 10K de Nova York, depois outra da mesma garota em um pódio de medalhas, os braços elevados em um poderoso V. Seneca desceu e encontrou um close da mulher, desta vez de camisa de botão e o cabelo caído sobre os ombros. Ela era bem mais bonita sem as roupas de corrida. E muito... *familiar*.

Ocorreu a ela de forma quase imediata. Não era Katie? A garota que queria desesperadamente aparecer na câmera durante todas as reportagens sobre Helena? A *rival* de Helena, de acordo com Aerin?

A mente dela começou a girar. Ela se lembrou da mensagem de texto que tinha visto de Katie no celular de Helena: *Obrigada por nada*. Que Aerin dissera que Helena respondeu para a mãe que "de jeito nenhum" quando ela perguntou se Helena queria Katie em seu jantar de aniversário. O que aconteceu entre as duas?

Com a garganta seca, ela pegou o número de Becky Reed, a melhor amiga mais antiga de Helena, com quem o grupo tinha falado várias vezes, e ligou. Milagrosamente, Becky atendeu.

— Tinha uma garota na turma de Helena chamada Katie Markham? — perguntou Seneca, depois de pedir desculpas por estar ligando na Páscoa.

Houve uma longa pausa.

— Hum... tinha — disse Becky.

— E ela e Helena se desentenderam?

— Mais ou menos — respondeu Becky. — Ela nos largou. Parecia nos odiar. Eu sempre achei que era só uma amizade que foi morrendo, mas, depois disso, ela foi ficando meio assustadora.

O estômago de Seneca deu um nó.

— Assustadora como?

— Ela aparecia em lugares para os quais não tinha sido convidada, enviava mensagens de texto cruéis, nos caluniava no Facebook, esse tipo de coisa. — Becky fez um ruído no fundo da garganta. — Você não acha...? — Ela parou de falar. — Ela foi isentada anos atrás. Além do mais, você não soube do tal Ingram? Foi ele, está na televisão.

— Tenho certeza de que você está certa — respondeu Seneca rapidamente desligando. O mundo parecia estar de cabeça para baixo. "Ela foi ficando meio assustadora", ela ouviu Becky dizer. "Aparecia em lugares para os quais não tinha sido convidada."

E agora, Maddox estava *com* Katie. Ele sabia disso? Não podia saber, senão teria dito alguma coisa. Por que ela queria que Maddox fosse treinar hoje? O que sabia sobre Maddox e o que ele fazia quando não estava correndo?

Ela tem álibi, Seneca disse para si mesma, mas não foi reconfortante. Álibis não eram prova definitiva de inocência.

Com os dedos tremendo, Seneca ligou para o número de Maddox, mas ele não respondeu. Seu estômago começou a doer. Ela imaginou aquela voz do lado de fora do quarto de hotel novamente. Aquela voz rouca, furiosa e feminina: "Vai pra casa." Maddox disse que quem o atacou também pareceu ser mulher.

E se eles estivessem enganados quanto a Skip? E se fosse de outra pessoa que eles tinham que ter medo?

Seneca correu para o lado de fora da casa, a chuva leve borrando sua visão. Estava vazia; até o carro de Madison tinha sumido. Ela se virou, entrou na garagem e pegou uma bicicleta vermelha. Os pneus estavam murchos e o selim estava baixo demais, mas teria que servir.

★ ★ ★

TREZE MINUTOS DEPOIS, agora encharcada, Seneca chegou ao centro recreativo. Ela prendeu a bicicleta no bicicletário e olhou em volta. Havia uma pista de corrida atrás. Ela correu na direção dele e olhou os carros no estacionamento. Não tinha ninguém nas pistas externas na chuva. Respirando pesadamente, ela ligou para Maddox de novo. Caixa postal. Ela tentou Brett, Madison e Aerin de novo, e... nada.

Ela se virou, olhou para as quadras de tênis, para um campo vazio e para um prédio enorme indicado como *Ginásio e Piscina*. Correu na direção dele e passou por um par de portas pesadas. Elas se abriram e revelaram uma pista coberta e várias cestas de basquete. Um homem de turbante estava jogando bolas em uma cesta no fundo. Uma mulher idosa estava caminhando na pista falando no celular.

Uma plaquinha chamou a atenção de Seneca.

Diretório, dizia a plaquinha, e listava os nomes das pessoas que trabalhavam na equipe do centro recreativo. No meio da lista havia uma Catherine Markham; a sala dela era a 107. Uma placa do outro lado do ginásio indicava que as salas 105 a 108 ficavam em um corredor ao lado do vestiário feminino. Seneca correu até lá, os sapatos deixando marcas molhadas no piso do ginásio. Ela sabia que estava agindo de forma absurda, mas não conseguia parar de imaginar Catherine amarrando Maddox na sala dela, botando fita adesiva sobre os lábios dele, dizendo que ele tinha levado a investigação longe demais...

O corredor das salas era iluminado por painéis fluorescentes e tinha cheiro de chulé. O piso e as paredes e concreto intensificavam todos os sons; Seneca ouvia cada respiração pesada sua. Finalmente, no final do corredor, ela reparou em uma luz por baixo de uma porta. *Catherine Markham*, dizia uma placa ao lado da maçaneta. Quando Seneca espiou pelo vidro pontilhado, ela viu duas formas indistintas dentro. Seu estômago deu um nó enjoado. Tinha que ser Catherine — *Katie* — e Maddox.

Ela girou a maçaneta. Estava destrancada. Ela puxou a porta e viu um escritório cheio de troféus. Maddox estava de costas para ela. Estava de pé, não amarrado e amordaçado, como ela tinha imaginado. Catherine, que estava de frente para a porta, estava perto dele. Mas Seneca precisou olhar melhor. Na verdade, ela não estava apenas perto dele; ela estava o *beijando*.

E Maddox estava retribuindo o beijo.

Seneca devia ter feito algum som porque Catherine ergueu o olhar e se afastou.

— Hum, posso ajudar? — perguntou ela, docemente.

Maddox se virou e deu um pulo, desajeitado.

— Ah, meu Deus. Seneca.

Seneca tentou falar, mas nenhum som saiu. Sentiu-se enorme e intrometida na porta. Ela olhou para as pernas compridas de Catherine, para os seios amplos, para o rosto bonito. De repente, fez sentido. Tara não era a única garota bonita da cidade.

Ela se virou e saiu andando.

— Seneca! — gritou Maddox para ela.

— Não ouse me deixar, Maddy! — gritou Catherine para ele.

Mas Maddox devia ter ignorado o que ela disse, porque Seneca ouviu os passos dele se aproximando.

— Seneca, *espera*! — gritou ele.

Seneca passou por um carrinho de bolas de basquete e pensou em virá-lo. Sua mente girou quando ela passou por um brasão do estado de Connecticut no piso do ginásio. Ela ouviu os passos ficarem mais rápidos, e Maddox segurou o braço dela. *Claro que eu não consigo ir mais rápido do que o astro das pistas*, ela pensou com azedume. Ela se virou, furiosa.

— Não é o que parece — ofegou ele.

Seneca só olhou para ele de cara feia e soltou o braço da mão dele. Atrás de Maddox, Catherine tinha saído do corredor também. As mãos dela estavam nos quadris e o rosto, vermelho.

Maddox olhou para Catherine com nervosismo, mas não parou de falar.

— Nós tínhamos... uma coisa, mais ou menos — disse ele. — Mas estou tentando dizer a ela que não estou interessado. Eu gosto de *você*. Mas ela ia cancelar minha bolsa da faculdade se eu a largasse.

Seneca o encarou.

— Você está tentando me fazer sentir *pena* de você?

— Não! — gritou Maddox. — De jeito nenhum! Eu falei pra ela que não ligo, que Oregon não valia isso. — Ele olhou para Catherine com raiva. — Eu também disse que poderia relatar o comportamento inadequado dela para o chefe dela aqui no centro recreativo. Tenho várias mensagens de texto dela que estão longe de serem profissionais.

Catherine riu com deboche.

— Acha que tenho medo de *você*?

— Vou embora — disse Seneca por entre dentes. A última coisa que queria era testemunhar uma briga de namorados.

— Não! — Maddox se virou para Seneca. — Eu disse tudo isso para ela e estava pronto para ir embora, mas ela... me beijou de novo. Foi isso que você viu.

Seneca sentiu alguma coisa e olhou para baixo. Em algum momento ele segurou as mãos dela. Uma hora antes, a imagem de seus dedos entrelaçados com os dele a deixaria feliz, mas agora a encheram de nojo.

Ela se afastou. Sentia-se sufocada naquele ginásio ecoante, em seu próprio corpo.

— Na verdade, eu só vim porque fiquei com medo de ela machucar você, Maddox — disse ela com voz tranquila e alta, sem se importar de Catherine ouvir. — Você sabia que ela era rival de Helena na escola? Catherine a odiava.

Maddox piscou. Ele se virou e olhou para Catherine, que franziu a testa e deu um passo para trás.

— Você andou me *espionando*? — disse Catherine com rispidez.

Seneca a ignorou e se concentrou em Maddox.

— Mas acho que ela não quer fazer mal a *nós*, não é? Você parece bem. *Mais* do que bem. — E então, com um sorriso apertado, ela se virou e saiu andando calmamente para a saída. — Até mais.

Maddox correu na direção dela.

— Espere! Você está com raiva de mim?

O primeiro instinto de Seneca foi gritar, mas ela usou todos os seus melhores recursos e conseguiu se recompor.

— Não — disse ela despreocupadamente. — A vida é sua, Maddox. Eu sou só sua amiga da internet. Você não precisa se explicar para mim.

O queixo de Maddox caiu. *Que se dane*, pensou Seneca. Desde que ele acreditasse na mentira, ela não se importava.

Do lado de fora, o sol estava se pondo e a chuva tinha parado. Os únicos sons eram os passos de Seneca no chão molhado. Quando seguraram o braço dela, ela se virou com raiva, supondo que fosse Maddox de novo.

— Opa! — Brett se materializou na frente dela. — Calma!

— O que *você* está fazendo aqui? — gritou Seneca, o coração na garganta.

— Você me ligou. Disse que ia para a pista, que Maddox estava encrencado? — Ele olhou para a porta e para a expressão de raiva que ela achava que ele via em seu rosto. — Ele está bem?

— Está ótimo — disse Seneca friamente. — Ótimo mesmo.

Ela andou até as quadras de tênis, iluminadas por holofotes enormes, depois se agachou, olhando com expressão vazia para as redes. A porta do centro recreativo se abriu, e Maddox saiu e olhou em volta. Seneca encolheu os ombros e escondeu o rosto, rezando para que ele não a visse. Depois de um momento, Maddox saiu correndo.

Brett se abaixou ao lado de Seneca, o olhar no corpo cada vez mais distante de Maddox.

— Que idiota.

Seneca trincou os dentes.

— Nem vale a pena discutir.

Brett batucou nos joelhos.

— Tudo bem — disse ele com gentileza. — Entendi.

A pena dele foi muito para suportar de repente, e Seneca sentiu uma onda de tristeza e desespero.

— Não importa mesmo — disse ela bruscamente. — Eu tenho que ir pra casa hoje. Estava planejando pegar um trem em algumas horas. — Não era verdade; ela estava compondo uma mensagem para o pai para ver se conseguia mais um ou dois dias. Estava feliz de não ter mandado.

— Bom, não deixe Maddox estragar o que nós descobrimos — disse Brett. — Nós pegamos um assassino, lembra? É uma coisa e tanto. Aposto que mudamos a vida de Aerin. — De repente, uma expressão pensativa surgiu no rosto dele. — Se ao menos pudéssemos ajudar você com sua mãe, hein?

Seneca sentiu uma pontada de irritação. Ele ia mesmo falar na mãe dela *agora*? Por outro lado, talvez fosse melhor do que falar sobre Maddox. E, de certa forma, Brett também estava certo.

— Sinto muito mesmo por ter pegado você de surpresa daquele jeito no café — continuou Brett. — Eu só queria uma ligação com alguém que passou pela mesma coisa, sabe? Mas foi egoísmo. Se você quisesse falar sobre o assunto, teria falado. Agora eu entendo.

Debaixo daquela luz, os hematomas no rosto de Brett pareciam ainda piores, horrivelmente roxos e inchados. Seneca empurrou o dedo em um dos elos da cerca. Nunca tinha perguntado a Brett como ele superou a morte da avó. Sua indiferença parecia cruel. Talvez *ela* fosse a egoísta.

— Você pensa muito na sua avó? — perguntou ela.

Brett puxou o boné mais para baixo.

— Ah, penso. E você? Na sua mãe?

— Bom, sim. Claro.

— Sabe o que eu adoraria? — Brett olhou para as silhuetas das árvores. — Mais um dia com ela. Só um dia comum, nada nem muito especial. Nós tomaríamos café da manhã, eu iria caminhar com ela e ver os cavalos depois. Nós leríamos o jornal, eu a veria fazer bordado em ponto cruz, sei lá.

Seneca deu uma risada leve.

— Sua avó diva dos casacos de pele gostava de *bordado em ponto cruz*?

— Foi só um exemplo genérico — disse Brett rapidamente. — Mas você me entendeu. Só mais um dia para abraçá-la, dizer que a amo, todas essas coisas. Eu trocaria isso por qualquer coisa.

Seneca sentiu lágrimas surgirem nos olhos. Ela também fantasiava sobre um dia assim com a mãe. Um dia comum seria ótimo. Elas poderiam falar sobre nada. Ver um programa de premiação. Dobrar roupas limpas. Ela prepararia para a mãe o jantar favorito dela, linguine com molho de mariscos.

Brett se encostou na cerca com um estrondo metálico.

— Descobriram alguma coisa sobre o assassino da sua mãe? Não sigo o caso dela nos fóruns.

Seneca balançou a cabeça.

— Nada. Não havia nada de estranho acontecendo na minha casa, até meu pai atestou. Minha mãe não vinha recebendo ligações estranhas, e não havia indicação de que alguém a estivesse seguindo. Ela não estava nem agindo diferente até o dia que aconteceu, como se estivesse com medo de alguém. Foi só... sem sentido. — Ela expirou. — Sem nexo.

Brett apontou para o colar com a letra *P*.

— Mas pelo menos você pegou isso de volta como lembrança dela, né?

Seneca fechou os dedos no pingente.

— É o que digo para mim mesma.

De forma lenta e hesitante, ela deixou as lembranças da mãe encherem sua mente, particularmente a última lembrança da mãe no necrotério. Ela estava coberta com um lençol da cintura para baixo, mas Seneca conseguiu perceber mesmo assim que algumas partes da mãe dela não estavam ali embaixo, não juntas como em um esqueleto normal. Alguns meses antes, quando ela entrou pela primeira vez no Caso Não Encerrado, ela finalmente leu o relatório do legista sobre sua mãe. A coisa toda era tão chocante que ela não conseguiu voltar ao arquivo da mãe. Dentre outras coisas, o relatório dizia que alguns ossos inferiores de sua mãe tinham sido quebrados com muita força... *estilhaçados*, o legista escrevera. Presumivelmente por um ato de violência.

Ela soltou um choramingo do fundo da garganta, a dor grande demais.

— Tudo bem — disse Brett baixinho, puxando-a para um abraço.

— Vai ficar tudo bem.

O abraço foi reconfortante, mas Seneca ainda sentia uma saudade vazia e insatisfeita. Havia um nó no cérebro dela, alguma coisa que não estava certa, mas devia ser da confusão de tudo que tinha acontecido hoje, o movimento de muitas emoções. Também era frustrante se dar conta de que, por mais que gostasse de Brett, ela queria que o abraço fosse de outra pessoa. Ela olhou para o caminho que Maddox pegou para casa. *Pare de desejar que ele ainda estivesse aqui*, pensou ela com raiva.

Ela tinha que deixá-lo no passado.

TRINTA E TRÊS

ENQUANTO A CHUVA CAÍA, Aerin estava sentada na parte de trás de uma limusine a caminho da festa do Coelhinho da Páscoa. O vestido que ela tinha escolhido meses antes, um Narciso Rodriguez preto, era de frente única com uma tira que envolvia seu pescoço como uma forca e um corpete que apertava como uma camisa de força. Sua mãe estava ao lado de uma janela, limpa e arrumada com um vestido off-white, mas Aerin ainda conseguia ver os tendões repuxados no pescoço dela, o tremor de preocupação na boca e na mão enquanto ela levava a taça de champanhe aos lábios. Seu pai estava junto à outra janela perfeitamente vestido com um smoking preto, as mãos cruzadas no colo. Assim, eles eram uma família perfeita novamente... só que não. Os pais dela não disseram uma palavra um para o outro durante todo o trajeto. Até o motorista estava olhando para ele de um jeito estranho, provavelmente se perguntando por que eles estavam agindo como se estivessem indo a um enterro em vez de à maior festa do ano.

Eles entraram na propriedade Morgenthau, uma mansão palaciana em uma área ampla de gramado verde. Havia holofotes acesos na entrada. Havia até um tapete vermelho coberto no caminho de entrada, patrocinado pela revista *Dexby Living*, com o nome oficial da festa, Leilão Beneficente e Baile de Gala de Páscoa da Propriedade

Morgenthau, escrito no fundo verde. Convidados saíam de limusines e carros esporte, e todos faziam pose no tapete para os fotógrafos como se fossem realmente importantes. Aerin odiava todos eles.

Do outro lado do gramado, algumas garotas de orelhinhas de coelho e vestidos curtinhos corriam meio desajeitadas na direção da casa de hóspedes na chuva. Colin Woodworth e Reed Cristensen, dois formandos de Windemere, estavam encolhidos embaixo de um guarda-chuva com garrafas de cerveja na mão. E havia Dax Shelby, que, como diziam, recebia ecstasy de qualidade com o pai, CEO de uma grande farmacêutica; Dax sempre fazia uma caça aos ovos, escondendo ovos de plástico cheios de comprimidos pela propriedade. No ano anterior, ele se aproximou de Aerin balançando um ovo de forma provocativa, e disse: "Quer procurar *meus* ovos?" Graças a Deus Aerin levou Thomas para a despensa. Todas as outras pessoas daquele círculo eram tão otárias.

Thomas. Ela sentiu uma pontada de dor, mas a afastou.

O motorista abriu a porta para a família de Aerin. Minnie Morgenthau, que tinha um rosto comprido de cavalo e lábios grossos e falsos, estava parada lá com um guarda-chuva.

— Elizabeth. Derek. — Minnie segurou as mãos dos pais de Aerin. — Minha nossa, vocês não precisavam vir, considerando tudo que enfrentaram hoje.

Foi o que eu falei pra eles, Aerin quase disse em voz alta.

A mãe de Aerin beijou Minnie sem seus rostos se tocarem.

— Nós não perderíamos.

Em seguida, Tori e Amanda correram até o carro, puxaram Aerin para fora e a abraçaram com força. As duas garotas estavam com um cheiro leve de bebida, e Aerin reparou que Tori estava usando o anel de diamantes de quatro quilates que era da mãe até ela o trocar por outro maior.

— Ah, Aerin, você é tão corajosa — murmurou Amanda. — Nós te amamos tanto.

Aerin se soltou com desespero dos braços das amigas. Então ela era algum tipo de heroína agora? Elas não tinham como saber que foi ela quem solucionou o assassinato de Helena. Só estavam apreciando o drama épico.

— Não quero lidar com isso agora — resmungou Aerin, segurando as mãos das amigas e indo na direção da casa de hóspedes, sem se importar de seu vestido estar ficando molhado. Ela baixou a cabeça ao passar pela porta da frente escancarada, mas as pessoas estavam olhando. *Fodam-se todos vocês*, ela pensou com raiva, contornando mais algumas garotas com orelhas de coelho.

Amanda entregou a ela uma cerveja de um balde cheio de gelo na cozinha. Aerin se virou para agradecer, mas quando encarou o olhar de Amanda, viu que ela parecia um pouco amedrontada. Aerin se virou para o outro lado e tomou a cerveja rapidamente, sem nem sentir o gosto direito.

Ela ouviu os sussurros ali perto.

— *Eu soube que ele confessou que teve um caso com Helena* — disse uma voz.

— *Eu também* — disse outra. — *É horrível, você não acha? Mas ele está dizendo que não a matou. Eu acredito nele.*

— *Você é uma idiota, Frances. Claro que ele a matou. Ele deve ter ficado enjoado dela e quis se livrar.*

— *De jeito nenhum. Ele joga golfe com meu pai o tempo todo. Ele é muito legal.*

Aerin devia estar com expressão furiosa no rosto, porque Tori se levantou e apertou as mãos.

— Vou matar essas vacas — rosnou ela, indo para a sala ao lado.

— Tori, não — disse Aerin com voz fraca, indo atrás dela.

Elas atravessaram um arco e deram de cara com Brooklyn Landers e Frances Hamilton, duas alunas do primeiro ano do ensino médio que Aerin nem conhecia, sentadas em um sofá comprido com gim e tônica na mão. Tori foi direto até elas.

— Vocês querem repetir na cara dela?

As garotas ficaram pálidas ao verem Aerin. Frances segurou a mão de Brooklyn, e elas saíram correndo para o banheiro e fecharam a porta. Tori olhou para ela.

— Quer que eu enfie uma vassoura na porta pra elas ficarem presas lá dentro?

— Não precisa — disse Aerin, sentindo como se tivesse tomado seis cervejas em vez de só uma. Ela jogou a lata vazia no lixo, indicou para Amanda e Tori que precisava de um segundo sozinha e foi até a varanda coberta dos fundos. Sentou-se em uma cadeira Adirondack e olhou para a floresta sem enxergar nada.

Se quisesse ser sincera consigo mesma, ela entendia o que Frances queria dizer. Por que o Sr. Ingram mataria Helena? Talvez Helena tivesse dado um ultimato? Também tinha sido divulgado que o Sr. Ingram às vezes fumava maconha; talvez ele e Helena fumassem juntos. Talvez tivessem se metido com drogas mais pesadas, e mandado Loren levar comprimidos ou alguma coisa que os deixou malucos.

Seus pensamentos voltaram para o comentário que Helena fez sobre as coisas serem debaixo dos panos entre ela e Aerin. Aquele aplicativo pareceu uma pista tão boa, tudo fazia sentido. Será que Helena tinha feito download em algum outro lugar, não no celular? Mas, se era verdade, Helena estava tentando dizer que Aerin também devia fazer download do aplicativo? Se ao menos Helena *tivesse* feito o download para ela naquele último dia. Ela estava usando o celular de Aerin, verificando o tempo, vendo se ia nevar mais.

Uma luz se acendeu no cérebro dela. Espere. E se Helena *tivesse* feito o download?

Ela devia ter ofegado porque Chase Grier, um jogador de futebol sarcástico que estava pegando cubos de gelo em um balde grande ali perto, se virou e olhou para ela de um jeito estranho.

— Você está bem?

A mente de Aerin estava trovejando rápido, mas ela conseguiu assentir.

— Estou.

Chase não se mexeu. De repente, ela se sentiu visível demais. Ela correu pela lateral da casa de hóspedes, os sapatos afundando na grama molhada. Quando ficou sozinha, ela tirou o celular da bolsinha e clicou na App Store. Em seguida, ouviu um barulho na escuridão. Ela levantou a cabeça, a visão desfocada. Uma sombra se esgueirava a pouca distância, iluminada por trás por um holofote.

— Ei! — ela gritou quando a figura começo a se aproximar.

— Aerin, sou eu! — gritou uma voz. — O que você está fazendo aqui fora? Xixi?

A pessoa apareceu na luz. Era Madison, resplandecente em um vestido rosa-chiclete, o cabelo preto escovado e escorrido. Aerin tinha esquecido que Madison ia. E de repente, percebeu: Madison era a garota de quem ela precisava.

Ela a puxou para perto, o coração batendo rápido.

— Tenho uma coisa pra mostrar pra você — disse ela com empolgação. — Uma coisa que você precisa ver.

MADISON ERA AINDA mais paranoica do que Aerin, então pegou a mão dela e a levou por um caminho para a floresta atrás da propriedade dos Morgenthaus. A chuva estava finalmente parando, mas as árvores e plantas estavam cobertas de umidade e com cheiro de musgo. Aerin sentiu a barra do vestido ficando encharcada na lama, mas não estava nem aí.

Ela contou a Madison o que surgiu em sua cabeça.

— Pensei no aplicativo Debaixo dos Panos. Helena não carregou no celular dela. Ela carregou no meu.

Madison mudou de posição.

— Por que ela faria isso?

— Porque a polícia não ia procurar pistas sobre ela no meu celular. Ela podia se comunicar com o Sr. Ingram e ninguém saberia. Helena sempre esquecia o celular... ou fingia. Ela sempre pegava o meu pra fazer coisinhas como verificar a previsão do tempo ou mandar mensagens de texto. Agora que estou pensando, acontecia diariamente. Mas ela não estava olhando a previsão do tempo. Estava no Debaixo dos Panos falando com o Sr. Ingram.

— Certo — disse Madison. — Mas por que você não reparou no aplicativo?

— Porque devia estar escondido em uma pasta, como Maddox disse. Mas agora eu entrei na App Store e tentei fazer download. A Apple disse que já estava na minha nuvem, o que quer dizer que alguém já comprou o aplicativo pra mim em um celular antigo. Eu nunca comprei. *Só pode* ter sido Helena. — Ela clicou na tela para acendê-la novamente. — Estou fazendo download neste celular agora. Mas preciso que você me mostre como usar.

— Claro — disse Madison, parecendo impressionada.

Alguns segundos depois, o ícone do Debaixo dos Panos, um D e um P entrelaçados, apareceu na tela. Com dedos trêmulos, Aerin clicou nele. *Bem-vinda de volta, GarotaSamurai0930*. Devia ser o nome de usuário de Helena.

Uma tela de senha apareceu. Os dedos de Aerin pairaram sobre o teclado.

— Skip? — disse ela em voz alta, e digitou o nome. *Senha incorreta*, apareceu na tela do aplicativo. Ela tentou *Karaoke*, bandas das quais Helena gostava, até *Kevin*. E então, com um nó no estômago, digitou *HelenaIngram*. *Bem-vinda*, disse uma mensagem.

— Entramos — sussurrou ela.

Uma musiquinha alegre tocou e uma tela de navegação apareceu. Uma barra do lado direito mostrava ícones de *Mensagens recebidas, Mensagens enviadas, Nova mensagem* e *Conte para o mundo*. Madison clicou em *Mensagens enviadas*.

— Vamos ver sobre o que ela estava falando.

Vários arquivos apareceram. As postagens lembraram a Aerin do Instagram: primeiro uma imagem e depois uma legenda. Madison desceu até a mensagem mais antiga no final da lista e a abriu. Uma selfie de Helena sentada na cama apareceu; a decoração do quarto era exatamente a mesma de agora. Aerin esticou a mão para tocar na imagem da tela. Helena parecia tão viva.

Não consigo acreditar que estou mesmo pensando em fazer isso, dizia a legenda. Mais nada. Madison clicou em um botão que dizia *Mais informações*. Dados apareceram na tela.

— Só uma conta recebeu essa mensagem — explicou Madison.

— HAR1972.

— Você acha que é Ingram? — sussurrou Aerin.

— Quem mais poderia ser?

Havia um caroço na garganta de Aerin quando ela olhou mais mensagens de Helena. Na seguinte, Helena tirou uma foto sua no espelho do banheiro. Ela estava de top e short de ginástica, exibindo as longas pernas. *Eu só penso em você*, dizia a legenda... mais uma vez, só para aquela mesma conta. Outras descreviam que ela sonhava com ele à noite, que estava empolgada de eles estarem juntos e que ela só pensava no último encontro deles.

— Essas são do verão e do outono — relatou Madison, olhando a data. Em seguida, clicou em uma mensagem na metade da lista. Era outra selfie de Helena sentada na cama, desta vez usando um suéter roxo familiar, um casaco branco e o famoso chapéu marrom. Ela estava com expressão determinada no olhar. *Estou pronta,* dizia a legenda.

— Essa é do dia em que ela desapareceu — murmurou Madison.

Mas não era a última mensagem que Helena enviou. Em seguida, vinha uma imagem de uma rosa vermelha e as palavras *Estou com saudade.* A data era de uma semana depois. Em seguida, vinha uma imagem de um gatinho batendo em um despertador acompanhada de *Contando os minutos pra você voltar.* Dia 18 de dezembro. Aerin inspirou fundo. Então Seneca estava certa. Helena *viveu* depois daquele fatídico dia de dezembro.

Listras vermelhas e brancas de bengala de açúcar serviam de fundo para *Feliz Natal pra nós*; a data de envio da mensagem era 26 de dezembro. Aerin mordeu o lábio com força. Natal. Havia também algumas imagens que não foram enviadas para a conta de Ingram. Na verdade, não foram enviadas para ninguém. *Está aí?*, dizia uma. E *Não pense que não estou pensando em você*. E depois *Sinto sua falta, Aerie*. *Mas não se preocupe*. *Eu volto logo*. *Dia 2 de fevereiro, pra ser precisa*. *O dia da marmota!*

O coração de Aerin parou. Helena às vezes a chamava de Aerie. Então ela *tentou* se comunicar com ela pelo aplicativo? E Skip estava falando a verdade, eles iam *mesmo* voltar para Dexby? Ele ia mesmo abandonar a esposa?

A única mensagem com foto da própria Helena depois que ela sumiu era a última da lista. Era um close do rosto de Helena, os olhos arregalados, os lábios formando beicinho, o cabelo mais comprido e desgrenhado. Era difícil saber onde ela estava, a foto tinha um filtro pesado e o fundo estava borrado, mas ela parecia triste, não com medo. *Vai ficar tudo bem*. Foi para o Sr. Ingram.

Madison apontou para essa mensagem.

— O *que* vai ficar bem?

— Não sei — murmurou Aerin.

Madison saiu das mensagens enviadas e clicou em *Mensagens recebidas* na barra de navegação. Apareceram um monte de imagens da conta HAR1972. Nenhuma era selfie do Sr. Ingram, e graças a Deus, porque Aerin achava que não suportaria ver o rosto dele. As mensagens estavam sobrepostas a fundos lisos ou imagens de uso comum. A primeira mensagem era do começo do verão do mesmo ano. *Eu também estou muito feliz*, escrevera ele. A seguinte: *Você estava tão linda hoje à tarde*. E depois: *Pensando em você*. Aerin se mexeu com repulsa. Helena caiu nisso?

Quando foi chegando mais perto da data do desaparecimento de Helena, o Sr. Ingram escreveu coisas como *Sei que isso é difícil pra você*. *Vou apoiar o que você decidir*. E *Vou sempre amar você*. E *Tão animado com nosso futuro*.

Madison fungou.

— Não parece um homem que planeja matar a namorada.

— Nem me fala — murmurou Aerin. Ela desceu a tela. No começo de janeiro, quatro semanas depois que Helena desapareceu, ele escreveu: *Estou pronto para abandoná-la.* Ela levantou o rosto. — Marissa? — Ela tentou se lembrar do comportamento de Marissa por essa época. Será que ela sabia?

— Olha isso — disse Madison, deslocando a tela. A mensagem seguinte tinha a data de 24 de janeiro. Não havia foto, só uma tela vazia. Como legenda, o Sr. Ingram escrevera: *Estou preocupado com ela. Com medo de ela fazer alguma loucura.*

O dia 24 de janeiro foi a data em que Helena escreveu *Vai ficar tudo bem*. Aerin voltou para as mensagens enviadas de Helena, mas a de 24 de janeiro era a última.

— Você acha que foi nesse dia que ela...?

Madison ergueu as sobrancelhas.

— Foi a mesma época em que Loren a procurou. Se ele estiver falando a verdade, ela não estava respondendo. Alguma coisa *podia* ter acontecido com ela.

Aerin voltou para as mensagens recebidas de Helena, não esperando ver mais nenhuma do Sr. Ingram, mas o recado seguinte dele para Helena era de 30 de janeiro. *Volte, por favor.* Havia outro no dia 2 de fevereiro. *Era para ser hoje. Por que você está fazendo isso?* No dia 6 de fevereiro: *Eu vou sempre amar você. Aonde quer que você tenha ido, o que quer que você precise fazer, está tudo bem.* Dia 8 de fevereiro: *Só me diz onde você está. Estou preocupado.*

Aerin apertou a rótula.

— De que ele está falando? Por que ele não sabe onde ela está?

— Ela pode ter fugido do Dakota? — perguntou Madison. — Da cidade?

— Tinha sangue no apartamento, lembra? Os detetives têm quase certeza de que vai bater com o tipo dela. — Mas Aerin entendeu a pergunta dela. — Por que Ingram escreveria para Helena se soubesse que ela estava morta? Será que ele só estava encobrindo rastros para o caso de a polícia verificar aqui?

Madison franziu o nariz.

— Em um aplicativo supersecreto?

— Então qual é a outra opção? Ele realmente não sabia onde ela estava?

Madison arregalou os olhos.

— Você acha que *ela* tinha chave do apartamento dele na cidade?

— Quem? — perguntou Aerin. — Helena?

Madison balançou a cabeça. Abriu a mensagem anterior do Sr. Ingram de novo: *Estou preocupado com ela. Com medo de ela fazer alguma loucura.* Quando Aerin olhou para Madison, um silêncio frio e imóvel tomou conta dela, um sentimento tormentoso de incerteza destruída.

— Marissa — sussurrou ela.

Madison assentiu e olhou para a propriedade Morgenthau. A cor sumiu do rosto dela.

— Falando no diabo — sussurrou ela, indicando uma limusine na entrada. Uma porta se abriu, e Aerin viu uma mulher magricela e de cabelo preto usando um vestido longo de renda e cheia de diamantes sair do carro e posar para fotos.

Puta merda, pensou Aerin. Aquela vaca estava *lá*.

TRINTA E QUATRO

MADDOX ESTAVA SENTADO na escuridão na varanda de casa, sentindo o celular vibrar nas palmas das mãos. *Catherine*, dizia a tela. Ele apertou o aparelho, tentado a jogá-lo nas árvores.

Uma hora antes, ele apareceu na pista de corrida e fez um discurso dizendo que não ia deixar que Catherine o controlasse, blá-blá-blá. Os olhos de Catherine ficaram enormes e úmidos, e ela se virou e saiu correndo para a sala dela. E o que Maddox podia fazer, *não* ir atrás dela?

Na verdade, em retrospecto, talvez tivesse sido uma boa decisão.

Na sala, Catherine estava sentada à mesa, respirando fundo. Mas quando olhou para ele, suas feições tinham mudado.

— Tudo bem — disse ela, com voz recomposta. Ela pegou o celular e ligou para um número. — Posso falar com o treinador Leventhal, por favor? — disse ela depois de uma pausa.

O coração de Maddox deu um pulo. Leventhal era o treinador do Oregon. Ela ia mesmo em frente com aquilo.

Catherine olhou para ele com a sobrancelha erguida, como quem diz *Ainda dá tempo de mudar de ideia!* Mas ele se manteve firme, ainda que um tanto indeciso.

— Vá em frente — disse ele com voz firme, se virando para ir embora. — Não ligo.

Ele começou a andar para a porta da sala, mas sentiu uma mão no pulso.

— Maddox! — exclamou Catherine, largando o celular, o virando e dando um beijo nos lábios dele. Antes que ele pudesse se desvencilhar, Seneca apareceu... e viu tudo. Viu e supôs, claro, que ele era um cretino.

E aquele papo sobre Catherine ser a rival invejosa de Helena? Maddox nem se lembrava de ter visto Catherine na casa de Helena... mas também talvez ela nem tivesse ido lá. Mas ficou óbvio que ela não queria que ele soubesse quem ela era; Maddox se lembrou de repente de forma muito clara de ter mencionado Helena na segunda sessão de treinos no aniversário do desaparecimento dela.

— Você a conhecia? — ele perguntara a Catherine, e ela ficou com expressão vaga nos olhos e balançou a cabeça dizendo que não.

O celular dele parou, depois tocou de novo. Maddox considerou bater com o celular na calçada, mas viu um nome diferente na tela. *Madison*. Jesus. Ela tinha ouvido falar do desastre com Seneca? Ele não estava pronto para outro sermão.

Ele ouviu um motor roncar e levantou o rosto. Um táxi amarelo estava parando junto ao meio-fio, e Seneca estava saindo, com Brett. Maddox olhou para o celular e atendeu.

— Madison, por que Seneca está na nossa casa?

— Porque eu liguei para ela — respondeu Madison com voz apressada. — Eu falei para ela buscar você para vocês virem todos juntos.

— Ir aonde?

— Na festa do Coelhinho da Páscoa.

Maddox piscou. Ele tinha esquecido que isso estava acontecendo. Madison começou a falar a um quilômetro por minuto.

— Lembra que a gente achou que foi Skip Ingram? Bom, não foi, foi *Marissa*. Nós entramos na conta do Debaixo dos Panos de Helena e encontramos um monte de mensagens de Skip e Helena, e no final ele diz que está preocupado com alguém, e só podia ser Marissa, e faz todo *sentido*!

— Espera — disse Maddox. Agora, Seneca e Brett estavam se aproximando da casa. Brett estava pálido e com expressão preocupada, as mãos apertadas. Seneca estava olhando alguma coisa no celular e balançando a cabeça.

Ele deixou as palavras que Madison tinha acabado de dizer serem absorvidas. Até que faziam sentido. Se ela tinha descoberto sobre Helena, tinha motivo. E talvez também fosse ela a pessoa que estava tentando se livrar deles. Ele *achou* que o assaltante em Nova York era mulher...

As imagens de Skip Ingram na televisão surgiram na mente dele.

— Nós botamos a pessoa errada na prisão?

— Sim — disse Seneca com irritação, andando pelo caminho e tirando o celular de Maddox da mão dele. — Ela ainda está desaparecida? — disse ela no aparelho. Houve uma pausa. — Certo, certo. Bom, continue procurando. Estaremos aí daqui a pouco.

Ela desligou e devolveu o celular para ele, fazendo questão de não olhar nos olhos dele.

— Eu *sabia* que havia algo de errado em Skip Ingram. *Sabia*.

Brett tocou no braço de Maddox.

— Assim que Madison e Aerin perceberam que foi Marissa, elas a viram na festa — explicou ele. — E antes que Madison conseguisse impedir, Aerin saiu correndo atrás de Marissa. Madison tentou pegar Aerin, mas ela se perdeu na multidão.

— Aerin é uma bomba-relógio — disse Seneca. — Nós temos que a impedir antes que ela diga alguma coisa para Marissa que deixe claro que nós sabemos. — Ela soprou a franja do rosto. — Não consigo acreditar que Marissa *apareceu* lá depois de tudo que aconteceu hoje. Ela tem bolas de aço. — Ela fez sinal para o táxi, que ainda estava esperando na rua.

Maddox encolheu os ombros e entrou atrás. Marissa Ingram não era a única que precisava de bolas de aço naquela noite.

★ ★ ★

DEZ MINUTOS DEPOIS, eles estavam na mansão Morgenthau, que estava dramaticamente iluminada por uma série de holofotes brancos. No alto da colina, a primeira coisa que Maddox viu foi um grupo de pessoas girando e fazendo pose em um tapete vermelho. Flashes piscaram. O fotógrafo instruía as pessoas a virarem para a esquerda ou para a direita. Maddox esticou o pescoço, se perguntando se era mesmo alguém famoso; muitos jogadores dos Rangers moravam ali perto, assim como alguns atores, CEOs notáveis e escritores famosos. Mas só viu adolescentes e adultos que ele já conhecia de Dexby.

Houve uma batida na janela dele. Madison abriu a porta, girou e foi na direção da casa.

— Já olhei em todos os aposentos principais — disse ela por cima do ombro. — Mas este lugar parece um labirinto. Tem uma ala dos fundos inteira, um andar de cima...

— Você acha que a gente devia chamar a polícia? — perguntou Maddox. — E se acontecer alguma coisa com Aerin?

Seneca balançou a cabeça.

— Marissa pode ver as viaturas da polícia e fugir antes que possamos provar que foi ela. Eu digo para esperarmos até ser absolutamente necessário.

Eles entraram no salão principal, que estava lotado de gente com vestidos chiques e smokings. Maddox se sentiu meio ridículo de jeans e camiseta, mas, por outro lado, todo mundo estava esnobe e ridículo de smoking. Madison entrou no corredor que levava a outro salão de festas ainda mais lotado de convidados. Mesas compridas foram colocadas nas laterais da sala com itens para o leilão silencioso. Dentre algumas das coisas a serem leiloadas estavam uma viagem pelo mundo com todas as despesas pagas, um colar de diamante no valor de 24 mil dólares, uso ilimitado de uma limusine Rolls-Royce (com motorista) por seis meses, e suprimento de um ano de leite do seio de uma mulher que só comia hortifrutigranjeiros orgânicos de produção local.

Madison estava indo mais rápido agora, desviando de corpos, encontrando buracos entre grupos, passando por itens valiosíssimos de leilão. Maddox viu uma loura após outra, mas nunca Aerin. Seu estômago começou a dar um nó. E se Marissa a tivesse levado para algum lugar? E se ela estivesse ferida? O que todos os convidados pensariam se soubessem que havia uma assassina entre eles?

Em outro salão, uma multidão começou a fazer barulho. O zumbido da multidão no espaço principal ficou mais alto. As luzes foram diminuídas, e uma música techno começou a tocar.

— Bem-vindos ao nosso Leilão de Caridade de Páscoa anual! — disse uma voz no alto-falante. O grupo passou rápido demais para Maddox ver quem eram os solteiros.

Eles passaram por uma sala com homens fumando charutos, alguns homens jogando sinuca e um espaço escuro onde um casal tomava vinho. Madison segurou a barra do vestido e subiu a escada que levava a outro andar de salões de festa. Em um, convidados estavam enfileirados em um divã comprido conversando. Em outro, um grupo de homens estava reunido em volta de um simulador de golfe, se revezando com um taco. Aquele andar tinha vista para o salão principal; Maddox olhou para as dezenas de cabeças arrumadas abaixo. Um trompete brilhante usado por um dos membros da banda que estava no canto refletiu a luz por um momento e gerou um brilho estranho e ofuscante.

Eles seguiram por um corredor escuro de fundos. Na metade, Madison parou e inclinou a cabeça. Maddox mal conseguia escutar alguma coisa em meio à barulheira das pessoas, mas achou que tinha ouvido a voz aguda e musical de Aerin. Seneca chegou para a frente e espiou por uma porta aberta. Maddox ficou nas pontas dos pés atrás dela e olhou também. A porta levava a um banheiro imenso de mármore com três pias e uma porta separada para o vaso. O reflexo de Marissa apareceu em um espelho redondo na parede. Ela estava de pé na frente de Aerin, os olhos arregalados. Não estava claro o que estava acontecendo.

Maddox pulou de volta para as sombras antes que Marissa reparasse nele. O grupo trocou olhares.

— *Merda* — murmurou Seneca, as bochechas vermelhas.

Madison olhou para Maddox.

— *Agora* a gente pode chamar a polícia?

Nem Brett discutiu. Maddox pegou o celular e ligou 9-1-1.

— Qual é sua emergência? — disse uma voz do outro lado.

Maddox recuou. A voz estava tão alta, e a dele soaria mais alta ainda. Não tinha como Marissa não ouvir.

— Hum — sussurrou ele. — Estou na festa do Coelhinho da Páscoa e preciso de ajuda.

— O quê? — disse a atendente. — Onde?

Maddox se enrolou com o celular, que caiu no tapete. Ele ainda ouvia a atendente fazendo perguntas, mas não ousou falar com ela. Só ficou olhando com impotência para a tela. Era possível mandar uma mensagem de texto para a atendente do 911? Mandar mensagem em código Morse?

Agora, Marissa estava falando.

— É mesmo chocante — disse ela com alegria fingida, chegando mais perto de Aerin. — Não consigo imaginar o que você e sua mãe estão passando, querida. Eu chorei, rezei...

E então, ela se inclinou para a frente e abraçou Aerin com força. Aerin parecia uma vara de metal, os braços rígidos ao longo do corpo, uma veia no pescoço pulsando. Maddox olhou para Seneca e ergueu as sobrancelhas. Talvez a situação não estivesse tão ruim. Parecia que elas só tinham se encontrado casualmente. Talvez Aerin ainda não tivesse dito nada.

Marissa recuou e olhou para Aerin antes de dizer:

— Eu soube que sua mãe está aqui hoje, é verdade? — Aerin só conseguiu fazer que sim de forma catatônica. Marissa levou uma das mãos ao peito. — Eu adoraria falar com ela, querida. Preciso contar umas... coisas. Mas ela não atende minhas ligações.

Um olhar estranho e firme surgiu no rosto de Aerin. Ela ergueu a cabeça para encarar Marissa.

— Talvez minha mãe não queira falar com você porque sabe que você é uma filha da puta mentirosa.

Maddox inspirou fundo. Madison fez uma careta.

Marissa afastou a mão.

— Como? — As palavras saíram estranguladas.

Aerin apertou os olhos. Seu corpo todo estava tremendo.

— Eu sei o que você fez com Helena. Eu sei quem você *é*.

— Aerin — disse Seneca, entrando no banheiro e segurando o braço dela. — Hum, a gente tem que ir.

Aerin se soltou de Seneca. Marissa se virou olhando para todos que entraram no aposento. Sua testa se franziu com compreensão, e antes que Maddox pudesse se mover, Marissa deu um pulo e o empurrou em cima de uma pia. Ela bateu a porta e apagou a luz. Brett e Seneca gritaram, e houve o barulho de vidro quebrando. Maddox conseguiu chegar até a porta e acendeu a luz com dificuldade. Tinha um espelho estilhaçado no chão com pedaços espalhados para todo o lado.

Um pedaço na mão de Marissa refletiu luz. Os braços finos estavam envolvendo Aerin em um quase abraço, um pedaço de espelho quebrado encostado na jugular dela. Ela olhou para o grupo paralisado, uma expressão de fúria no rosto.

— Façam tudo que eu mandar — sussurrou ela com voz rouca e firme — Senão sua amiga morre.

TRINTA E CINCO

ENCOSTADO NA PENTEADEIRA, o corpo ainda doendo do ataque do dia anterior, Brett não pôde deixar de notar que o banheiro agora tinha o cheiro forte de suor e do perfume sufocante e doce de Marissa. Ele viu com impotência a mulher encostar o pedaço de espelho no pescoço de Aerin. Queria desesperadamente estrangular Marissa; ele apostava que podia, *sabia* que podia, apesar dos seus ferimentos. Mas Aerin lançou um olhar rápido e desesperado para eles todos, como se avisando para eles não fazerem nenhum movimento repentino.

No andar de baixo, a música continuava tocando. Pessoas riam. Brett ouviu o estalo do microfone no leilão de solteiros, seguido de aplausos. Como alguém saberia que eles estavam ali em cima com aquele caos todo lá embaixo?

A respiração de Marissa estava entrecortada. Ela ficava ajeitando a posição do caco de espelho no pescoço de Aerin.

— Muito bem, pessoal — disse ela. — Larguem os celulares e chutem pra mim.

Brett fez o que ela mandou. Marissa pegou os celulares e os colocou na bolsa.

— Ninguém pode sair. Se vocês tentarem, vão se arrepender. Entendido?

Com as mãos tremendo, Seneca limpou a garganta.

— Você não vai querer fazer isso, Sra. Ingram. Não quer nos fazer mal. Você não é esse tipo de pessoa. Dá pra perceber.

Marissa riu com deboche. As linhas em volta de sua boca estavam tão proeminentes quanto marcas em cobre.

— Estou fazendo o que tenho que fazer. Eu tentei fazer vocês pararem. *Avisei* tantas vezes. Vocês deviam ter se tocado e percebido que estavam se metendo onde não deviam.

Brett sentiu um aperto no peito. Então *Marissa* era a perseguidora.

— Mas você não matou nenhum de nós quando veio nos avisar — disse Seneca com um tom tranquilo que Brett estava impressionado de ela conseguir usar. — Você não é um monstro. Só não queria que a gente criasse problemas, não é?

Marissa repuxou os lábios. Ela parecia meio em choque, talvez não conseguindo acreditar que estava fazendo uma coisa daquelas, ou talvez porque as pistas finalmente tinham levado a ela.

— Isso mesmo — disse ela com voz resignada. — Mas está claro que a tática não funcionou.

— Nós só queremos a verdade — disse Seneca. — Não viemos fazer mal a você nem perseguir você. Nós sabemos que não foi você. Só queremos ouvir o que aconteceu.

Brett olhou para Seneca. *"Nós sabemos que não foi você"*? O que ela estava tentando fazer?

O rosto de Marissa se suavizou um pouco, como se o método de Seneca estivesse funcionando.

— Pode nos contar — disse Seneca, persuasiva. — Pode contar para *Aerin*. Você a conhece a vida toda. Ela só quer saber o que aconteceu com a irmã.

Marissa se virou dois centímetros e baixou um pouco o pedaço de vidro. Ela deu um sorriso apertado e arrependido para Aerin.

— Eu só queria que isso não tivesse acontecido, querida — disse ela repentinamente, como se fosse uma coisa que ela vinha segurando havia anos. — Eu sinto tanto, *tanto*.

— Você matou Helena? — perguntou Aerin subitamente.

Marissa pareceu chocada.

— Eu *jamais* faria isso! — Ela foi incrivelmente convincente. Seu rosto se contraiu novamente. — Olha, eu senti que havia alguma coisa acontecendo entre ela e Skip naquele verão. Eu nunca os peguei no flagra, nunca encontrei mensagens de texto, nem e-mails nem cartas, mas eu simplesmente… *sabia*.

— Por que você não falou com a minha mãe? — gritou Aerin.

Marissa desviou o olhar para a direita.

— Porque eu não tinha provas. É uma coisa horrível de se acusar a filha de alguém. Teria estragado nossa amizade.

Brett sentiu enjoo. Era com isso que ela estava mais preocupada? Com a amizade delas?

— Quando Helena desapareceu, Skip também desapareceu. Por um fim de semana inteiro. Fiquei desesperada, mas falei para todo mundo que ele estava viajando a trabalho: para a polícia, para a sua mãe, para outros amigos, para todos nos grupos de busca. — Ela olhou para Aerin de novo, com determinação — Você tem que entender, querida. Eu ainda estava torcendo para que tudo fosse coisa da minha cabeça.

Brett apertou as mãos. Era irritante como Marissa ficava chamando Aerin de *querida*, como se realmente gostasse dela. Ele queria acabar com ela só por isso.

— Dias se passaram — disse Marissa. — Semanas se passaram. Helena continuou desaparecida. Ela *podia* ter sido sequestrada por alguém, sem dúvida. Ou podia ter fugido com outra pessoa, ou sozinha. Mas a cada dia que passava e ela não era encontrada, não estava em *nenhum lugar*, eu tive a sensação de que Skip tinha alguma coisa a ver com a história. — Ela pareceu atormentada. — No Natal, ele disse que precisava ir ao escritório. Meu marido trabalha muito, mas nunca no *Natal*. Naquela vez, eu o rastreei com o aplicativo de GPS que instalei no celular dele. Ele foi mesmo para Nova York, para o apartamento. Foi quando comecei a questionar se ele estava lá com ela. Se ela estava viva e bem, e eles estavam em algum tipo de... ninho de amor. — Ela fez uma careta.

— E por que você não fez nada nessa ocasião? — perguntou Aerin.

Marissa pareceu perdida.

— Eu estava tentando encontrar o momento certo. Estava tentando entender por que ele *fez* aquilo. — Ela suspirou. — No final, eu dei sinais de que sabia. Ele negou completamente, mas percebi que ele estava mentindo. Então, finalmente, eu fui ao apartamento. E foi quando...

— Ela parou de falar e fechou os olhos, fazendo uma cara perturbada.

O rosto de Aerin ficou pálido.

— Você *o quê*?

Marissa demorou um pouco para falar.

— Eu a vi no chão. Ela estava morta.

Um tremor gelado percorreu o corpo de Brett. Ele viu os outros trocarem olhares confusos. Sabia o que todos estavam pensando: que aquilo não correspondia com as mensagens do Debaixo dos Panos.

— Skip... estava lá? — perguntou Aerin. — Ela estava morta havia um tempo?

Marissa balançou a cabeça, o cabelo preto batendo nas bochechas.

— Ele estava viajando a trabalho de verdade dessa vez. E sobre quanto tempo havia que ela estava morta... eu não consegui olhar pra ela.

— Por que você não chamou a polícia? — perguntou Brett.

Marissa olhou para Brett como se essa fosse a pergunta mais maluca que já tinham feito a ela.

— Eu não poderia fazer *isso*.

Brett achava que entendia por que Marissa não ligou. Ela devia ter imaginado a cena e a vergonha que recairia sobre a família dela quando a história se espalhasse. O negócio de Skip fracassaria, os clientes dele procurariam outras empresas e uma boa parte da fortuna deles se perderia. Estragaria o futuro de Heath também, e ele já era todo ferrado. E, mais do que tudo, mudaria a vida de Marissa para pior. Ela tinha uma vida boa. E perderia tudo.

— Então você limpou tudo — disse Brett. — Foi você quem levou o corpo para aquele parque no Norte, não foi?

— Skip nem me agradeceu. — Marissa tentou rir, mas o que saiu foi um choramingo. — Mas foi a opção mais segura nenhum de nós contar o que tinha feito. Se fôssemos questionados, nós poderíamos dizer com legitimidade que ele nunca confessou para mim o que fez e que eu nunca confessei a ele o que eu fiz.

Aerin se mexeu com desconforto.

— É que eu achei que Skip achava que Helena tinha fugido. Ele escreveu mensagens pra ela dizendo que estava preocupado.

Marissa levantou a cabeça de repente.

— Mensagens *onde*?

— Em um aplicativo que ela usava. Eles se escreviam o tempo todo. Ele disse que todas as coisas dela tinham sumido e ele só queria ter certeza de que ela estava bem. Parecia que ele realmente... a amava.

O rosto de Marissa foi tomado de fúria. Em um movimento rápido, ela puxou Aerin para perto e encostou o caco de espelho no pescoço dela novamente.

— Você está dizendo que não *acredita* em mim?

— Não sei! — gritou Aerin. — Eu só...

— Pense antes de falar — rugiu Marissa, o rosto bem próximo do de Aerin. — Porque eu posso matar você, Aerin. Vou matar você aqui, bem na frente dos seus amigos.

— Não! — gritou Seneca.

— Eu mato! — berrou Marissa.

— Pare! — gritou Brett.

Houve um estalo alto. Brett deu um pulo na hora que a porta do banheiro foi aberta.

— Parados! — gritou uma voz. Várias silhuetas apareceram no corredor. — Polícia de Dexby! Solte ela, Sra. Ingram!

O banheiro foi invadido por policiais, todas as armas apontadas para Marissa. A comoção pegou Marissa desprevenida, e o caco de espelho escorregou das mãos dela. Brett correu de onde estava perto da penteadeira, pegou o caco no chão e o colocou na pia. Quando se virou, um policial estava derrubando Marissa no chão e outro montou nas pernas dela. Uma algema brilhante cintilou quando a luz do teto bateu nela. Todos estavam gritando, chorando, soluçando de alívio.

Ele olhou para os amigos. Seneca tinha caído de joelhos no chão. Maddox estava quase catatônico perto da pia. Madison estava com as mãos apertando as laterais do rosto e gritando alguma coisa para a polícia sobre Marissa ser culpada. Brett se virou e procurou Aerin, mas não conseguiu vê-la de primeira na confusão.

De repente, ele a viu. Ela estava ao lado da banheira. Havia outro policial parado de forma protetora na frente dela. Era um cara jovem, só um pouco mais velho do que a própria Aerin. Brett achava que já tinha visto o sujeito... talvez no country clube? Aerin não falou com ele?

Ele começou a andar na direção de Aerin, desesperado para passar os braços em volta dela, abraçá-la apertado, sussurrar que estava muito feliz de ela estar bem... e pedir *desculpas*. Que se dane essa história de encontrar o momento perfeito para beijá-la; *esse* era o momento perfeito, e ele não podia esperar mais. Ele ia apertá-la e fazer com que ela se sentisse segura e protegida. Ele a protegeria para sempre.

Mas uma coisa o fez parar. O jovem policial inclinou a cabeça para dizer alguma coisa para Aerin, e seus olhares se encontraram. O sorriso que Aerin deu para ele era diferente de qualquer outro que ele já tivesse visto nela; era aliviado, admirador, mas também cheio de outra coisa. Apreciação. E amor... Amor *de verdade*, bem mais profundo do que os olhares de flerte e desejo que ela lançava para ele.

— Puta merda — disse Brett de repente, embora suas palavras não tenham sido ouvidas no meio da confusão. Na mesma hora, ele entendeu. Alguma coisa ficou fria e imóvel dentro dele.

Ele nunca passou de diversão para ela. Nunca passou de uma piada.

TRINTA E SEIS

AERIN DESABOU NO canto do banheiro e viu a polícia, inclusive Thomas, botar Marissa de pé e ler os direitos dela.

— Você tem o direito de ficar em silêncio — recitou Thomas. A voz alta e autoritária dele era muito sexy.

— Não *toquem* em mim. — O vestido de Marissa estava puxado até os joelhos, os braços estavam puxados para trás e as mãos, algemadas. Ela virou o pescoço e lançou um olhar penetrante para Aerin.

— Conte pra ele, Aerin. Conte o que contei pra você. Eu não sou a culpada! Eu não fiz nada!

Aerin sentiu um caroço na garganta. Olhou para a amiga mais antiga de sua mãe tentando encontrar humanidade, mas só viu pupilas escuras, pálpebras pintadas e cílios falsos. A história que Marissa contou girava e ocupava a sua mente, chocante, doentia e provavelmente só parcialmente verdadeira. Marissa não só encontrou o cadáver da irmã dela no apartamento naquele dia. Ela a matou. Era a única coisa que fazia sentido com o resto das provas.

Talvez Marissa tivesse conseguido reescrever a história na cabeça, um mecanismo de sobrevivência para ajudá-la a lidar com o que tinha feito. Mas, mesmo assim, ainda que tivesse convencido a si mesma que a morte de Helena não era culpa dela, ela ainda enterrou Helena sem contar para ninguém. Fazer isso e olhar na cara da mãe dela depois, fingindo não saber de nada, era monstruoso. De repente, Aerin se lembrou de Marissa ter aparecido com um kit de cuidados para sua mãe no dia de São Valentim. "Ela vai voltar pra casa, eu consigo sentir", Aerin ouvira Marissa dizer. "Ela vai ficar bem."

O tempo todo, ela *sabia*! Ela tinha cavado um buraco e colocado o corpo sem vida de Helena dentro!

Aerin olhou para a polícia.

— Ela é culpada.

Thomas e os outros dois policiais levaram Marissa para fora do banheiro e para o corredor. De repente, o banheiro ficou em silêncio novamente.

Aerin se aproximou dos amigos e os abraçou com força. Ouviu-os murmurando coisas para ela, mas as palavras não tomaram forma definida. Depois de um momento, Madison se inclinou e pegou os celulares de todos eles na bolsa de Marissa. Distribuiu-os rapidamente, as mãos tremendo. Aerin quase desejou que alguém começasse a rir para acabar com a tensão, senão seria capaz de cair no choro e não conseguir parar nunca.

Houve murmúrios no corredor. Aerin saiu do banheiro e olhou pela amurada. No andar de baixo, os convidados da festa do Coelhinho da Páscoa estavam boquiabertos vendo Marissa, de vestido repuxado e o cabelo arrumado, ser levada por três policiais até uma viatura que esperava na entrada. Alguém tinha tido a ideia de desligar a música, mas agora só se ouvia os sussurros. Uma equipe da imprensa já tinha chegado, e um câmera começou a filmar a confusão. Adolescentes tinham saído da casa de hóspedes desgrenhados e com cara de drogados. Elena Fairfield, que era do ano de Aerin na escola, sorriu para a câmera posando com as orelhas de coelho, mas o Sr. Fairfield a abraçou e envolveu o vestido curto com o blazer.

As pernas de Aerin ainda estavam bambas quando ela olhou pela escadaria para o salão. Todos estavam olhando para ela, inclusive todos os seus amigos, mas ela mal registrou os olhares ou ouviu as palavras.

Marissa, dizia um refrão em sua cabeça. *Marissa*. A imaginação dela estava enlouquecida. Ela viu Marissa encontrando Helena, atacando-a, assassinando-a no apartamento. Depois, colocando o corpo de Helena em um saco de roupas e a arrastando até um elevador de serviço. Enterrando-a naquele parque e limpando a lama das botas com garrafas de Evian. E depois... simplesmente vivendo o resto da vida. Dando festas, comprando iates. Comprando joias customizadas sob encomenda. Apreciando o filho *dela* porque *Heath* ainda estava vivo, diferentemente de Helena. Apreciando o marido o quanto conseguisse, mesmo sabendo que ele era cretino traidor e molestador de menores, tudo isso porque era filha da puta demais para contar a verdade.

Seu estômago deu um nó, e ela enfiou as unhas nas palmas das mãos, esperando que a sensação passasse. A última coisa que ela queria era vomitar no chão dos Morgenthau. Ela olhou para os amigos. Seneca e Madison estavam encolhidas perto da escada com os rostos pálidos. Maddox já estava lá fora, perto das viaturas. Ela não conseguiu encontrar Brett.

Houve um ruído agudo, e os pais de Aerin abriram caminho na multidão e passaram os braços em volta de Aerin, com força.

— Eu estava tão preocupada. — A mãe de Aerin recuou e olhou para ela com horror, depois, por cima do ombro dela, para os policiais colocando Marissa dentro de um carro. Os diamantes dela cintilavam nas luzes da viatura. Ela precisou segurar a barra do vestido para que não ficasse presa na porta. Quando se sentou, ela cruzou os tornozelos, revelando os sapatos Jimmy Choo.

Um olhar estranho e pesaroso surgiu nas feições do pai dela, e Aerin estava tão perdida que apoiou a cabeça no ombro dele, cansada demais para lembrar que havia anos que não abraçava o pai. Depois de um momento, ela se virou para a mãe e se aninhou no peito dela. Antes que soubesse o que estava fazendo, ela apertou os polegares no centro da palma da mão da mãe. Era o velho aperto de mão delas, de quando elas eram próximas: o polegar na palma da mão e depois nas costas. Para sua surpresa, ela sentiu a palma da mão da mãe apertar a dela com força. Em seguida, vieram os apertos curtos, o código cujas palavras ela achava tão decifráveis. *Estou. Do. Seu. Lado.*

Elas ficaram um tempo assim, deixando a multidão e as câmeras de televisão e a polícia passar em volta. De repente, uma pessoa limpou a garganta, e Aerin olhou na direção do som. Thomas estava à esquerda.

— O-oi — gaguejou Aerin, se empertigando.

Houve um longo momento em que eles só se olharam. A mãe soltou a mão dela e a empurrou na direção dele. Aerin andou alguns passos, sentindo as pernas trêmulas.

— Eu tinha certeza de que ninguém viria nos ajudar — murmurou ela.

Thomas deu de ombros.

— Chegou uma ligação no 911 de um cara sussurrando que estava na festa do Coelhinho da Páscoa. Mas a ligação não foi encerrada, e a atendente ouviu Marissa ameaçando vocês. — Ele sorriu. — Nós conseguimos gravar uma boa parte da confissão dela.

Aerin olhou para fora pela janela.

— Você vai ter que voltar pra delegacia hoje?

— Vou. Vai ser uma noite longa, com interrogatório, fichamento, papelada, e você talvez precise dar seu depoimento, embora não vá ser acusada de nada. Eu prometo. — Ele piscou.

Ele chegou mais perto e limpou a garganta.

— E eu entendo — disse ele com voz mais baixa. — Sobre... você sabe. A senha. Eu não devia ter sido duro com você na delegacia. Eu também teria feito isso se fosse minha irmã, Aerin. Teria feito a mesma coisa.

Ele estava olhando para ela intensamente. O coração de Aerin palpitou, e ela engoliu em seco.

— Ah — sussurrcu ela. — Bom, obrigada. — E ela passou os braços pelo pescoço dele para um abraço. Desejava beijá-lo também, mas aquele não devia ser o momento certo. Mas ela tinha a sensação de que haveria mais oportunidades. Talvez muitas.

Ela só podia ter esperanças.

TRINTA E SETE

NA MANHÃ SEGUINTE logo cedo, Seneca estava na plataforma Metro-North para o sul, olhando para os trilhos. O trem estava vinte minutos atrasado, e a plataforma estava lotada de passageiros. *Juro que estou na estação*, disse ela para o pai por mensagem de texto. *Vou pra casa daqui a pouco.*

Ela tinha cedido e contado para ele que foi a uma festa na noite anterior em que uma assassina foi presa e que precisou ficar para ser interrogada. Seu pai quis ir de carro para Connecticut assim que soube, mas ela garantiu que estava bem e que pegaria o primeiro trem de manhã.

Ela não queria ir embora, mas estava devendo uma conversa ao pai. E talvez, se ele deixasse, ela voltaria a Dexby em breve. Aerin já tinha oferecido o quarto para Seneca. A Sra. Kelly, com quem Seneca conversou muito na noite anterior na delegacia, disse que ela podia ir passar o verão lá, se quisesse.

Ao seu lado, Aerin e Madison, que tinham ido se despedir, estavam olhando uma página de internet de fofocas da sociedade de Connecticut que tinha postado fotos da festa do Coelhinho da Páscoa da noite anterior.

— Ah, meu Deus, Amanda está horrível — murmurou Aerin, apontando para uma garota com expressão atordoada com um vestido branco sujo. — E qual é o problema com os olhos de Cooper?

— Ele parece doidão — disse Madison com sabedoria.

Seneca lançou um olhar tenso para Maddox, que estava sentado em um banco a alguns passos olhando o celular.

— Pode ir se quiser — disse ela com voz tensa.

Maddox se levantou.

— De jeito nenhum.

Ela deu de ombros e se virou para os trilhos, mas sentia o olhar dele nela. Ele devia achar que ela ia deixar o problema de Catherine de lado só porque eles tiveram uma vitória considerável na noite anterior, mas ela não cometeria o mesmo erro duas vezes. Talvez Maddox estivesse especialmente lindo hoje com uma camisa polo verde-musgo. Talvez ela tivesse se lembrado de uma piada suja sobre texugos que ele contou para ela na feira e começado a rir de manhã no chuveiro. Talvez ele tivesse escrito um longo e-mail dizendo que tinha cancelado os treinamentos futuros com Catherine e dito para ela nunca mais fazer contato com ele. Ele também disse que, de acordo com o treinador de Oregon, a bolsa de estudos dele estava intacta, mas ele não tinha certeza se ia aceitar. Não parecia valer mais a pena. A única coisa que parecia valer a pena era Seneca.

Talvez essa tivesse sido a coisa mais romântica que já tinham dito para ela. Mas continuava não importando. A porta que se abrira dentro de Seneca estava agora fechada. Eles podiam ser amigos novamente, possivelmente, mas isso era tudo.

— Bom, eu diria que essa viagem foi um sucesso estrondoso — disse ela de forma categórica, segurando o celular. Um alerta do Google sobre Marissa tinha acabado de apitar; era uma recapitulação impressionante da prisão de Marissa feita pela CNN. Graças à atendente do 911, que gravou a confissão de Marissa, a polícia conseguiu prender Marissa sem direito a fiança. No momento, os dois Ingram estavam presos juntos, se bem que a maioria das fontes dizia que Skip seria libertado sob fiança naquele mesmo dia com base na dúvida que a história de Marissa criou sobre o fato de ele realmente ter matado Helena.

Na noite anterior, Seneca e seus amigos deram depoimentos em separado, dizendo que, com a ajuda de Aerin e com o acesso a um aplicativo que Helena usava antes de morrer, eles descobriram que Marissa estava ciente do caso de Helena. A polícia não ia acusar o grupo de esconder provas. Na verdade, parecia bem impressionada com a investigação deles. O chefe de polícia de Dexby até perguntou de brincadeira se eles gostariam de solucionar outros mistérios da cidade, embora Seneca tivesse quase certeza de que ele não estava falando sério.

E o melhor de tudo, Seneca e seus amigos receberam crédito pelo trabalho. *Pesquisa feita por um grupo de três adolescentes da cidade e de uma garota de Maryland foi essencial para levar à prisão da Sra. Ingram.* O repórter errou quantas pessoas havia no grupo e não citou nomes, mas o Caso Não Encerrado foi mencionado, o que queria dizer que eles receberiam parabéns de todo mundo nos fóruns.

Aerin se aproximou do celular de Seneca, e as duas olharam a foto de Helena no artigo.

— Essa é ótima. — Helena estava do lado de fora do Dexby Country Clube usando o chapéu marrom, um colete franjado e uma calça de bocas largas. Havia alguma coisa na luz atrás dela e no ângulo da câmera que a fazia parecer mais velha, o cabelo ainda mais louro.

Seneca olhou para Aerin e reparou nos círculos embaixo dos olhos dela, na languidez dos movimentos. Ela não tinha dormido na noite anterior, Seneca era capaz de apostar. Aerin podia ter a verdade sobre Helena agora, mas tinha um preço: estava a consumindo, a realidade era talvez pior do que ela tinha imaginado. Quantas milhões de noites sem dormir Seneca tinha tido, afinal, revivendo o momento em que viu a mãe naquela mesa? De quantas formas ela despertou de pesadelos em que via a mãe sendo assassinada? Aerin estaria imaginando Helena morrendo naquele piso encerado de madeira? Imaginando quais tinham sido suas últimas palavras e pensamentos? Imaginando se ela tinha sofrido? Seneca queria ter palavras de sabedoria para ela, ou poder oferecer garantia de que as perguntas sumiriam com o tempo. Mas esse era o problema. Não sumiram para ela. Talvez nunca sumissem.

O vento aumentou e sacudiu as árvores e as pontas do cachecol rosa de Madison. Uma frase do novo artigo chamou a atenção dela: *A Sra. Ingram garante que não teve nada a ver com a morte da Srta. Kelly, que só encontrou o corpo sem vida depois de ela ter sido assassinada.* Ela apontou a frase para os amigos.

— Ainda estou sem entender isso. Se não foi Marissa, isso quer dizer que foi Skip. Então por que ele mandou aquelas mensagens no Debaixo dos Panos?

— Marissa está mentindo — disse Maddox, a voz cheia de certeza.

Seneca mordeu a unha do polegar. A questão era que Marissa inventou a mentira de forma tão habilidosa na noite anterior. Não deu nenhum sinal de que estava inventando. Por outro lado, talvez ela devesse seguir o conselho de Brett: eles pegaram a culpada. Ela devia parar de se preocupar.

Ela olhou pela plataforma na direção da escada.

— Alguém sabe onde está Brett? Mandei uma mensagem avisando que ia embora hoje. Achei que ele estaria aqui agora.

Aerin balançou a cabeça.

— Não o vejo desde ontem à noite.

— Ele não foi pra delegacia comigo — disse Maddox. — Eu fiquei esperando, mas ele não apareceu.

— Ele falou com a polícia? — perguntou Seneca. — Eu não o vi na delegacia.

— Tenho certeza de que falou.

Seneca colocou as mãos nos bolsos. Do outro lado da rua, vários carros saíram do Restful Inn.

— É loucura o quanto eu achei que Brett era superficial — disse ela, relembrando a primeira viagem de trem. — É um bom exemplo de que as primeiras impressões nem sempre estão certas. — Ela pensou na conversa com Brett na quadra de tênis no dia anterior. Se ao menos ela tivesse pensado em perguntar sobre a avó dele antes. A conversa dos dois foi terapêutica para ela também.

De repente, um dente na engrenagem intrincada na mente dela emperrou. Uma coisa na noite anterior não pareceu certa, e agora ela se deu conta do que era. Ela se virou para Maddox.

— Por que você contou a Brett sobre isto? — Ela mostrou o colar.

Ele apertou os olhos.

— Hã?

— Brett me disse: "Mas pelo menos você pegou isso de volta como lembrança dela." Ele estava falando do colar da minha mãe. Mas o jeito como ele falou foi estranho, como se ele soubesse como eu consegui o colar.

Maddox piscou.

— Eu jamais contaria pra alguém uma coisa que você me contou em segredo.

— Mas não tem outro jeito de ele saber.

— Do que você está falando? — perguntou Aerin.

Seneca não conseguiu responder. Uma sensação gelada tomou conta do corpo dela. Ela acessou os contatos do celular e ligou para Brett. Faria a pergunta diretamente para ele, nada de mais. O telefone tocou uma vez, e uma mensagem gravada tocou em resposta: *O número para o qual você está tentando ligar foi desconectado.*

Ela olhou para o celular como se tivesse se transformado em uma cobra. Madison tocou no braço de Seneca.

— Você está com uma expressão muito esquisita na cara.

— O *que* está acontecendo? — perguntou Aerin.

Seneca se sentou em um banco. Estava meio tonta.

— Tenho certeza de que não é nada.

Mas a sensação não era essa. Não tinha como aquele detalhe sobre o colar da mãe dela ser de conhecimento público, mesmo para as pessoas que tinham informações privilegiadas. O legista ainda não tinha tirado fotos da mãe dela quando Seneca roubou o colar. Até onde ela sabia, o detetive no caso também não tinha registrado que sua mãe o estava usando; o colar estava dentro da camiseta de Collette, a corrente e o pingente escondidos.

Ela não tinha contado para o pai. Não tinha contado para nenhum amigo. A única forma de alguém saber que sua mãe estava usando aquele colar quando morreu seria se...

Seneca teve um pensamento horrível e bizarro. *Não*, ela disse para si mesma. Não mesmo. Ela estava sendo louca.

Mas talvez devesse verificar.

Ela digitou uma busca sobre Vera Grady no celular. Uma página da *Wikipédia* aparece com uma foto da herdeira de cabelo platinado e peles. A mulher não era muito velha, só tinha uns cinquenta e poucos anos. Uma cinquentona sexy com corpo magro e firme. Seneca clicou na foto de Helena da CNN que tinha acabado de ver. Seu estômago foi ficando mais embrulhado. Ela tinha o mesmo cabelo louro platinado. A mãe de Seneca também, na verdade. Ela nunca tinha feito essa conexão. Por outro lado, por que teria feito?

Todos os sons sumiram. Seneca ficou olhando para o grupo, as pontas dos dedos formigando.

— Hum, como Brett soube como desativar o sistema de segurança do Dakota?

Maddox deu de ombros.

— Ele disse que a família dele tinha um igual.

— Não parece conveniente?

Ele olhou para ela com expressão surpresa.

— Hã?

A mente de Seneca não conseguia parar.

— E quando estávamos interrogando Kevin, Brett mencionou um namorado secreto que roubou Helena de Kevin e a traçava no apê do Upper West Side. Mas isso foi antes de sabermos sobre o Dakota.

Aerin franziu o nariz.

— Não estou acompanhando.

— Nem eu — disse Maddox.

Mais e mais bolhas feias subiram à superfície.

— E a ligação de Loren no hospital. O número dele não estava listado, mas o celular de Loren apareceu no identificador de chamadas. Brett atendeu e foi o único que falou. Como podemos saber que Loren ligou mesmo? E por que Brett ficava insistindo para irmos para Nova York? Por que Brett, do nada, falou comigo da garça de papel em uma mensagem de texto quando eu estava indo embora? Por que ele abriu o armário onde o chapéu de Helena estava? Por que ele não está *aqui*?

Madison piscou com força.

— Aonde você quer chegar com isso?

Maddox começou a andar de um lado para o outro.

— Brett é um dos melhores detetives amadores do Caso Não Encerrado. Talvez ele seja meio médium. Foi assim que soube do apartamento no Upper West Side.

— Meio *médium*? — gritou Seneca.

— E quanto a Loren, claro que ele ligou naquele dia — continuou Maddox. — O que você está dizendo, que Brett bloqueou o número dele e ligou para o número antigo de Helena e teve uma conversa com ninguém? Que ele já *sabia* que Skip Ingram tinha um apartamento no Dakota?

— Não sei — disse Seneca, atordoada. Sua garganta parecia embrulhada em fita adesiva.

— Brett tem acesso às coisas. Ele é neto de Vera Grady. Poderia comprar a CIA se quisesse — disse Maddox.

Mas Seneca não tinha mais certeza nem sobre isso. Ela olhou de novo a página sobre Vera Grady. O site também incluía uma árvore genealógica com fotos e tudo. Sem dúvida havia um neto chamado Brett Grady. Só que...

Seneca levou o celular para mais perto do rosto, tentando identificar a imagem pequena. Brett Grady tinha nariz adunco e cabelo escuro. Os olhos eram afastados, e ele tinha maçãs do rosto proeminentes. Tinha a palidez de uma pessoa que nunca malhava. A página dizia que ele morava em Cupertino, na Califórnia, e trabalhava na Apple.

— Estou confusa — disse Madison ao ver a foto.

— Hum... — Seneca passou o celular para Maddox e Aerin. Eles leram devagar. A cor sumiu do rosto de Aerin. Maddox só pareceu furioso.

— Só pode ser erro — disse Maddox. — A *Wikipédia* erra muito, não é?

Mas ele não falou com tanta certeza.

Seneca olhou para a plataforma, um som gritante nos ouvidos. Como ela deixou isso passar? Como Brett sabia tanta coisa? E quem ele *era*? Ela o imaginou agora, o rosto largo e comum, os olhos pequenos, o cabelo louro-escuro, o peitoral amplo e os bíceps fortes...

Seu cérebro repassou os detalhes do caso de Helena e de sua mãe. Em seguida, ela levantou o rosto, um novo arrepio descendo pela coluna.

— Ah, meu Deus. Aerin. Os ossos da sua irmã exibiam trauma de força bruta agressiva, não foi?

Aerin olhou para ela sem entender.

— É...

— O que quer dizer que uma pessoa muito, muito forte bateu nela antes dela morrer, não foi? — A voz dela tremeu. — Alguém bem, *bem* mais forte do que Marissa. Ela mal conseguiu segurar você na festa com aquele caco de vidro.

— Certo, então *foi* o Sr. Ingram que a matou? — perguntou Aerin lentamente.

Seneca balançou a cabeça.

— Acho que não. Acho que talvez... talvez tenha sido uma coisa de serial killer.

— Espera, *o quê*? — gritou Madison.

— Seneca, o que você quer dizer? — Maddox pareceu horrorizado.

Seneca sentiu um caroço na garganta.

— Os ossos pélvicos de Helena eram os que estavam piores, não eram?

Um olhar apavorado surgiu no rosto de Aerin.

— C-como você...?

Seneca entendeu o choque de Aerin. Esse detalhe não foi divulgado. Os repórteres disseram que alguns ossos de Helena demonstravam trauma violento, mas não revelaram *quais*. Havia algo cruel e perverso demais em discutir com o público a região pélvica de uma garota de dezessete anos, o ninho de todos os órgãos reprodutores em processo de desabrochar, os ossos que construíam os quadris e o traseiro. Mas Seneca sabia a verdade porque tinha procurado ilegalmente um relatório de legista alguns anos antes e pagou um site questionável para obtê-lo. Na época, seus olhos percorreram as palavras *fraturas múltiplas no cóccix, sacro, púbis, ísquio*, os termos científicos para os ossos pélvicos, sem pensar muito no assunto. Mas talvez houvesse uma conexão horrível. O cartão de visitas de um serial killer.

Talvez houvesse um motivo cósmico para Seneca ter se sentido tão atraída pelo caso de Helena. Como se o universo estivesse tentando dizer uma coisa para ela. Como se houvesse uma ponte horrível entre as duas mortes.

Ela olhou para Aerin, os olhos cheios de medo.

— A pélvis da minha mãe também foi destruída. Da mesma forma. E aposto que, se pesquisarmos o relatório de Vera Grady, vamos encontrar a encontrar a mesma coisa.

O trem parou, gritando como um banshee, mas Seneca mal registrou a presença dele. Ficou olhando para Aerin, que retribuiu o olhar, a sensação do quanto aquilo era sinistro e bizarro e totalmente errado tomando conta delas. Só depois que o trem parou completamente foi que Maddox ousou falar.

— Nós o deixamos escapar? — sussurrou ele.

Seneca só conseguiu assentir. Talvez, de forma horrível e arrasadora, eles tivessem deixado mesmo.

DEPOIS

FOI BOM SER *Brett Grady*, pensou ele ao se sentar na lanchonete ao lado do Restful Inn para tomar uma última xícara de café. Brett Grady conseguiu fazer o serviço. Brett Grady enganou todo mundo, até Seneca, que agia como se não deixasse nada passar. Na verdade, ele podia muito bem continuar se chamando Brett por um tempo. Por que não? O nome tinha prestígio.

E assim, Brett Grady, o nome real desnecessário, olhou para seu reflexo na janela suja. Ele já tinha cortado mais o cabelo no quarto de hotel e tirado aquele boné ridículo que passou a semana toda usando. Recolocou os óculos; era bom enxergar direito de novo, finalmente; ele nunca foi muito de lentes de contato. Tirou a camisa e a calça, que eram espalhafatosas e grandes demais, e vestiu uma camisa de botão listrada e uma calça cáqui. Deixou aberto o botão do colarinho. Colocou mocassins. Ele se transformou em um sujeito qualquer de Connecticut: engomadinho, sem graça, comum. Do tipo que se misturava bem. Do tipo que as mulheres não enxergavam quando viam.

Ele ficava muito puto da vida quando elas o viam e não o enxergavam. E quando ele ficava puto, ele se metia em confusão.

Um apito de trem tocou. Era o Metro-North a caminho do Sul, provavelmente. *Tudo fica bem quando termina bem*, pensou Brett. Ele não gostou muito da esposa levar a culpa, mas estava bom assim. Era um consolo saber que Skip Ingram estaria atrás das grades. Todo mundo sabia agora que ele era molestador de menores. Não haveria mais convites para festas chiques para ele.

Mesmo assim. Se ao menos as pessoas não fossem tão babacas, o mundo seria um lugar melhor. Coisas ruins não teriam que acontecer.

— Quer mais?

A garçonete que estava ao lado dele era a loura de cabelo louro-acinzentado com peitos caídos que o serviu todos os dias desde que ele chegou. Ela nunca tinha um sorriso para ele. Nunca ria de suas piadas. E, na manhã anterior, quando ela o viu entrar... ela *revirou os olhos*.

— Seria ótimo — disse ele. E, lentamente, colocou a mão em cima da dela. — O café daqui é muito bom. Qual é seu segredo?

A mulher se encolheu.

— Hum... não sei...

Ela tentou afastar a mão, mas ele a segurou. O medo surgiu no rosto dela. Finalmente, ele tirou a mão como se nada tivesse acontecido. Ela disparou para longe, aninhando a mão como se ele a tivesse queimado. Quando espiou na direção dele por cima do ombro, ele deu um sorriso vazio.

Brett tomou o resto do café, deixou algumas moedas de vinte e cinco centavos na mesa e se levantou. Aquela mulher nem imaginava que tinha patinado em gelo fino. Se ela fosse um pouco mais bonita, se fosse mais o tipo dele, as coisas poderiam ter ficado bem ruins para ela. Ele fechou os olhos e saboreou o jeito delicioso como tendões, tecido e ossos afundavam quando se apertava um pescoço. O estalo satisfatório da espinha. O sentimento triunfante de saber que suas mãos, e só elas, eram as únicas coisas entre a vida e a morte dela. *Se eu mudasse de ideia quanto a você*, pensou ele, olhando para as costas da garçonete, *você imploraria pela sua vida, e eu só gargalharia*.

Mas ele pouparia a garçonete; tinha uma nova vítima em mente. Uma garota que o rejeitou apesar de ele ser perfeito para ela. Uma garota que ele passou a conhecer bem por dentro e por fora. Uma garota que queria outra pessoa, uma pessoa que não merecia o amor dela.

Aerin Kelly, aquela vaca cruel e fria. Bom, talvez ele fosse atrás do novo namoradinho dela também.

Ele mal podia esperar.

AGRADECIMENTOS

ESTE LIVRO ESTEVE por muito tempo em processo de desenvolvimento, e tenho muitos a agradecer. Primeiro, às mentes brilhantes da Alloy Entertainment: Josh Bank, Les Morgenstein, Sara Shandler, Lanie Davis e especialmente Annie Stone, cuja orientação cuidadosa e atenciosa transformou isto de uma ideia legal em uma história real. Muitos agradecimentos também à equipe editorial da Hyperion, Emily Meehan e Julie Rosenberg, e à minha preparadora, Jackie Hornberger. Agradeço profundamente às equipes de marketing, publicidade e design: Marci Senders, Mary Ann Zissimos, Seale Ballenger, Jamie Baker, Elke Villa, Holly Nagel, Maggie Penn, Dina Sherman e Andrew Sansone; e obrigada à equipe de vendas da Hyperion por acreditar em mim e nesta história. Um grande agradecimento também a Andy McNicol, da WME, e a Romy Golan, Theo Guliadas, Elaine Damasco (que criou a linda capa) e a Stephanie Abrams, da Alloy, por sua confiança e apoio. Viva, equipe!

Agradeço também a Michael, que sofreu pelo que provavelmente foi minha pior crise para tornar este livro real, e aos meus pais, pelos muitos jantares regados a vinho. Agradeço a Mike Gremba por suas orientações reais sobre registros policiais e manchas de sangue. E, mais do que tudo, a Kristian e Henry. Espero que nenhuma das coisas deste livro aconteça a vocês... exceto encontrar amigos que realmente os entendam, e, nesse caso, espero que encontrem dezenas.

Impressão e Acabamento:
BARTIRA GRÁFICA